나는 물놈이다 17

글쓰는기계 게임 판타지 장편소설

초판 1쇄 찍은 날 | 2020년 6월 18일
초판 1쇄 펴낸 날 | 2020년 6월 25일

지은이 | 글쓰는기계
펴낸이 | 예경원

기획 | 위시북스
편집책임 | 이은송
편집 | 위시북스

펴낸곳 | 예원북스
등록번호 | 제396-2012-000132호
등록일자 | 2012. 7. 25
KFN | 제1-543호

주소 | 경기도 고양시 일산동구 호수로 646-24 위너스21II빌딩 206A호 (우)10401
전화 | 031-819-9431 팩스 | 031-817-9432
E-mail | yewonbooks@naver.com

ⓒ글쓰는기계, 2019

ISBN 979-11-365-3192-6 04810
        979-11-6424-237-5 (Set)

나는 될 놈이다

17 글쓰는기계 게임 판타지 장편소설

WISHBOOKS GAME FANTASY STORY

CONTENTS

CHAPTER 1

-이거죠! 역시 이거죠! 김태현 선수에게는 이게 있어요!
-저기, 음, 일단 도동수 선수가 한 거니까요…….

김수아는 흥분한 해설자를 달래고 최대한 중립적으로 말하기 위해 애썼다. 물론 그녀가 봐도 태현이 도동수한테 폭탄을 주렁주렁 달아서 자폭 공격을 한 것 같았지만, 그렇다고 진행자가 태현만 칭찬할 수는 없지 않은가.

-정말 대단합니다. 상대의 허점을 정확하게 찔렀어요. 더 대단한 건 상대방이 앞으로 정신 지배 스킬을 쓰기 힘들게 만들었다는 겁니다. 또 저렇게 폭탄을 들고 있다면 오히려 피해를 볼 수 있거든요. 팀 에이트는 많이 까다로워졌는데요.
-이걸로 한국 대표팀도 기세를 회복하고 다시 팽팽한 접전

으로 흘러갈지 궁금합니다.

　그러나 류태수는 흔들리지 않았다.
　"걱정 마라. 저건 요행이니까. 두 번 쓰지는 못할 거다."
　"예?"
　"한국 대표팀은 서로 사이가 안 좋은 게 분명해. 이건 절대 틀릴 리 없다. 그런 팀이 저런 전략을 썼다고? 퍽이나 잘 썼겠다. 분명 억지로 썼을 거고, 그거 때문에 사이는 더 삐걱거릴 거다."
　"그렇지만 다음 경기에도 도동수로 함정을 파면요?"
　"그러면 거리를 두고 제압하면 되겠지. 어차피 시간이 좀 더 걸릴 뿐 거리를 두고 제압하는 건 가능할 텐데?"
　믿음직한 주장의 말에 팀원들은 충격에서 벗어났다. 다 이긴 경기가 갑자기 네 명이 탈락하면서 뒤집힌 충격!
　이런 충격은 오래가는 충격이었다. 류태수가 아니었다면 그들은 무너졌을지도 몰랐다.
　"다음 경기는 같잖은 수작 부릴 틈도 없이 끝내 버리겠어."
　그러나 4경기는 그렇게 흘러가지 않았다.

　'젠장, 젠장, 젠장, 젠장!'
　도동수는 속으로 이를 바득바득 갈았다. 시작하기 전에 그렇게 다짐했는데! 태현이 어떤 개수작을 부리든 속지 않기로!

말 몇 마디에 홀랑 넘어가 요리를 먹고 함정에 빠지다니.

스스로 부끄러웠다.

'됐어. 어차피 한 경기다. 한 경기만 더 지면 끝이야. 이제는 절대 속지 않는다!'

"동수야."

도동수는 무시했다. 태현과 대화해 봤자 이길 수 없다는 걸 이제 잘 알고 있었다. 괜히 같이 말 섞었다가 허점을 보여주는 것보다는 그냥 입을 다물고 있는 게 나았다.

태현은 피식 웃으면서 말을 이어갔다.

"무시하는 척하지만 듣고 있는 거 다 알고 있다."

"……."

"이제까지 가만히 있던 놈이 왜 이렇게 노골적으로 날뛰는지 좀 궁금해서 말이야. 너 제카스 만났냐?"

"……!!"

"맞나 보군."

순간적으로 놀란 도동수의 얼굴을 보고 태현은 확신했다.

'이 자식이 어떻게?'

도동수는 경악했다. 방금 태현이 보여준 건 정말 말도 안 되는 거였다. 제카스와 만난 건 아무도 못 봤는데 대체 어떻게?

"제카스가 뭐라디? '손에 손잡고 김태현을 괴롭히자!'라고 했냐?"

"어떻게 알았지?"

"너야 뭐 누가 등 안 떠밀면 이렇게 못 나오는 놈이니까……."

태현의 말에 넘어가지 않기로 했는데도 도동수는 발끈했다. 정말 말 하나는 타고난 놈!

"흥. 그렇다면 어쩔 거냐? 이제 네가 할 수 있는 건 아무것도 없다. 그 같잖은 요리 먹어줄 생각은 없고, 난 시작하면 바로 적들에게 덤벼들 거다. 내가 정신 지배당하면 넌 할 수 있는 게 없지. 그리고 대회가 끝나면 제카스가 모은 놈들이 다 같이 입을 털기 시작할 거다."

이대로 대회가 끝나면 '도동수 저 새끼 대체 뭐 하는 새끼냐', '도동수 저거 뒷돈 받은 거 아니냐' 같은 말이 나올 게 분명했다. 그래서 제카스는 판온1 때 랭커들 중 몇 명을 섭외해 대회가 끝나자마자 바로 언론 플레이를 시작할 생각이었다.

김태현이 판온1 때 김태현이고 이걸로 인해 도동수와 둘이 팀 내에서 계속 싸웠다.

도동수가 저렇게 행동한 것도 팀 내 불화 때문이다!

물론 크게 효과는 없을 것이다. 태현의 이미지는 도동수와 비교해서 압도적이었으니까. 그렇지만 이렇게 한번 시작하면 서로 진흙탕 속에서 싸울 수밖에 없었다. 게다가 이렇게 많은 사람들의 주목을 받고 있는 대회에서 이야기가 나온다면……. 한 번 의심이 생기면 계속해서 발목을 잡을 수밖에 없는 것이다.

도동수의 말을 들은 태현은 웃었다.

"동수야, 네가 왜 맨날 나한테 졌는지 아나?"

지는지가 아니라 졌는지. 도동수는 본능적으로 깨달았다. 판온 2가 아니라 판온1의 이야기를 하고 있었다!

"너, 너 이 샊……."

"내가 원래 이런 이야기를 하는 사람이 아닌데, 네가 너무 열심히 하니까 말해주는 거야. 잘 듣고 교훈으로 삼아. 네가 맨날 지는 이유는 어설퍼서야."

"이 개…… 아, 됐다."

도동수는 안 듣는 척 고개를 돌렸다. 물론 그런다고 태현이 입을 다물 사람은 아니었다.

"지금도 이렇잖아. 날 엿 먹일 거면 더 본격적으로 했어야지. 사람들 시선이 신경 쓰여서 소심하게 그게 뭐냐?"

'말 같지도 않은 소리를…….'

도동수는 무시했다. 태현이 지금 하는 소리는 말 같지도 않은 소리였다. 지금 그가 태현을 엿 먹이기 위해 얼마나 막 나가고 있는가.

-4경기 시작! 4경기가 시작되었습니다!

"내가 오늘 사람을 어떻게 엿 먹이는지 본격적으로 알려주마."

섬뜩한 말에 도동수는 본능적으로 고개를 돌렸다.

그 뒤에는 태현의 무표정한 얼굴이 있었다.

타탓-

도동수는 몇 걸음 뒤로 물러섰다. 그리고 부끄러워서 얼굴을 붉혔다. 판온1 때 일이 떠올랐던 것이다.

'젠장, 젠장, 젠장……! 아직도!'

"어디 한 번 열심히 해봐라. 네가 아무리 입을 털어도 결과는 달라지지 않을 테니까!"

"오냐. 열심히 해주마."

태현은 말과 함께 손을 들었다. 옆에 있던 케인이 입술을 잘근잘근 깨물고 있다가 결심한 듯 주먹을 불끈 쥐었다.

"으, 으, 으…… 진짜…… 〈노예의 쇠사슬〉!"

적도 없는데 노예의 쇠사슬 스킬을 쓰다니. 누구한테?

답은 금방 나왔다.

촤르륵!

케인이 노예의 쇠사슬을 사용한 상대는 도동수였다.

깜짝 놀란 도동수였지만 금세 상황을 파악했다.

"아까처럼 요리라도 먹일 거냐?! 그딴 건 안 통해!"

"말했잖아. 동수야. 넌 너무……."

요리? 마비 스킬? 대체 뭘 하려고?

콰아아앙!

자리에 있던 모두가 경악했다. 팀킬이었다.

"……소심하다니까. 이 정도는 되어야지."

케인에게는 미리 말해뒀다. 신호하는 순간 쇠사슬을 쓰라고. 아무리 도동수라도 쇠사슬을 맞고서 바로 팀킬을 당할 거란 예상은 하지 못할 것이다. 고작해야 요리나 그런 걸 추가로 당하지 않을까 경계하겠지.

태현은 각종 스킬들을 전부 사용해 폭딜을 최대한으로 끌어올렸다. 그리고 바로 도동수를 일격에 투기장 밖으로 내보내 버렸다.

이세연과 김철수는 경악해서 태현을 쳐다보았다. 투기장 내 관중석도, 방송국 관중석도 동시에 조용해졌다.

해설자들도 입을 다물었다. 모두가 똑같은 생각을 하고 있었다.

'내가 방금 뭘 본 거지?'

이세연이 눈을 깜박이며 말했다.

"야, 야…… 뭘 한 거야?! 너 미쳤어?! 뒷수습을 어떻게 하려고?!"

"이렇게 하려고."

공중 카메라를 똑바로 쳐다보며 외쳤다.

"내가 판온1의 김태현이다!!"

1차 충격에 이어서 2차 충격. 그러나 그 충격이 끝나기도 전에 태현은 계속해서 말을 이어갔다.

밖의 관중석에도 제대로 들릴 정도로 커다란 목소리로.

"내가 판온1때부터 했다는 걸 숨긴 건 자존심 때문이었어. 판온1은 판온1이고, 판온 2는 2니까. 괜히 판온1 때 키운 캐릭터로 판온 2에서 잘난 척하고 싶지 않았거든!"

'거짓말하네…….'

이세연은 속으로 생각했다. 판온1 때 하도 적들을 많이 만들어서 아닌 척했겠지! 말했다면 판온 2 초반부터 고렙 암살자들을 달고 살았을 테니까!

"그런데 도동수 이 자식은 어떻게 알았는지 계속 귀찮게 굴더군. 판온1 때 일은 판온1에 묻고 와야지 판온 2에서 '복수를 하겠다', '내가 망하더라도 널 엿 먹이겠다' ……무슨 이런 지겨운 놈이 있냐? 어떻게든 참아줬지만 이제는 필요 없다. 의도적으로 적의 편을 드는 스파이는 필요 없어!"

맞불 작전! 옆에서 태현을 보고 있던 이세연도, 투기장 밖으로 쫓겨난 도동수도, 생방송으로 보고 있던 제카스도 상황을 깨달았다. 지금 뭘 하고 있는지!

이렇게 먼저 나서서 '흑흑 눈물을 머금고 도동수의 목을 땄습니다'라고 이유를 설명한다면, 나중에 제카스나 도동수가 '아니, 그런 게 아니라'하며 언론플레이를 하려고 해도 거의 먹히지 않았다. 이유들은 그만큼 충격적이었던 것이다.

저런 숨겨진 사실들을 대놓고 공개한 순간 어지간한 공격은 통하지도 않을 것!

"판온1에서의 일 때문에 불만 있는 놈들은 나한테 와서 깃발 꽂아라! 이렇게 구질구질하게 굴지 말고! 많은 사람들이 참여한 대회에서 이게 무슨 추잡한 짓이냐!"

태현의 말은 사람들의 마음을 정확하게 꿰뚫었다. 이제까지 도동수가 보여줬던 자폭을 설명해 주는 말!

웅성웅성-

"그런 거였어?"

"와, 너무 찌질하지 않냐? 판온1 일로 지금 대회에서 이런 거야?"

"다른 팀들은 예선 힘들게 뚫고 올라왔는데 자기는 그냥 초대받고 올라왔다고 저러는 거야."

밖에서 일어나는 반응을 태현이 알 리 없었다.

그러나 태현은 확신했다. 이걸로 먼저 선점했다!

"이세연."

"왜?"

"시체 생겼으니까 이걸로 언데드나 소환하자. 정예지?"

수많은 사람들이 각자 다른 반응을 보여주고 있는 이 상황에서, 팀 에이트만이 상황을 모르고 있었다.

팀 에이트 잘못이 아니었다. 그 누구도 상대 팀이 게임 시작하자마자 한 명을 팀킬하고 '내가 판온1 김태현이다!'라고 외쳤을 거라고는 예상하지 못할 테니까.

"도동수가 없는데요?! 안 잡혀요!"

"······말도 안 돼! 이 권능 스킬은 회피할 수 없는데?!"

도동수의 위치를 파악하지 못한 사제 플레이어는 혼란스러워했다. 피할 방법이 있었다면 2경기에서 왜 쓰지 않았지?

"침착해라. 상대방도 머리가 있다면 우리 방법을 깨뜨릴 수 있겠지. 도동수의 위치가 안 보인다는 건······."

류태수는 심각한 표정으로 생각에 잠겼다.

도동수의 위치가 안 보이는 건 꽤 커다란 문제였다. 지금 그들의 전략이 잘 먹혀들어 가는 건 상대 팀의 불화와 그걸로 인해 도동수가 약점이 된 덕분이었다.

그런데 위치가 갑자기 안 보인다니. 도동수가 스킬을 썼다기보다는 다른 팀원이 써줬을 가능성이 높고, 그런 거라면……화해했을 수도 있었다.

'가능성 있다. 아무리 팀워크가 개판이라도 지금은 벼랑 끝까지 몰린 상황이니까.'

물론 도동수는 벼랑 끝까지 몰려도 태현과 같이 죽겠다는 사람이었지만 류태수는 그것까지는 알지 못했다.

"어떻게 하죠? 2, 2, 1이나 1, 1, 3으로 움직일까요?"

도동수의 움직임이 안 잡힌다면 무난한 건 그런 조합이었다. 류태수는 고개를 저었다.

"아니. 그건 상대방이 예측하고 있을 거다. 무슨 속셈인지는 모르겠지만 그걸 노리고 있을 거 같군. 그렇다면 전 판처럼 4:1로 움직인다. 4명에서 상대를 무조건 제압해라. 꼭 도동수에게 정신 지배를 쓸 필요는 없다. 어렵지만 4명이라면 제압해서 쓸 수 있겠지."

"알겠습니다!"

상대방이 가장 싫어하는 짓을 해라. 류태수가 판온1의 김태현 플레이에서 배운 것이었다. 도동수를 잡을 수 없다면 다른 아무나 잡아도 됐다. 케인만 해도 충분했다.

'나는 시간을 끌어야겠군.'

타타탓-

중앙 진영으로 달려간 류태수는 흠칫했다. 정면 맞은 편에서 태현 혼자서 달려오고 있었던 것이다.

'케인은?'

대회 내내 케인과 같이 다녔던 태현이었기에 의심할 수밖에 없었다.

'쇠사슬 콤보에 잘못 맞으면 훅 간다!'

"케인 찾나 보네. 케인 없다."

류태수는 대답 대신 주변을 두리번거렸다.

"의심도 많네. 없다니까."

"적을 믿는 건 바보나 하는 짓이지. 김태현. 여기 혼자 왔나?"

"혼자 왔는데."

"이유야 모르겠지만 잘 됐군. 한번 이렇게 싸워보고 싶었다."

스르릉-

류태수는 무기를 뽑아 들었다. 태현은 궁금하다는 듯이 물었다.

"한번 싸워보고 싶었다니, 뭐 주장끼리 승부를 하는 그런 걸 말하는 건가? 아니면 누가 최고 딜러인가, 이런 거? 생긴 건 되게 무뚝뚝하게 생겼는데 의외로 감성 넘치네."

"……그런 게 아니다. 너를 한번 쓰러뜨리고 싶었을 뿐이다."

"나를? 왜? 너 설마 판온1 했었나?"

알아서 찔리는 태현이었다. 그러나 류태수는 고개를 흔들었다.

"판온1은 구경만 했지, 하지는 않았다."

"뭐야, 그러면? 원한이 있을 놈도 아닌데."

"나는 김태현의 팬이었다."

"그, 그러냐?"

"너 같은 놈이 경박하게 이름 같다고 김태현을 따라 하는 게 날 불쾌하게 만들었다."

"어, 음…… 그게……."

방금 일어난 일은 상대가 못 봤을 테니 저런 반응도 어쩔 수 없었다. 태현은 미묘한 표정으로 말끝을 흐렸다.

"김태현을 따라 할 거라면 최대한의 경의를 보이면서 진지하게 따라 해도 모자라는데 감히…… 덤벼라. 김태현. 누가 더 김태현에게 진지하게 배웠는지 보여주마!"

"……너 끝나고 우리 쪽 영상은 제발 보지 마라."

태현은 진심을 담아서 말했다.

"무슨 소리를 하는 거냐, 나를 혼란시키려고 하는 거냐? 그런 거라면 통하지 않는다!"

류태수는 말과 함께 달려들었다. 태현의 대회 경기 영상은 이미 다 본 그였다. 불쾌하기는 했지만 그렇다고 실력을 인정하지 않는 건 아니었다.

내버려 두면 무슨 일을 저지를지 모르는 게 태현! 저런 말을 들어줄 필요가 없었다.

"거 사람이 배려해 주면 좀 적당히 알아서 들을 것이지……."

태현은 혀를 차며 류태수를 상대할 준비를 했다.

카카캉!

서로 근접 거리로 들어가지 않고 중간 거리에서 공격을 날리는 둘!

'확실히 잘하긴 하네.'

몇 번 검을 교환한 것만으로 태현은 상대의 실력을 알아보았다. 류태수는 가까이 붙으면 죽는다는 걸 잘 알고 있었다. 각종 아키서스 스킬로 순간적으로 끌어올리는 폭딜이 태현의 장기! 그건 딜러로서 무시무시한 장점이었다.

류태수는 그걸 알고 있기에 태현이 접근하지 못하도록 최대한 견제하면서 싸웠다.

'쯧. 투기장 바깥이면 편하긴 하겠는데……'

투기장 바깥과 달리, 투기장 안에서는 높은 행운으로 인한 회피 능력이 많이 줄어들었다. 덕분에 바깥처럼 무작정 상대한테 파고들 수 없었다. 어디까지나 상황을 이용하고 상대를 이용해야 회심의 일격을 날릴 수 있었다.

아니면 케인을 이용하거나.

둘은 중간 거리에서 서로를 견제하듯이 쳐다보았다.

힐끗.

류태수는 그사이 주변을 둘러보았다.

"왜, 케인 숨겨놨을 거 같냐?"

속마음을 들킨 류태수는 입을 다물었다. 유적 주변에 혹시 케인이 있나 싶었던 것이다.

"없다니까. 인마. 좀 믿어라."

"믿을 사람을 믿어야지."

"부정할 수 없긴 한데 진짜 없다니까."

"그래…… 알겠다!"

말과 함께 류태수는 바로 스킬을 사용했다. 검 끝에서 오러가 피어나더니 둥그렇게 되어 엄청난 속도로 날아왔다.

태현은 어이가 없어서 웃었다. 저렇게 고지식하고 진지해 보이는 얼굴로 말하다가 기습이라니.

저건…….

'판온 1 때 내가 하던 짓이잖아!'

이렇게 보니 새삼스럽게 민망해지는 짓!

오러로 만들어진 원환은 엄청난 속도로 날아들었다. 류태수가 동시에 돌진하고 있었으니 맞는다면 그대로 콤보가 들어올 게 분명했다.

그러나 태현은 당황하지 않았다.

-반격의 원!

'저걸 튕겨냈다고?!'

캉!

섬뜩한 소리와 함께 되돌아오는 공격!

류태수는 기겁해서 옆으로 몸을 눕혔다. 태현에게 저런 카운터 스킬이 있는 건 알고 있었지만, 1:1 상황에서만 가능하고 타이밍 잡기가 까다로운 스킬로 알고 있었다. 말하다가 가장 속도 빠른 스킬로 기습했는데도 반응하다니!

"김태현…… 조금은 인정해 주마. 너도 팬은 팬인가 보구나."

태현은 얼굴을 손으로 덮었다. 민망함이 한계까지 도달하고 있었던 것이다.

"왜 그러냐? 기쁘지 않냐?"

"전혀 안 기쁜데."

"기뻐해야 할 거다! 나와 싸워보면 내가 너보다 더 진지하게 배웠다는 걸 알게 될 테니까!"

"아, 예."

태현은 심드렁한 목소리로 대답하며 덤벼드는 류태수를 피했다. 확실히 잘 배우긴 했다. 말하다가 기습하는 비열함, 상대를 파악하고 맞춰서 안 쓰던 스킬을 사용하는 모습…….

'저 오러 날리던 스킬은 나한테 쓰려고 안 쓰던 거였군.'

거기에 반응한 태현이 괴물인 거였지 류태수의 계산은 정확했다. 마지막으로 상대가 싫어하는 짓을 골라서 하는 끈질김까지.

'스킬 최대한 안 쓰고 평타로 몰아붙이는 것도 내 영향인가? 굳이 그런 거까지 따라 할 필요는 없는데.'

류태수는 최대한 MP를 아끼며 스킬을 쓸 타이밍을 보고 있었다. 판온 1 때 태현을 따라 한 스타일!

근데 태현이 그런 건 대장장이란 직업이 워낙 구려서였던 거고, MP가 넉넉했다면 태현도 스킬을 난사했을 것이다.

어찌 보면 오해였지만, 류태수는 이 스타일 덕분에 투기장에서 이익을 보고 있었다. 레벨 100으로 내려온 것과 아이템 금지. 이 두 함정은 고수 플레이어들도 쉽게 익숙해지지 못했다.

평소처럼 스킬을 난사하다가 MP 부족에 빠져 자멸!

이런 모습이 의외로 흔했던 것이다.

"옛다."

콰콰쾅!

폭탄을 꺼내 던지는 태현. 류태수는 스킬을 써서 뒤로 물러서며 피했다.

"넌 근데 김태현 따라 한다면서 대장장이 기술 스킬은 안 배웠냐?"

"……이놈! 죽여 버린다!"

이제까지 무슨 소리를 해도 반응 안 했던 놈이 왜 갑자기? 태현은 당황했지만 류태수는 얼굴이 붉어져서 덤벼들었다. 아까까지와는 전혀 다른 반응!

"야. 그냥 물어본 건데……."

쉭쉭쉭!

대답 대신 돌아오는 살벌한 공격!

물론 태현이 그런다고 겁먹을 사람은 아니었다.

바로 다음 폭탄!

콰콰쾅!

폭발에 직격당할 뻔한 류태수는 그제야 정신을 차린 것 같았다. 류태수는 식은땀을 흘리며 속으로 숨을 돌렸다.

"……대단하군. 내가 신경 쓰는 곳을 건드려서 도발하다니. 이제까지 대회에서 이긴 이유가 있어."

"아니, 그냥 궁금해서 물어본……."

"하지만 더 이상 통하지 않는다!"

태현은 고개를 저었다. 더 물어봤자 알아낼 것도 없을 것 같았다. 케인도 준비가 된 것 같았고.

그리고 바로 폭발음이 들렸다.

콰콰콰콰콰콰쾅!

류태수는 자기 주변에서 터진 줄 알고 놀라 주변을 둘러봤지만, 주변에서 터진 게 아니었다.

케인이 간 곳에서 터진 것이었다.

"어⋯⋯?"

"빈틈!"

"컥!"

자기 팀 4명이 간 곳에서 거대한 폭발이 터져 나왔으니 아무리 류태수라도 당황할 수밖에 없었다. 태현에게 근거리를 허용한 류태수는 끝났다는 걸 직감했다.

최대한 스킬을 쓰며 벗어나려고 해봤지만 그러기도 전에 태현의 공격이 폭풍처럼 들어왔다.

쾅! 콰쾅! 콰콰쾅!

탱커 계열이 아니라 HP가 그리 높지 않은 류태수는 순식간에 한계가 드러났다.

'말도 안 되는⋯⋯ 대체 어떻게? 뭘 한 거지? 저런 폭탄을 여기서 즉석에서 만들 수는 없을 텐데! 만든 건가?! 권능 스킬인가?!'

혼란스러운 마음으로 류태수는 투기장에서 탈락했다. 그리고 그것으로 경기는 종료됐다.

류태수보다 먼저 4명이 아웃당했던 것이다.

류태수는 머릿속이 복잡했다.

남은 건 마지막 5경기. 팀원들과 만나 방금 일어났던 일에 대해 이야기해 봐야 했다. 어떻게 상대해야 할지도.

"……?"

웅성웅성-

주변이 시끄러웠다. 팀원들이 수군거리는 게 보였다.

"무슨 일이지?"

류태수는 꿈에도 몰랐다. 방금 있었던 일보다 더 혼란스러운 일이 있을 거라고는!

팀 에이트 대기실보다 더 혼란스러운 곳이 있다면 바로 태현이 있는 곳이었다. 세상에서 가장 어색한 곳!

도동수는 억울, 분노, 증오, 기막힘 등이 섞인 넋 빠진 얼굴로 조용히 앉아 있었다.

태현은 무시하고 말했다.

"5경기는 좀 어려워질 거다. 이제 케인을 이용해서 날로 먹는 것도 좀 위험할 거고. 상대방이 아까처럼 케인을 냉큼 둘러싸지는 않을 테니까."

팀 에이트 4명이 케인을 둘러싸고 포획하려고 한 덕분에 일이 쉬워졌다. 그렇지만 5경기에서는 그러지 않을 것!

"류태수 보니까 실력이 괜찮던데, 할 수 있는 데까지는 해봐야지. 가능한 방법은 모두 쓰고, 숨겨진 패를 모두 다 꺼내서 라도 이기자고. 이 경기만 이기면 끝이야. 자! 모두 힘을 합쳐서 가자!"

"감동적이긴 한데…… 네가 방금 한 짓을 생각해 보니까 전혀……."

이세연의 말에 김철수는 무의식적으로 고개를 끄덕이려다가 멈칫했다. 그래도 케인은 태현의 편을 들었다.

"어쨌든 이겼잖아! 그리고 너 진짜 대단하긴 한데, 뒷감당 괜찮겠냐?"

케인은 작은 목소리로 속삭였다.

"그렇게 사칭하다가 나중에 들키기라도 하면 어쩌려고? 진짜 김태현이 나올 수도 있잖아."

"……사칭 아니야 이 자식아."

"하하, 무슨 소리야. 사칭이잖아."

"사칭 아니라니까."

"사칭 아니야. 내가 보증해."

둘의 대화를 듣던 이세연이 지친 목소리로 끼어들었다.

"……뭐? 사칭 아니야?"

"잘 생각해 봐. 저런 인간이 두 명 있겠어?"

이세연은 태현을 손가락으로 가리키며 말했다. 그러자 케인의 얼굴색이 빠르고 다양하게 바뀌기 시작했다.

"어…… 네가……?"

"솔직히 눈치 못 챈 놈들이 더 이상한 거 아니냐? 이름도 그대로에 스타일도 비슷한데."

"네가 아니라며!!"

"그걸 믿는 놈이 바보지."

케인은 조용히 도동수 옆에 갔다. 그리고 같이 넋 빠진 얼굴로 자리에 앉았다.

"……야. 경기 시작을 두고 저렇게 만들면 어떡해! 안 그래도 한 명 부족한데!"

"어? 도동수 PK는 무조건 하고 갈 생각이었어? 난 별생각 없었는데?"

"……."

"농담이야. 나도 할 생각이었지."

"진짜 한 대만 때리게 해줄래?"

케인의 반응은 태현도 예상 못 한 반응이긴 했다.

케인도 나름 판온 1때 태현 팬이었지만, 케인은 보통 평소에는 '이세연이 짱이다!'라고 말하고 다녔던 것이다. 그래서 태현은 케인이 '어? 네가 판온 1 김태현이었다고? 하하 어쩐지 좀! 그럴 거라고 생각은 했는데!'라고 잘 받아들일 거라고 생각했는데…….

'저거 슬슬 불안한데. 5경기 괜찮나?'

태현은 케인에게 다가가서 말을 걸었다.

"케인. 잘 들어라."

"……?"

"5경기는 이제까지 했던 것 중에서 가장 힘든 경기가 될 거야. 도동수는 죽을 거고."

"……."

"우리는 4명으로 시작해야겠지."

누가 들으면 다른 팀이 도동수를 죽이는 줄 알 것 같은 말투였다.

"네가 죽이는 거잖아……!"

"닥쳐. 그건 중요하지 않아. 우리는 쓸 수 있는 패는 거의 다썼고 남은 건 몇 개 없어. 상대도 이제 아까처럼 속아 넘어가주지는 않을 거고. 그러면 뭐가 필요하겠냐."

"뭐가 필요한데?"

"최대한 능력을 발휘하는 게 필요하다 이거야. 우승하고 싶냐?"

"우승하고야 싶지……."

"그러면 집중하고 정신 차려! 평소에 하던 것보다 두 배는잘해야 하니까!"

"그, 그래…… 그래야지……."

케인은 정신을 차리고 일어섰다.

"너 근데 진짜 판온 1 김태……."

"닥치고 좀 가라."

"응……."

파란의 결승전. 온갖 사건들이 있었고 이제는 한 경기만이남은 상태. 서로가 서로의 전력을 대충 파악했고, 마지막 남은 비장의 수를 다 투입할 게 보이는 5경기!

관중들은 주먹을 쥐고 긴장했다. 과연 어떤 명경기가 나올까? 이제까지 경기를 생각해 봤을 때 5경기는 모든 걸 뛰어넘는 무언가가 나올 것 같았다.

자리에 있는 사람들은 모두 느끼고 있었다. 그들은 오늘 새로 만들어지는 전설을 볼지도 모른다고!

두근, 두근.

-마지막 5경기, 시작합니다……!

그리고 5경기는 끝났다. 팀 에이트의 패배로.

치열한 싸움 끝에 아쉽게 패배한 그런 경기가 아니라, 일방적인 패배였다. 주장인 류태수가 넋이 나가자 너무 손쉽게 무너진 것이다.

-장난하냐?!

-뭐 하는 거야, 류태수!

-돈 받은 거 아니냐?!

-5:4인데도 못 이겨?!

관중석에서 울분에 찬 목소리가 터져 나올 정도!

너무 어설프고 실수로 가득 찬 경기 운영에 해설자들도 당황할 정도였다.

'3, 4경기 지긴 했지만 저렇게 멘탈이 깨질 정도였나?'

'이해가 안 가는데.'

한 경기가 끝날 때마다, 경기의 하이라이트 영상이 거대한 화면에 나왔다. 4경기의 하이라이트는 당연히 케인이 자폭으로 4명을 쓰러뜨리는 영상이었다. 그리고 5경기가 막 끝난 지금, 5경기의 하이라이트가 나오고 있었다.

태현 팀 4명이 경기가 시작하자마자 도동수를 둘러싸고 두들겨 패는 모습이었다.

"꺼! 저건 꺼!"

"잠, 잠깐만요……."

"하이라이트 확인 안 하고 올리냐?!"

"이, 이게 자동이라서…… 제가 하는 게 아니라 AI가 하는 거라고요!"

관중석에서는 폭소가 터져 나왔지만 방송국 입장에서는 당황스러운 일이었다. 서둘러서 다른 영상으로 대체하려고 했지만 이미 다 나간 영상!

해설자들과 캐스터도 '이걸 어떻게 말해야 하나' 같은 표정을 지었다. 그러나 그들은 프로! 이런 상황에서도 말을 할 수 있는 게 그들이었다.

-아…… 하하! 방금 하이라이트가 조금…… 그랬죠?

-이게 하이라이트가 사람이 고르는 게 아니라 AI가 알아서 골라주는 거다 보니 좀 잔 실수가 있습니다.

-방금 경기가 조금 그렇긴 했죠. 1~4경기를 본 관중들 눈에는 5경기가 성에 안 찼을 테니까요. 사실 류태수 선수가 방금 미츠…….

배중환 해설자가 별생각 없이 또 자기 생각을 말하려고 하는 순간 배중열이 재빨리 형의 정강이를 걷어찼다.

'컥!'

'제발 생각 좀 하고 말해, 형! 아까 말한 것 때문에 MBS 눈치 보여 죽겠는데!'

배중열은 필사적인 눈빛을 형에게 보냈다. 배중환은 미안하다는 듯이 고개를 끄덕였다. 배중환은 다 좋았는데 저렇게 생각 안 하고 말부터 먼저 하는 게 문제였다. 프로게이머 선수로 뛰던 시절에도 저 생각 안 하고 도발부터 먼저 하는 성격 때문에 문제가 많았다.

'어휴, 저기 케인 선수 보니까 우리 형 생각나네, 진짜.'

배중열은 속으로 그렇게 생각했다. 케인이 알게 된다면 억울해서 눈물을 흘렸을 생각이었다. 아까 도동수 관해서 MBS를 한 번 깐 것 때문에 눈치가 보이는 상황. 물론 MBS 측에서 팀을 개떡같이 짰어도 그걸 말할 수는 없었다.

-아. 캡슐에서 선수들이 일어나서 나옵니다!

-박수가 쏟아지네요. 명경기를 펼쳐준 선수들을 향한 박수입니다!

-그런데 분위기가 좀…….

-형 제발 좀!

-저, 저기 두 분…….

캐스터가 당황해서 해설자들을 말렸다. 그러나 배중환의 말은 틀린 게 없었다. 그만큼 자리의 분위기는 어색했던 것이다. 아까 하이라이트의 어색함은 시작이었을 뿐!

먼저 태현 팀의 분위기가 어색했다. 승리한 팀의 분위기가 전혀 아니었다. 일단 태현과 도동수는 서로 고개를 돌리고 있었다. 거기까지는 자리의 모두가 이해했다.

-저러는 게 당연하지!

그리고 케인도 태현에게 고개를 돌리고 있었다. 아까 들은 사실의 충격 때문이었다. 경기가 다 끝나니 새삼스럽게 밀려오는 충격!

'이건 말도 안 돼……!'

도저히 머리로 받아들여지지 않는 사실! 아니, 태현의 말을 들어보니 이제까지 눈치 못 챈 게 이상하긴 한데 그래도 좀…….

"말도 안 돼, 말도 안 돼……."

이세연이 그걸 보고 태현에게 속삭였다.

"야, 쟤 망가진 거 같은데?"

"한 대 때리면 돌아올 거야. 기다려 봐."

"안 돼! 카메라 있다고!"

마지막으로 팀 에이트의 분위기도 어색 그 자체였다. 특히 류태수는 얼굴이 새빨개져서 고개를 들지 못하고 있었다.

팬들은 '태수야! 고개 들어! 넌 최선을 다했어!'라고 하거나 '저렇게 최선을 다하는 게 프로지!' 하면서 응원과 격려를 던졌다.

류태수가 저러는 이유가 패배의 분함 때문이라고 생각한 것이다.

-진정 프로는 경기 하나에 저렇게 목숨을 거는 거야!

-류태수 너무 멋지다!

물론 패배의 분함도 있었지만, 류태수가 저러는 이유는 다른 데에 있었다.

"어, 음……."

승자와 패자가 서로 악수하는 시간. 류태수는 태현의 얼굴을 쳐다보지 못하고 고개를 푹 숙이고 있었다.

"음, 미안……."

그 태현이 어색한 분위기를 이기지 못해 사과할 정도!

"아, 아니……. 김태현 씨…… 잘못이 아닙니다……."

"어…… 그래……."

"제가…… 음……. 그래도…… 혹, 혹시 사인해 주실 수 있으신지?"

태현과 좀 다른 방향으로 험상궂게 생긴 사람이 저런 말을 하니 당황스러울 수밖에 없었다.

"나중에 대회 방송 끝나고 해드리겠습니다."

"감, 감사합니다……."

태현은 일단 악수하고 서로 멀어졌다. 그리고 류태수가 저 멀리 걸어가자 가슴을 쓸어내렸다.

"와, 숨 막혀 죽는 줄 알았네."

"왜 그래?"

"네가 나 같은 일을 겪어봤어야 알지. 내가 4경기 때 얼마나 끔찍한 일을 겪었는데."

이세연은 고개를 갸웃거렸다. 그녀가 알 리 없었다. 류태수가 태현과 마주해서 무슨 말을 했는지!

선수들이 세상에서 가장 어색한 시간을 보내는 동안, 해설자들도 최선을 다해서 어색함에서 벗어나려고 몸부림쳤다.

-아, 그리고 보니 4경기 때 김태현 선수가 폭탄 발언을 했었죠.

김수아 캐스터가 생각났다는 듯이 말을 꺼냈다. 아까는 도동수 팀킬과 대회 도중이라 넘어갔지만, 생각해 보니 이건 엄청난 화젯거리였다. 게다가 이렇게 어색한 상황에서 꺼내면 주제를 넘기기 좋은 화제!

-네? 도동수 선수를 팀킬하자고 한 거요?

-아니요…… 자기가 판온 1 때 김태현이라고 한 거요…….

이제 김수아까지 배중환 해설자를 차가운 눈빛으로 쳐다보았다. 배중환은 면목 없다는 얼굴로 고개를 푹 숙였다. 분위기가 또 개판이 될 거 같자 배중열이 재빨리 끼어들었다.

-아. 그 발언은 정말 충격적이었죠. 사실 판온 1 김태현 플레이어가 김태현 선수 아니냐는 말은 예전부터 많이 나온 말이긴 했습니다.

-그런가요? 저는 왜 못 들어본 거 같죠?

-왜냐하면 김태현 선수 본인이 그걸 부정했거든요. 판온 1 김태현 플레이어가 워낙 대단했던 플레이어라, 다들 '어라? 정말 김태현이면 그걸 부정할 필요가 있나?' 생각했던 거죠.

물론 태현이야 자기가 PK한 수많은 플레이어들의 원한 때문에 숨긴 거였지만, 배중열 같은 사람이 그 이유를 알 리 없었다. 엮인 적 없는 사람들에게 태현은 그저 판온 1의 마지막 화제를 불러일으켰던 화제의 랭커였을 뿐!

-아. 그런 거군요. 그런데 김태현 선수는 왜 그걸 부정했던 거였을까요?

-김태현 선수 본인이 말했듯이 판온 1과는 선을 긋고 싶었던 거겠죠. 얼핏 들으면 이해하기 힘들지만 전 이해가 갑니다. 만약 김태현 선수가 처음부터 밝히고 했다면 다른 사람들이 다 판온 1 때 했던 일들과 엮어서 생각했을 거예요. 그런 관심을 좋아하지 않았던 거죠. 저런 타입의 선수는 자존심이 강하거든요.

배중열은 '난 알 거 같다'는 표정으로 고개를 연신 끄덕였다. 멀리서 듣던 태현은 황당했지만 내버려 두었다. 알아서 좋게 해석해 주는데 굳이 말릴 이유가 없었던 것이다.

-어찌 보면 대단하네요?
-그렇죠. 사실 판온 1때 랭커들 중 자기 신분 숨기고 판온 2 시작한 랭커들은 드물거든요. 김태현 선수 정도 되는 랭커라면 더더욱 그렇죠.

"장난해?"
같이 듣던 이세연은 어이가 없었다. 적을 하도 많이 만들어서 정체 숨기고 다닌 놈인데 무슨 '자존심'이니 '다른 랭커들과 달리 처음부터 시작한다'느니……. 아무리 콩깍지가 껴도 정도가 있지!
태현은 그 말을 듣고 이세연을 비웃었다.
"판온1때 랭커 찍은 거 등에 업고 판온2 하는 치사한 플레이어도 있나 봐?"
"……너 진짜 죽는다."
둘이 그러는 동안 해설자들은 한참 태현의 칭찬을 늘어놓았다. 대회 우승도 이끌었고, MVP는 거의 확실시된 상황. 대회 내 팀킬 같은 웃지 못할 상황이 벌어진 이상 수습하기 가장 좋은 건 이런 거였다.

"가자. 이제 곧 시상식 해야지."

"쟤네들은 저기 두고 가면 안 되냐? 분위기 칙칙하게……."

태현은 케인과 도동수를 가리키며 말했다. 물론 일이 그렇게 될 리 없었다.

시상식은 평탄하게 진행되었다. 대회 내 MVP는 태현이 받았다. 받으러 갈 때 옆에서 뿌드득 소리가 들렸지만 태현은 상큼하게 웃어주며 상을 받았다.

준우승은 팀 에이트. 류태수가 태현과 눈이 마주칠 때마다 세상에서 가장 어색한 얼굴로 피했기에 같이 피해줬다.

그러나 그 정도 어색함은 그 이후에 비교하면 약한 편이었다. 우승 트로피를 받기 위해 팀 전원이 나왔을 때가 절정이었다. 모두 다 어색하게 미소지으며 트로피를 들어 올리는 모습! 게시판에는 '세상에서 가장 어색한 사진' 같은 이름으로 남게 되는 모습이었다.

다행히 해설자들이나 캐스터도 경기 내 있었던 팀킬 사건은 이야기하지 않았다. 정말 생각지도 못했던 사건이라 MBS 측에서도 어떻게 건드려야 할지 모르고 넘겼던 것이다.

"자, 그러면. 마지막으로 소감 한마디 부탁드립니다!"

"함께해서 더러웠고 다시는 만나기 싫네요!"

이세연의 말과 함께 웃음이 터져 나왔다.

'진담이지?'

'진담이지.'

"축하드려요!"

"어…… 게임 안에서 보고 있던 거 아니었어?"

"결승인데 그럴 수는 없죠!"

이다비는 축하의 꽃다발을 건넸다. 태현은 당황한 표정으로 받았다.

"뭘 이런 걸 다?"

"축하잖아요!"

"근데 왜 못 놓고 있냐?"

이다비는 꽃다발을 잡은 손을 놓지 못하고 있었다. 가격 때문에!

"무리하면서 살 필요는 없는데…….."

"이, 이 정도는 괜찮거든요."

"너 눈에 눈물 고인 거 아니지?"

"아니거든요!? 기쁨의 눈물이거든요?!"

태현과 이다비가 떠드는 동안 이세연은 피곤한 표정으로 말했다.

"난 이만 가볼게. 먼저 약속이 있어서."

"남자친구분이세요?"

"무슨 소리야?! 가족이야!"

"아, 네……."

이세연은 당황한 표정을 가다듬더니 먼저 가버렸다. 태현은 어깨를 으쓱하며 말했다.

"그러면 뭐 남은 사람들끼리 축하 회식이나 할까?"

"어, 죄송하지만 저도 약속이 있어서……."

김철수가 미안하다는 듯이 말했다.

"가족 약속이면 어쩔 수 없죠."

"여자친구하고 약속이 있는데요."

태현과 이다비의 싸늘한 눈빛에 김철수는 재빨리 도망쳤다.

"근데 케인 씨는 어디 계세요?"

"아. 걔는……."

태현은 안쓰럽다는 듯이 말했다.

"붙잡혔어. 웬 이상한 여자한테."

시상식까지 끝나고, 방송국 스태프들에게 '고생 많으셨습니다'라고 인사하며 태현 팀은 나서려고 했다. 그 순간 파이브 걸즈의 하연이 찾아왔다.

"아. 안녕하세요. 하연 씨. 여기는 무슨 일로?"

"여기 케인이란 선수 누구예요?"

"저분인데요?"

"감사합니다!"

하연의 얼굴을 알아본 태현은 어떻게 된 일인지 깨달았다.

'아하! 내가 케인의 이름을 써서 그렇게 된 거였군!'

물론 그렇다고 케인에게 사과할 생각은 조금도 없었다.

태현은 케인을 버리고 재빨리 뒤로 돌아서서 튀었다.

경기의 충격으로 멘탈이 나간 케인은 태현이 사라진 것도 눈치채지 못하고 멍하니 있다가 그대로 붙잡힌 것이다.

거기까지 설명을 들은 이다비가 궁금하다는 듯이 물었다.

"그래서요? 그다음에는요?"

"나도 몰라. 도망쳤다니까?"

"뭐 알아서 잘하겠지. 설마 죽기야 하겠어."

그때 핸드폰이 울리기 시작했다. 케인에게서 온 전화였다. 태현은 가볍게 통화를 끊었다.

"우리끼리 먹자. 얘는 못 나올 거 같다."

"어, 저도……."

"……설마 너도 약속 있냐?"

태현은 떨떠름한 표정을 지었다. 역시 친구 없는 건 에반젤린밖에 없단 말인가! 아니, 이제 에반젤린도 친구가 있었으니…….

"아뇨. 약속은 아니고 동생들 데리고 왔거든요. 동생들 챙겨줘야 해서……."

"걔네들도 데리고 와. 같이 먹으면 되잖아."

"네? 그래도 돼요?"

"안 될 게 뭐가 있어. 데리고 와."

"네!"

이다비가 신이 나서 동생들을 데리러 간 사이, 태현에게 다시 전화가 왔다. 케인인 줄 알고 끊으려고 했지만 최상윤에게서 온 전화였다.

"어. 상윤아."

-우승 축하한다! 미친놈아!

"아니, 나는 잘 해보려고 했는데 도동수가 자꾸 날 괴롭히더라."

-나도 방송 봤거든? 네가 도동수를 괴롭히면 괴롭혔지 도동수가 널 괴롭히긴 뭘 괴롭혀! 뒷감당은 어떻게 할 거냐?

"에이, 뭐 이제 초보자도 아닌데 한두 명 덤비는 것 정도는 상대하거나 도망칠 수 있겠지."

-한두 명이 아닐 텐데.

"응?"

-지금 너 잡으러 가자는 놈들이 게시판에 수십 명 넘게 모였어.

"에이, 그래 봤자 안 올 놈들이야. 걱정할 필요 없어."

태현은 자신만만하게 말했다. 저런 식의 연합이 맺어진 게 이번이 처음이 아니었다. 전에 쑤닝과 성기사이즈킹 길드를 탈탈 털고 나서도 저런 연합이 생기지 않았던가. 실제로 대형 길드 연합에서도 '저 김태현 자식을 조져 버리자!' 하는 여론이 몇 번 나왔었고. 그런데도 실제 결과로 나온 게 거의 없는 이유는 하나였다.

-김태현을 조지자고? 난 당한 거 없는데?
-김태현 조지려면 잃을 게 너무 많지 않냐?
-조지자고? 나야 좋지. 대신 다른 놈들이 앞에 섰으면 좋겠네. 난 뒤에 설게.

-이런 개X끼가?

다들 이기적이었기 때문! 태현을 상대하려면 분명 재수 없는 사람 한둘 정도는 로그아웃 당할 텐데, 다들 아쉬운 게 많았던 것이다.

덕분에 태현은 아직까지 잘 먹고 잘살 수 있었다.

그러나 최상윤은 심각했다.

-이번에는 좀 다르다니까.

"응?"

-내가 아는 랭커 중 한 명은 네 방송 보고 아예 작정하고 사람 모으던데.

태현은 갑자기 등골이 오싹해지는 걸 느꼈다.

-넌 네가 했던 짓들을 과소평가하는 경향이 있어. 당한 놈들은 아직도 이를 갈고 있다고.

"에이, 언제 때 일인데……."

-야, 도동수를 봐라.

"그렇게 말하니까 납득이 되네."

이런 원한은 평생 간다! 실제로 도동수는 자기 대회와 커리어를 말아먹을 각오를 하고 태현에게 덤벼들지 않았는가.

물론 태현이 더럽게 괴롭히긴 했지만…….

-일단 진짜 조심해라. 나도 슬슬 퀘스트 다 깨가니까 너 도와주러 갈게.

-그래 주면 고맙고.

태현은 최상윤의 말을 들으면서 상황을 계산했다.

일단 영지는 괜찮았다. 귀족 기사단도 아직 써먹을 수 있었고 필요하면 공적치 포인트를 써서 주변 왕국에서 힘을 빌려올 수도 있었으니까.

'확장을 안 해서 망정이지……'

그나마 영지가 하나여서 막기도 쉬웠다.

'언제쯤 오려나? 암살자 플레이어들을 보내려나? 투기장 나서서 그냥 바로 사라져야겠군. 한동안 권능 퀘스트나 깨야겠어. 아, 맞다. 갈락파드도 만나야 하는데……'

"안녕하세요!"

앳된 목소리. 태현은 고개를 돌렸다. 이다비를 닮은 어린아이 둘이 태현을 쳐다보고 있었다.

"동생?"

"네. 동생이에요."

둘은 태현을 보고 흠칫하며 뒤로 한 걸음 물러섰다. 명백하게 겁먹은 그 모습에 태현은 살짝 마음의 상처를 입었다. 다른 건 몰라도 어린애들은 정직하지 않은가!

"아하하…… 애들이 좀……"

이다비는 태현이 상처 입은 걸 눈치채고 바로 고개를 돌렸다. 그리고 동생들을 노려보았다.

'예의 지켜!'

"……!"

이다비의 모습에 동생들은 재빨리 자세를 바로잡았다.

"죄, 죄송합니다!"

"방송에서 봤던 것과 모습이 달라서 순간 겁을 먹었어요!"

지나치게 솔직한 말에 태현의 얼굴이 구겨졌다.

태현은 이다비의 동생들과 같이 걸어가는 중이었다. 그사이 이다솔이 슬슬 눈치를 보며 말을 걸었다. 어떤 사이인지 궁금했던 것이다.

이다비한테 물어봐도 '파트너야', '아무 사이 아니라니까', '아, 너희들 자꾸 캐물으면 방송국에 안 데려간다! 조용히 하고 있어!'라고 대답할 뿐.

물어보려면 지금이 기회였다. 마침 이다비는 다른 동생인 이다샘과 이야기하고 있는 중!

"저기……."

"?"

"언니랑 무슨 사이세요?"

"친구인데."

"친구요?!"

깜짝 놀라는 이다솔!

"왜 놀라는 거지?"

"언니한테 친구가 있을 줄이야……!"

태현은 복잡한 눈빛으로 이다비를 쳐다보았다.

동생들한테 어떤 이미지길래?

"아, 아니요. 언니가 이상하다는 게 아니라…… 언니는 정말

착해요! 저희 때문에 일만 하고! 그, 언니한테 친구가 없는 건 아니에요! 언니 친구 많아요!"

"그, 그래."

"진짜예요!"

"그래…… 알겠으니까 그만해……!"

듣는 태현이 민망해지는 변명! 이다솔은 당황해서 어쩔 줄 몰라 했다. 어쩌다 보니 이다비를 욕하게 된 셈이 되었다.

이것 때문에 태현이 이다비를 오해하기라도 한다면……!

"무슨 이야기 하고 있어요?"

"아. 어. 음."

태현은 순간 뭐라고 말해야 할지 머리를 굴렸다.

"네, 네 칭찬?"

"네? 아, 아하하…… 너는 왜 그런 소리를 하고 그래?"

이다비는 얼굴을 붉히며 이다솔을 잡아끌었다.

이다솔은 감사하다는 듯이 고개를 숙였다.

"그런데 우리 어디 가요?"

"고기 먹으러 가자. 축하에는 역시 고기지."

김태산에게서 배운 것!

슬플 때도 고기를 먹고 기쁠 때도 고기를 먹어라!

"앗. 오늘 동네에서 할인 행사하는 정육점 알아요. 거기 가죠."

"아니…… 밖에서 먹을 건데."

"밖에서?!"

"고기를 먹는다고요?!"

이다솔과 이다샘이 동시에 놀란 듯이 외쳤다. 이다비의 얼굴이 새빨개졌다.

"괜찮은 건가요?!"

"같이 방송 봐놓고 대회에서 상금 받은 건 까먹었니?"

물론 상금을 제외하더라도 태현은 돈이 많았지만, 그걸 지금 일일이 설명하는 건 귀찮았다. 두 동생은 납득했는지 고개를 끄덕였다.

"그, 그렇구나……!"

"그러면 대패삼겹살 먹으러 가나요?"

"……한우 먹으러 가자."

태현은 최대한 표정을 유지하려고 애쓰며 그렇게 말했다.

태현이 이다비 동생들과 신나게 고기를 먹고 있는 동안, 케인은 생각지도 못한 일을 겪고 있었다.

'나는 지금 세상에서 가장 행복한 사람이야……!'

대회 우승! 막대한 상금 획득! 가족들의 시선 변화! 더 이상 밥 축내는 백수가 아니다!

김태현의 정체가 너무 신경 쓰이긴 했지만 케인은 일단 이건 제쳐두고 생각하기로 했다. 너무 행복했으니까!

"야! 네가 케인 선수 맞…… 어? 케인 선수 맞죠?"

케인은 고개를 돌렸다. 그리고 깜짝 놀랐다. TV에서나 봤던 파이브 걸즈의 하연이 눈앞에 서 있던 것이다.

케인의 가슴이 쿵쿵 뛰기 시작했다.

"헉, 혹, 혹시 파이브 걸즈의 하연⋯⋯."

"맞는데요⋯⋯ 이상하다?"

하연은 고개를 갸웃거렸다. 그때 회사에서 봤던, 자기가 케인이라고 했던(실제로는 태현인) 사람과 너무 다르게 생겼던 것이다.

"팬, 팬입니다!"

"어⋯⋯ 고마워요. 저도 그쪽 팬이에요."

"감, 감사합니다?"

서로 혼란에 빠진 사이 훈훈한 대화가 오갔다. 케인은 하연의 그냥 팬이었고, 하연은 판온 대회를 챙겨보다가 케인의 팬이 되었다. 문제는⋯⋯.

"어, 저기, 지금 뭔가 이상한데요."

"네?"

"그 어떤 사람이⋯⋯ 그쪽을 사칭하는 것 같은데⋯⋯."

하연은 침착을 되찾고 설명을 시작했다. 회사에서 어떤 놈이 당신을 사칭하고 있다!

설명을 듣던 케인의 표정이 오묘하게 변했다.

'이, 이 자식⋯⋯!'

서당 개 삼 년이면 풍월을 읊는다고, 케인도 이제 이런 일을 겪으면 바로 눈치를 챘다.

'김태현 이 자식⋯⋯!!'

"김태현 그놈입니다!"

"네?"

"김태현 그놈이 사기를 친 거예요! 아주 나쁜 놈이라니까요!"

"헉! 김태현이요? 세연 언니가 그 사람 욕한 적 있었는데!"

숨겨진 일을 들었지만 그건 그거고, 케인은 눈앞의 일에 집중하기로 했다. 일단 태현을 욕하자!

사람은 원래 같은 사람을 싫어할 때 빠르게 친해지는 법. 제카스와 쑤닝이 그랬듯이, 하연과 케인도 그랬다. 같은 사기 피해자인 둘은 태현의 욕을 하며 빠르게 친해졌다.

"그 자식이 그랬다니까요?! 그게 말이 됩니까?!"

"정말 그랬어요!? 진짜 나쁜 사람이네! 잠깐만요. 그러면 제가 판온에 들어가서 찾아갔을 때 막 이상한 소리 하면서 도망친 것도 그 김태현이란 사람인 거죠?"

"아, 아니요. 그건 전데요……."

갑자기 싸늘해지는 분위기! 하연의 눈빛이 차가워지자 케인은 가슴이 덜컥 내려앉는 기분이 들었다.

"그, 그게 아니라! 어떻게 된 거냐면요! 암살자인 줄 알았어요!"

"네?"

"그게 설명하면 긴 이야기인데……!"

진땀을 흘리며 케인은 구구절절 설명했다. 태현에게 고마워해야 할지, 화를 내야 할지 모를 기분이었다.

"투기장 우승을 축하합니다. 이 명예로운 메달을 받으십시오."

프리카 투기장의 정령 NPC가 나와서 태현에게 메달을 건넸다. 이세연이나 도동수, 김철수는 각자 알아서 보상을 받았고, 태현과 케인은 지금 들어와서 보상을 받고 있었다.

대회의 상금은 상금이고, 게임 내로도 보상이 있었다. 그만큼 큰 규모의 대회였던 것이다.

[아이템을 얻었습니다. 명성이 올랐습니다.]

[레벨 업 ……]

태현은 깜짝 놀랐다. 보상이 클 거라고 생각은 하고 있었지만 레벨이 한 번에 3번이나 오른다고?

옆의 케인을 보니 태현보다 더 놀란 것 같았다. 태현처럼 레벨 업 제한이 걸린 플레이어가 아니라면 레벨이 한 번에 거의 10 넘게 올랐을 거란 뜻!

'이걸 좋아해야 하나…… 말아야 하나……'

좋긴 한데 이세연이나 도동수가 이만큼 올랐을 거라고 생각하니 좋아할 수가 없었다.

[행운이 4,500에 도달했습니다.]

[칭호: 억세게 운 좋은 사람을 얻었습니다.]

[스킬 <행운 전환>을 얻었습니다.]

칭호: 억세게 운 좋은 사람

당신은 대륙에서 가장 운 좋은 사람입니다. 앞으로도 다른 사람들은 당신을 따라올 수 없을 겁니다.

다른 플레이어들에게 행운 관련 스킬 잠금.

<행운 전환>

랜덤으로 스탯 하나를 고릅니다. 일시적으로 행운을 그 스탯으로 전환시킵니다. 행운 관련 스킬 페널티는 유지됩니다.

행운 스탯이 4,500에 도달함으로써 얻은 새로운 스킬.

태현은 주먹을 불끈 쥐려다…… 말았다.

'응?'

뭔가 좀 미묘했던 것이다. 일단 <행운 전환>에서 행운 관련 스킬 페널티는 유지된다는 건 납득할 수 있었다.

<신의 품격>은 행운 스탯에 따라 회피율과 치명타율에 버프를 주는 대신 레벨 업에 필요한 경험치를 올려 버리는 강력한 페널티 스킬. 이런 게 풀린다면 그냥 행운 전환으로 행운을 내린 다음 레벨 업을 하면 됐다.

거기까지는 바라지도 않았다. 문제는 랜덤으로 스탯 하나를 고른다는 것!

'필요할 때 못 쓰지 않나?'

필요할 때 원하는 스킬을 고르지 못한다면 답이 없었다.

게다가 이 스킬이 쿨타임이 만만한 스킬도 아니었고…….

'으, 그나저나 행운이 슬슬 진짜 위험한데.'

태현은 고민에 잠겼다. 행운이 4,500. 스탯은 높으면 높을수록 좋았지만 태현은 마음 놓고 올릴 수 없었다.

올리면 올릴수록 레벨 업이 힘들어지기 때문이었다.

적당한 수준에서 내리면서 유지하는 컨트롤이 필요했다.

'행운을 내리려면…… 신수 소환은 용용이 있어서 안 되고, 아티팩트 제작인가?'

아티팩트를 제작할 때 허접한 하급 아이템을 제작하지 않고, 대작을 노리면 되긴 했다. 그런 대작 아티팩트에는 태현의 행운 스탯 소모도 옵션으로 들어갔으니까. 문제는 그런 대작을 만드는 데에는 시간도 오래 걸리고 재료도 많이 필요하다는 것!

'아, 진짜 할 건 많은데 적도 많고…… 뭐부터 해야 하나……'

해야 할 게 너무 많았다. 그래도 태현은 망설이지 않았다. 빠르게 순서를 정하기 시작했다.

"저기요."

"?"

"이 상자도 받으셔야죠."

"아. 예."

생각에 잠겨 있느라 투기장의 정령이 말하는 걸 못 듣고 있었다. 투기장의 정령이 왠지 화난 얼굴로 태현에게 상자를 건넸다.

프리카 투기장 우승자의 황금 상자:

가장 뛰어난 활약을 한 우승자에게만 주어지는 상자입니다. 안에는 무엇이 들어 있을까요?

"케인. 너 뭐 받았냐?"

"나는 은 상자."

"활약도에 따라 다르게 주는 건가?"

"넌 다른 거 받았냐?"

"황금 상자 받았지."

"치, 치사하게 혼자⋯⋯!"

"도동수보다 좋은 거 받았으면 만족해라."

케인은 고개를 끄덕였다. 도동수는 은 상자보다 낮은 등급을 받았을 것이 분명했다.

태현과 케인의 추측은 사실이었다. 우승팀에서 혼자 가장 낮은 등급의 상자를 받은 도동수! 김철수나 이세연은 개인 방송으로 이번 대회에서 뭘 받았는지 밝혔다. 덕분에 도동수도 다른 사람들이 뭘 받았는지 알 수 있었던 것이다.

이세연, 김철수도 은 상자. 사람들은 둘 다 은 상자를 받았다는 것에 의아해했다.

-황금 상자 받은 사람은 없나?

-케인이나 김태현이 받았을 수도 있어.

-김태현은 받았겠다.

-케인은 왜?

-야. 케인이 킬한 게 몇 명인데. 자폭도 킬이다!

모르는 곳에서 그런 대화가 오가는 줄은 상상도 못 한 채, 태현과 케인은 생각지도 못한 보상에 기뻐했다.

'일단 나중에 까야겠군.'

태현은 그렇게 생각하며 상자를 집어넣었다.

'지금 스탯이……'

HP : 25,540 MP : 24,890.

힘 : 490, 민첩 : 502, 체력 : 570, 지혜 : 533.

행운 : 4,501.

레벨 100도 안 된 플레이어라고는 절대 생각할 수 없을 정도로 강력한 스탯들! 아키서스 관련 직업으로 인한 스탯 성장 버프에, 태현이 굵직굵직한 퀘스트들만을 깨온 덕분이었다. 게다가 한 가지 특이한 점이 있다면 스탯의 균형이었다. 행운을 제외하면 특이할 정도로 고르게 오른 행운들.

물론 이건 태현이 일부러 의도한 게 아니라, 패시브 스킬이 스탯을 랜덤으로 올린 탓이었지만…….

'덕분에 방랑자 아이템 세트 효과도 상당히 좋아졌어.'

판온 초반에서부터 지금까지 태현의 장비는 계속해서 바뀌어 왔다. 더 좋은 액세서리 아이템이나 더 좋은 무기가 나올 때마다 바꿔 온 것이다.

그렇지만 방랑자의 벨트, 방랑자의 장갑, 방랑자의 외투, 방랑자의 신발 이 네 개의 세트 아이템은 그대로 착용하고 있었다. 착용자의 스탯에 따라 성능이 정해지는 특이한 아이템 성능 때문!

각자 필요한 스탯이 다른 만큼, 다른 직업들은 이런 아이템을 잘 쓸 수 없었다. 보통 주력으로 키우는 스탯이 달랐으니까. 그러나 태현처럼 이렇게 반강제로 균형 맞춘 스탯 성장을 하는 플레이어에게는 이 세트 아이템이 매우 잘 맞았다. 괜히 영웅 등급의 아이템이 아니었다.

'음…… 또 한 번 작정하고 재료를 모은 다음 갑옷을 만들어 볼까? 이번에는 아예 아티팩트로……'

현재 주로 사용하고 있는 갑옷은 〈오스턴 왕가의 비전 갑옷〉. 오스턴 왕국에서 있었던 퀘스트가 끝나고 훔쳐 온…… 아니, 받아 온 갑옷이었다. 엄청나게 좋은 갑옷이었고, 지금 당장 경매장에 올려도 수많은 플레이어들이 입찰해 올 물건.

그렇지만 태현은 꼭 저 갑옷만 착용할 필요는 없었다.

'갑옷도 여러 개 있으면 싸울 때 선택지가 많아지니까 편하지.'

아키서스 아티팩트 제작이란 선택지도 있었고, 만들 능력만 있다면 만드는 게 좋았다.

'갑옷이나 무기. 그 두 개로 좁혀야겠다. 무기는 뭐가 좋으려나.'

검을 만들어볼까 싶었지만, 생각해 보니 지금 갖고 있는 검들이 너무 좋았다. 재료 구하는 것도 만만치 않을 테고.

'차라리 머스킷으로 가볼까?'

머스킷. 대부분 활이나 석궁을 쓰지, 머스킷은 잘 쓰지 않았다. 연사 속도 느리고 고장 확률 있고 기계공학 대장장이도

적고…… 하여튼 단점들이 너무 많았으니까.

그렇지만 장점이 하나 있었다면, 그것은 대미지! 어차피 자기 자신이 기계공학 스킬이 있고, 행운 덕분에 고장 확률은 신경 쓰지 않는 데다가, 가까운 거리에서 깜짝 폭딜을 넣는 전략을 자주 쓰는 태현에게는 참 편한 무기였다.

'하긴, 지금 쓰고 있는 머스킷은 몬스터나 던전에서 뺏은 걸 개조해서 대충 쓰고 있는 거니까…….'

퉁-

태현이 그렇게 생각하며 걸어가던 도중, 갑자기 발걸음이 멈춰졌다. 앞에서 걷던 케인이 멈춰선 것이다.

"어……."

"왜 그래?"

"저, 저기…… 저거 뭐냐?"

투기장 정문을 나서자 수많은 플레이어들이 보였다. 거기까지는 괜찮았다. 원래 이 주변에는 플레이어들이 엄청나게 많았으니까. 온갖 목적으로 온 플레이어들이 우글거리는 것이 일상이었던 것이다.

그런데 오늘은 뭔가 달랐다. 입구 주변에서 좌판을 깔고 있던 상인이나 제작 직업 플레이어들이 아무도 없었다. 대신 중무장한 플레이어들만이 빙 둘러싸고 대기하고 있었다.

그중 몇 명을 알아본 케인이 깜짝 놀랐다.

"저놈들 랭커잖아……!"

그 말을 시작으로, 입구를 둘러싸고 기다리고 있던 플레이어들이 입을 열었다.

"저거 케인이다!"

"저 못생긴 코와 귀 아이템을 끼고 있는 놈이 케인이다. 다른 놈일 수가 없지."

"그러면 저 옆의 놈은……."

"김태현이군!"

태현은 혀를 찼다. 본인이야 얼굴 바꾸고 다니는 게 습관이 됐다지만, 케인은 자세히 쳐다보면 누군지 알 수 있었다.

더 확실히 변장을 시켰어야 했는데!

'대회 끝났다고 너무 무르게 대응했나……'

대회의 보상 때문에 들떠서 실수를 저질렀다.

태현은 주변을 둘러보았다. 여기서 몇 명 정도의 플레이어가 적일까?

"김태현! 가면을 벗고 당당히 나와라!"

한 명이 무기를 겨누고 외쳤다. 지금 이 장면은 방송으로 생중계되고 있었다. 그런 만큼 모두 다 어깨에 힘이 들어가 있었다. 여기에 모인 사람들이 모두 태현에게 원한이 있었지만, 그것과 별개로 태현은 지금 판온에서 가장 주목받고 있는 플레이어였다. 한국 단위가 아닌 전 세계적으로!

태현과 이렇게 맞붙는 건 수많은 사람들의 주목을 받을 것이다. 그런 만큼 모두 각오가 남달랐다.

"저 김태현 아닌데요?"

분위기 깨는 한마디!

자리에 있던 모두가 태현을 노려보았다. 판온1 때부터 그랬지만, 남들이 기대하는 건 무조건 꺾고 보는 게 태현이었다.

"저 ××가 진짜……."

"야. 벌써부터 휘말리지 마라."

플레이어들이 떠드는 사이, 태현에게 귓속말이 날아왔다.

-야! 지금 너 잡는다고 애들이 모여 있어! 방송까지 진행 중이야! 조심해!

-태현 님! 지금 입구에 갑자기 사람들이 나타났대요! 주의하셔야 해요!

한 박자 늦은 경고들. 태현은 한숨을 쉬었다.

보아하니 케인을 감시하고 있다가 나오는 순간 모두 다 우르르 몰려온 모양이었다. 꽤나 철저히 짠 계획!

결승전에서 정체를 밝힌 이후 모인 놈들인데도 이 정도라니. 정말 태현을 싫어하는 게 분명했다.

"김태현. 지금 여기 몇 명이나 모였는지 궁금한 거 같군."

태현이 안 물어봤는데도 친절히 말해주는 상대방.

살짝 고마워져서 물었다.

"응. 근데 너 누구냐?"

"……이 개자식이 진짜!"

"진정하라니까! 김태현의 도발에 휘말리지 마!"

"후, 후욱. 알고 있어. 알고 있으니까……."

진정하는 데 성공한 플레이어는 이를 갈며 말했다.

"몇 명이 모였는지 궁금하다고? 여기 전원이 네 적이다!"

그 말을 들은 케인이 경악해서 중얼거렸다.

"백, 백 명 정도는 되는 거 같은데……? 정말로?"

"그만큼 널 싫어하는 놈이 많은 거지. 진작에 널 찾아가서 밟아주지 않은 게 한이다! 이 자식아!"

지금 모인 플레이어들은 대부분 판온1 때부터 게임을 했던 플레이어들이었다. 판온1에서 태현한테 랭커 사냥을 당한 랭커. 판온1에서 태현에게 '크하하! 끼고 있는 장비를 내놔라! 내놓으면 PK는 넘어가 주마!'라고 말하며 덤볐다가 갈려 나간 약탈자 플레이어들. 판온1에서 태현에게 '여긴 우리 길드의 영역이다! 꺼져! 꼬우면 덤비던가!'라고 말했다가 길드째로 갈려 나간 플레이어들.

그런 플레이어들이 모두 다 모인 것이다. 태현이 결승전 때 말한 그 발언 하나로!

우리 모두 힘을 합쳐서 김태현 저 자식을 조집시다!

각자의 사정이나 이기심을 전부 멈추고 모이게 만든 태현!

"김태현…… 정말 반갑다. 네가 접었다는 말을 듣고 내가 얼마나 아쉬워했는지 아냐! 어!"

소리를 질러대는 상대 플레이어를 보며 태현은 뒤통수를 긁적였다. 누군지 기억이 잘 나지 않았던 것이다.

'어떻게 해야 하나.'

-야, 일단 프리카 투기장으로 도망쳐야 하지 않냐?

프리카 투기장 건물 안에서는 PK가 불가능했다. 그걸 알았기에 케인은 태현에게 귓속말을 보냈다. 그러나 태현은 냉정하게 고개를 저었다.

-아니, 그건 최악이지.

모인 놈들이 그거 하나를 예상 못 했을 리 없었다. 분명 공간이동 같은 걸 못하도록 막은 다음, 투기장 안에서 못 나오도록 계속 버틸 것이다. 적이 늘어나면 늘어났지 줄어들 리는 없는 상황. 안으로 들어가는 건 최악의 방법이었다.

-지금 뚫어야 한다.
-어떻게? 저 인원을 다 뚫고 가자고?
-뭐 어쩌겠냐. 해봐야지.

태현은 어깨를 으쓱거렸다. 불평한다고 상황은 달라지지 않았다. 그 시간에 어떻게 뚫어야 할지 머리를 굴려야 했다.

-에반젤린.
-뭐야?

-지금 프리카 투기장 앞에서 포위당했는데 와서 도와라.

-뭐?! 내가 왜?!

-반지 받고 싶으면 알아서 와서 도와. 나 죽으면 국물도 없다.

-.......

-100명 정도 모인 거 같으니까 최대한 준비해서 와라. 그래도 부족할 거야.

　

태현은 그렇게 말하고 귓속말을 끊었다. 그러는 동안 상대 방은 태현한테 당했던 걸 구구절절 늘어놓고 있었다. 주변에 몰린 플레이어들은 눈시울을 붉히며 고개를 끄덕였다.

남 일 같지 않은 이야기!

"크흑…… 어떻게 사람이 저럴 수가……."

"저건 인간이 아니야! 인간의 탈을 쓴 악마야!"

물론 태현은 듣지 않고 있었다.

"어떠냐, 김태현! 할 말이 있냐! 이제라도 무릎을 꿇고 용서를 빌 생각이 있다면 네 캐릭터를 끝까지 쫓아가서 PK하는 건 그만둬 주마."

'헉, 생각보다 관대하잖아?'

케인은 깜짝 놀랐다. 여기서 무릎을 꿇고 용서를 빌면 캐릭 터를 끝까지 쫓아다니면서 죽이는 건 그만둬 준다니.

생각보다 괜찮은데?

물론 그건 케인의 기준이었다.

"잘 들었고, 내 대답은……."

태현은 가운데 손가락을 들어 올렸다. 국가와 상관없이, 통역을 하지 않아도 정확하게 의사 표현이 되는 대답!

순식간에 뜨겁던 분위기가 물을 끼얹은 것처럼 조용해졌다. 케인은 그걸 보고 고개를 푹 숙였다.

지금 자기 죽이려고 100명 가까이 모여 있는데!

"오냐! 죽여주마! 죽여 버려!"

"전부 달려가서 밟아버리자! 저 자식이 아무리 잘나 봤자 여기 인원이 모두 달려가서 밟으면 끝장이야!"

그리고 공격이 시작되었다.

공격의 시작은 저주부터였다. 판온2의 태현은 상당히 많은 부분이 방송에 알려진 상태였다. 정확한 직업은 몰라도, 태현이 미친 회피력을 갖고 있다는 건 대부분이 알고 있었다. 그렇다면 가장 잘 먹히는 건 회피력과 상관없이 무조건 명중하는 저주들!

하나하나의 대미지는 없거나 매우 약한 수준이었지만 어차피 물량으로 밀어붙이면 됐다. 저주가 쌓이다 보면 태현의 회피력도 내려가게 마련이었으니.

"미친……."

케인은 눈을 감았다. 날아드는 저주들이 하늘을 새카맣게 물들이고 있었던 것이다. 흔히 볼 수 없는 장관이었다.

자기 일만 아니라면 '와, 판온 그래픽 개쩐다!'하면서 보고 있었을 텐데!

"정신 차려. 이 자식아."

-아탈리 왕가의 저주 해제!

거대한 나팔 소리와 함께 날아들던 저주들이 순식간에 사라지기 시작했다.

"튀자. 넌 반대 방향으로 튀어라."

"뭐?! 진짜!? 괜찮겠냐?! 너 뭐 잘못 먹은 거 아니냐?!"

이제는 배려해 줘도 못 믿겠다는 반응을 보이는 케인이었다.

"그냥 솔직하게 말해라! 뭐든 할 테니까! 이제 와서 속일 이유가 있냐!"

"이 자식이 잘해줘도 난리네. 그냥 반대 방향으로 튀어. 인마."

태현은 케인을 구박했다. 지금 100명 가까이 모인 상황에서 케인을 방패로 삼는 건 그다지 의미가 없었다. 차라리 나눠져서 흩어진 다음 따돌리는 게 편했다.

"진짜지? 나 간다? 나 진짜로 간다? 나중에 뭐라고 하기 없……크헉!"

태현은 케인을 공격했다. 그제야 반대 방향으로 튀기 시작했다.

'자, 이제 어떻게 할까…….'

태현의 약점이 저런 식으로 퍼붓는 저주 공격이긴 했지만,

태현도 당연히 대비책이 몇 개 있었다.

대륙 퀘스트를 깨고서 얻은 〈저주 이동〉 스킬. 오스턴 왕가에서 얻어온 비전 갑옷이나 왕자의 목걸이 같은 아이템에 달린 저주 저항, 저주 반사 스킬.

이런 것들을 쓰면 몇 번의 공격은 더 버틸 수 있었다.

문제는······.

'그런 식으로 가면 소모전이 된다. 지금 상황에서는 절대 하면 안 되고.'

상대방 숫자가 몇 명인데 소모전을 하겠는가. 그랬다가는 금세 말려서 로그아웃 당할 게 분명했다.

그렇다면? 소환!

허공에서 나타난 오토바이. 태현이 거기에 올라타자 주변에 몰린 플레이어들이 고함을 질렀다.

"저거 튀려고 한다!"

"잡아!"

"스킬 걸어!"

한 번 퍼부은 저주 스킬들이 쓸려 나갔기에 손발이 맞지 않았지만, 그래도 수십 개가 되는 스킬들이 다시 날아 들어왔다. 급한 나머지 저주가 아닌 이동 방해 스킬들도 많이 날아왔다.

-발목을 잡는 그림자!

-전사의 밀어내는 붉은 함성!

-뒤통수 후려치기!

"스턴 상태로 만들어! 발만 묶어도 우리가 이긴다!"

퍼퍼펑! 퍼펑! 요란한 스킬 이펙트들.

이렇게 많은 스킬들이 한 사람에게 동시에 쏟아지자 주변이 보이지 않을 정도였다. 시간이 지나고 스킬 이펙트들이 사라졌다. 그리고 플레이어들은 입을 벌렸다.

"뭐, 뭐 저런……."

"멀쩡한데?"

〈신의 예지〉로 위험할 거 같은 저주는 피해내고, 나머지 기타 스킬들은 그냥 몸으로 막아냈다. 어차피 회피력으로 다 '회피했습니다'가 뜨는 공격들!

태현이 도망치려는 걸 보고 급하게 공격하는 바람에 실수한 것이다.

'시간이 좀 더 걸렸어도 무조건 명중하는 저주 위주로 공격을 했어야 했다!'

자리에 모인 플레이어들은 새삼스럽게 깨달았다. 판온1과 달리 판온2의 태현은 정말 까다로운 방어력을 갖고 있었던 것이다.

누군가가 중얼거렸다.

"아오, 저 개××, 그냥 대장장이나 다시 할 것이지……."

"지금도 대장장이 기술 찍었잖아?"

"멍청한 자식아! 지금 그 소리 하는 게 아니잖아!"

그러는 사이 태현은 오토바이를 타고 달리기 시작했다.

그걸 본 플레이어들은 정신을 차리고 움직였다. 처음 계획은 태현이 무슨 수를 쓰기도 전에 압도적으로 짓밟아 버리는 것이었지만, 그게 깨진 지금은 다음 계획으로 넘어가야 했다.

"막아. 어차피 저놈이 이 인원 다 뚫고는 못 갈 테니까!"

"탱커들 앞으로! 탱커들 앞으로!"

"사제들 버프 걸어라! 저 자식 폭딜 주의해라!"

"근데 우리 너무 오버하는 거 아니냐?"

"무슨 소리! 이것도 부족해!"

우르르 움직이며 벽을 만드는 플레이어들. 무슨 모습만 보면 보스 몬스터를 사냥하는 레이드 파티 같았다. 한 명을 상대하면서 이렇게 하는 것도 웃기지만 모두 다 진지했다.

'날아가면…… 격추당하려나.'

궁수에 마법사들까지 우글거리는데 위로 빠지는 순간 오토바이가 집중사격 당할 수 있었다. 스킬로 오토바이를 보호하며 도망치는 것보다는 차라리…… 정면 돌파!

-아키서스의 신성 영역!

[아키서스의 신성 영역이 펼쳐집니다. 영역 안에서는 아키서스의 법칙이 적용됩니다.]

판온의 스킬들 중에서도 손꼽히는 광역기!

태현은 멈추지 않았다. 이번에는 오토바이에 있는 아이템 스킬들을 사용했다.

-폭발 가속, 미쳐 날뛰기!

부아아아앙!

"어, 어, 어?"

각오는 했지만 태현이 각종 스킬들을 쓰며 오토바이를 전력으로 몰아서 다가오자, 정면에 서 있던 플레이어들은 침을 삼켰다. 죽이고는 싶었지만 여기 모인 사람들 중 가장 먼저 죽고 싶지는 않았던 것!

그때, 아키서스의 신성 영역의 효과가 나타나기 시작했다.

[행운 저항에 실패해 저주를 받습니다.]
[지진이 일어납니다.]

"……응?"

방금 뭐라고?

콰르르르르르르르르르릉!

이제까지 싸움으로 났던 소리와 비교도 안 되는 거대한 소리가 땅 밑에서 울려 퍼지기 시작했다. 그리고 무너지기 시작하는 땅바닥!

"뭐야 ××?!"

"피해! 피해!"

각을 잡고 있던 플레이어들의 진형은 엉망이 되었다. 그리고 프리카 투기장 앞마당도!

"꺄아아아악!"

"으아악! 뭐야! 뭐야!"

멀리서 '와! 싸움 났나 보다!', '김태현이 1:100으로 뜬다! 이건 봐야 해!'하면서 파워 워리어 길드 표 팝콘을 뜯고 있던 플레이어들은 비명을 지르며 도망쳤다.

"김태현! 이게 뭐 하는 거냐! 아무리 네가 위험해도 그렇지! 다른 관계없는 사람들까지 말려들게 하다니!"

플레이어 중 한 명이 태현을 가리키며 비난했지만 태현은 귓등으로도 듣지 않았다.

"뭐라는 거야? 지들이 구경하다가 다쳐놓고. 난 잘못 없어."

그러나 비난은 계속됐다.

"넌 판온1 때와 그대로다! 이 쓰레기 같은 놈! 너 같은 놈이 방송 좀 나가고 대회 좀 우승했다고 인기가 많아지다니!"

"우우! 판온을 접어라!"

"너 때문에 우리가 얼마나 피눈물을 흘렸는지 아느냐!"

"100명으로 한 명 잡으려는 놈들이 입은 살아가지고……."

태현은 말과 함께 오토바이로 쓰러진 플레이어 한 명을 내려찍었다.

"크헉!"

죽여서 로그아웃시키려는 생각은 아니었다. 지금 도망칠 길을 만들기 위해서는 최대한 많은 대미지를 넣을 필요가 있었던 것이다.

[사디크의 화염 질주가 발동됩니다.]

"어?"

화르르륵!

"크아악!"

쓰러진 플레이어를 오토바이로 찍고, 그것도 모자라서 사
디크의 화염으로 태워 버리는 확실함!

"아. 맞다. 이것도 옵션에 있었지. 확률 낮아서 잊고 있었네."

오토바이 발동 스킬 중 하나였지만 확률이 낮아서 잊고 있
던 스킬!

"저, 저, 저……."

"저 천하의 사악한 새끼!"

"아, 예."

말과 함께 태현은 포위망을 뚫고 달아나기 시작했다. 욕을
퍼붓던 플레이어들도 재빨리 뒤를 쫓았다.

절대 놓치지 않는다!

지진이 터지고 각종 불행이 일어났어도 의외로 로그아웃 당
한 플레이어들은 얼마 없었다. 사제들이 재빨리 회복 스킬을
걸어준 것이다.

'쯧. 백 명이나 되니까 뭘 해도 수습이 되네. 분리를 안 시키
면 위험하겠는데…….'

그 순간 뒤쪽에서 비명이 터져 나왔다.

"으아악 뭐야?!"

"뱀파이어다!"

에반젤린이 이끄는 뱀파이어들이 나타난 것이다. 생각지도 못한 기습에 플레이어들은 당황했다.

"어떡하지?"

"나눠서 쫓는다. 5조, 6조가 막아! 나머지는 쫓고! 빌어먹을, 저거 에반젤린이잖아! 캐나다 쪽 랭커!"

대회 덕분에 참가한 선수들의 얼굴은 이미 대충 다 알려진 상황이었다.

"에반젤린! 김태현한테 원한이 있지 않냐! 너도 우리와 같은 과다! 우리와 손을 잡고 협력하자!"

자신만만한 제안! 습격대는 진심으로 제안했다. 그들도 대회를 봤고, 에반젤린의 마음을 이해했다. 그들도 그렇게 당했으니까!

그러나 에반젤린은 단호했다.

"시끄러워!"

"?!"

"니들처럼 친구들끼리 몰려다니는 놈들은 내 뭘 안다고 그래!"

한이 맺힌 외침!

에반젤린은 곧바로 광폭화를 한 후 미쳐 날뛰기 시작했다. 데리고 온 뱀파이어 NPC들까지 합세하자 그 기세는 상대하기 어려울 정도였다.

"김태현! 치사하게 이러기냐!"

"정정당당하게 1대100으로 붙자!"

"너희 진심으로 하는 말이야?"

듣고 있던 에반젤린마저 어이없어할 정도!

그 모습에 태현은 안도의 한숨을 내쉬었다. 저 정도라면 확실히 상대를 견제해 줄 것 같았다.

"여기도 있다!"

갑자기 나타난 검사 플레이어. 최상윤이었다.

"사유는 여기 왜?!"

"김태현 도우러 온 거다! 저건 김태현 편이잖아!"

"김태현 이 자식 왜 이렇게 안 하던 짓을 해! 판온1에서는 혼자 살았잖아!"

"이 자식 돕는 사람들은 왜 다 여자야?"

최상윤은 멀리서 태현에게 눈빛을 보냈다.

태현은 고개를 끄덕였다.

-적당히 인원 끌어낸 다음 튄다. 그거면 되지?

-충분하다. 고맙다.

에반젤린을 상대하기 위해서 인원이 떨어져 나가고, 최상윤을 상대하기 위해서 인원이 떨어져 나갔다. 이 정도만 해줘도 충분히 숨통이 트였다.

"고맙다, 모두! 그러면 나는⋯⋯."

그때 한 명이 더 나타났다. 이세연이었다.

"······너는 왜 왔냐?"

시끄러운 와중에도 이상하게 선명하게 들리는 태현의 목소리! 이세연은 표정 관리를 하기 위해 최대한 애썼다.

'도와주러 왔는데 저건 진짜······.'

"이세연?"

"이세연이 왜?!"

하필이면 이세연까지 여기 나타나다니. 습격을 위해 모인 플레이어들은 울분에 차서 외쳤다.

"이세연! 너도 우리가 왜 이러는지는 알 텐데!"

"음······ 이해가 안 가는 건 아니긴 해."

"그렇지! 우리가 얼마나 당했는지 너도 잘 알잖아!"

"근데 난 당한 거 없는데?"

"?!"

"판온1에서 내가 당한 게 있어야지. 난 김태현 이겼어."

어깨를 으쓱거리는 이세연.

그 모습에 태현은 상황도 잊고 울컥했다.

'저게 진짜······.'

그러나 다른 플레이어들이 분노한 것에 비한다면 태현의 울컥함은 아무것도 아니었다.

"그걸 말이라고!"

"저런 상도덕도 없는······! 밟아버려! 어차피 이 인원이면 이세연도 못 이겨!"

"저기 김태현 도망친다."

벌써 거리를 벌리는 김태현! 사방에서 나타난 지원군 때문에 흩어진 플레이어들.

이미 초반의 탄탄한 포위망은 절반 정도로 줄어 있었다.

"그러면 나도 슬슬 도망쳐 볼까?"

"어디를 가려고?!"

"붙게?"

"……두고 보자! 다음에는 용서하지 않겠다!"

이세연은 고개를 저었다.

'저러니까 매번 당하지……'

CHAPTER 2

'어디가 좋을까……'

일 대 다수로 싸워본 경험은 넘쳐나도록 많았다. 오히려 일 대일로 싸워본 적이 더 적을 정도!

'지금 바로 할 수 있는 건 던전인데.'

던전 하나 잡고 들어가서 다른 놈들 끌어들인 다음 하나하 나 괴롭히는 방식. 아무리 숫자가 많아봤자 필드와 달리 던전 에서는 한계가 있었다.

문제는 여기가 프리카 대륙이라는 점이었다. 중앙 대륙과 달리 미리 알아놓은 던전이 적다는 것!

'쓸 만한 던전을 지금 당장 검색이라도 해야 하나? 아, 생각 해 보니 하나 있긴 하네.'

토끼의 신 카르바노그의 던전!

태현은 씩 웃었다. 괜찮은 계획이 떠오른 것이다.

-괜찮냐, 이놈아?

갑자기 유 회장에게서 온 귓속말.

-뭡니까, 어르신? 어르신도 저 도와주러 오셨습니까?
-응? 아니. 이번에 유성그룹에서 여는 자선 대회에 상품으로 내놓을 오토바이는 언제 만들 건지 물어보려고…….
-……끊습니다.
-이, 이놈아! 그거 중요한 거다! 그리고 너 영지에 곡물 많이 쌓였던 데 그거 팔 생각 없…….

뚝!
태현은 대답도 듣지 않고 끊어버렸다. 이세연이 평소에 안 하던 짓을 하는 바람에 순간 착각한 것이다.
'근데 이세연은 왜 도와주러 온 거지?'
순수하게 대회에서 진 신세를 갚으러 온 이세연이 듣는다면 '너 그냥 여기서 죽어라!' 하고 덤빌 생각을 하는 태현이었다. 생각하는 사이 저 멀리 던전의 입구가 보였다.
"저 자식 던전 들어간다!"
"들어가자!"
'하필이면 던전이야?'
'그냥 튈까?'

몇몇은 판온1의 악몽이 떠올라 주춤거렸다. 그러나 결국 도망치는 사람은 아무도 없었다. 인원도 인원이고, 이렇게 모였는데 서로 눈치가 보이는 것이다. 게다가 이 정도 인원이 모이면 특유의 분위기가 생겼다.

'이번에는 다를 거야!'

'판온1에서는 개처럼 깨졌지만 이번에는 다르다. 이 인원에, 김태현이 예상하지 못하도록 밀어 넣었으니 함정도 제대로 못 깔 거다!'

이번에는 다를 거라는 기대! 그 기대에 걸고 플레이어들은 안으로 들어가기 시작했다.

플레이어들은 재빨리 던전의 정보를 검색했다.

"이 던전 자체는 난이도가 낮은데 이어지는 던전이 좀 센가 보다. 몇 번 깨려다가 실패한 던전이라는데?"

"야. 근데 김태현은 왜 안 보이지? 뭔가 이상한데……."

"너 은신 탐지 스크롤 쓴 거 맞지? 설마 돈 아깝다고 안 쓰고 넘어간 거 아니지?"

"누구를 뭘로 보고…… 썼어, 이 자식아!"

던전 안에서 오토바이를 타고 다니지는 않을 테니, 방금 들어온 태현은 그렇게 멀리 가지 못했을 것이다. 그런데 이렇게 빠르게 움직이는데도 모습 하나 보이지 않다니.

"도저히 안 되겠군."

"슬슬 나설까?"

"그래. 그래야겠다. 그냥 내버려 뒀더니 끝이 없어."

뒤에서 수군거리던 플레이어 중 한 명이 나섰다.

"자. 지금부터 내가 명령한다!"

"뭐야?"

"네가 뭔데…… 어? 장쓰안이잖아?"

"장쓰안? 김태현한테 당한 그 장쓰안?"

"야, 눈치 없게 그런 걸 말하면 어떡하냐? 들으면 화날 거 아냐."

장쓰안의 이마에 힘줄이 돋았다가 사라졌다.

"시끄럽다. 너희가 그러니까 김태현한테 지는 거지. 모여서 뭐 이것저것 명령을 하길래 봤더니 제대로 하는 건 없고……."

아까 처음에 공격이 시작되었을 때, 랭커들은 뒤에서 상황을 보고 있었다. 태현의 공격력을 아는 이상 먼저 나가봤자 위험할 뿐. 다른 플레이어들이 덤벼들어서 최대한 김태현에게 대미지를 입히면 그때 가는 게 최선!

"뭐라는 거야, 이게? 같이 김태현한테 깨져놓고서……."

꿈틀- 쉬이익!

장쓰안은 그 말이 끝나자마자 바로 검을 뽑아 덤볐다.

설마하니 이렇게 모인 인원들끼리 싸울 거라고는 생각지도 못한 상대방은 그대로 첫 공격을 당했다.

"컥!"

쉭, 쉭쉭, 쉬쉬식-!

이어지는 연속 공격! 상대 플레이어도 나름 고렙에 해당되는 플레이어였지만 반격 한 번도 하지 못하고 그대로 로그아웃 당했다.

분위기는 싸늘해졌다. 장쓰안은 아랑곳하지 않고 말했다.

"잘 들어라. 너희들은 어차피 판온1때부터 약탈이나 하면서 놀았겠지. 김태현하고는 급이 다르다 이거야. 괜히 단독 행동으로 귀찮게 만들지 말고 내 명령을 들어라. 김태현은 잡게 해 줄 테니까."

"너무 날뛰는 거 같은데, 장쓰안. 여기 저런 놈들만 있는 거 아니거든?"

"카와하라. 너도 와 있었나?"

전투 주술사 카와하라. 랭커 중 하나였다. 저번에 태현과는 길드 연합이 랭커들을 끌고 왔을 때 만난 적이 있었다.

그리고 그전에도 한 번 만난 적이 있었다.

판온1에서 만나 깨졌던 것!

'그때 밟았어야 했는데……'

지금 생각해 보면 왜 눈치 못 챘나 싶을 정도였다.

"너도 알고 있을 텐데. 이 자식들로는 힘들다니까. 안 그래도 절반 정도가 갈라져 나갔는데."

"알고 있어. 좋아. 나도 나설 테니까 손을 잡지."

유명한 랭커들이 나서자 다른 플레이어들은 움츠러들었다.

"다 들었겠지? 우리 말을 들어라. 안 그러면 또 김태현한테 당할 뿐이니까."

'너희도 김태현한테 졌었잖아⋯⋯.'

속으로 그렇게 생각했지만 입 밖으로는 꺼내지 못했다.

"김태현은 던전 안으로 들어가서 좀 포위를 덜 당해보려는 생각 같은데 실수한 거다. 우리는 물러설 생각이 없으니까. 여기 인원을 다 집어넣는 한이 있더라도 놈을 잡는다! 여기는 놈의 무덤이 될 거다!"

"좋은 생각이야. 어차피 시간이 지나면 지날수록 불리해지는 건 김태현이야. 여기로 계속 플레이어들이 올 테니까."

흩어진 플레이어들도 시간이 지나면 여기로 모일 것이다.

태현이 빠져나가지 못한다면 점점 더 불리해지게 마련.

"김태현이 도망만 못 치게 해."

"걱정 마라. 이 주변에 인원이 몇인데. 가자!"

플레이어들은 빠르게 던전을 돌파하기 시작했다. 토끼들이 우글거리는 던전이 아닌, 바깥의 던전은 레벨 낮은 프렐이어도 깰 수 있을 정도의 수준. 최소 고렙에 이 정도 숫자로 몰려온 습격대의 상대는 아니었다.

"김태현은 아직도 안 나오나?"

"다음 던전으로 들어갔군."

슬슬 뭐라도 나올 줄 알았는데 아무것도 나오지 않았다.

'김태현도 급하긴 했나 보군. 설치도 못 하고 바로 안으로 도망쳤나?'

'재료를 챙길 시간을 안 주길 다행이야.'

그렇게 생각하며 토끼들의 던전으로 들어갔다.

"윽! 토끼들이다!"

"공격력이 장난 아니야! 조심해!"

장쓰안은 그걸 보고 쓰라린 기억이 생각나서 얼굴을 찌푸렸다.

"장쓰안. 넌 여기 와본 적 있잖아. 여기서 주의해야 할 게 뭐가 있지?"

"……토끼들이지. 그리고 김태현도 여기 잘 알 테니 조심해야 할 거고."

"그건 다 아는 거잖아."

"그게 다인데 어떡하나?"

장쓰안은 공격해오는 토끼를 피하며 신경질적으로 대답했다. 그걸 눈치챈 카와하라는 더 이상 묻지 않았다.

굳이 여기서 서로 싸워서 힘을 빼고 싶지 않았던 것이다.

"전부 치워 버려! 안으로 들어가는 데 방해된다."

"김태현은 어디로 숨은 거야?!"

"탐색 스킬 사용해라. 절대 못 도망치게 해!"

여기 모인 인원들은 수시로 탐색 계열 스킬들을 사용하고 있었다. 비싼 스크롤까지 아낌없이 퍼부을 정도로!

태현이 은신 스킬이나 변장 스킬에 능하다는 걸 알고 있으니 당연한 대처였다. 그런데도 나오지 않았다.

'함정도 없고 습격도 없고, 김태현답지 않은데? 대체 뭐지?'

"이 자식 보스 방까지 간 거 아니야?"

"아직까지 깨진 적 없으니 그걸 이용하려는 건가?"

"하. 그런 얕은 수작으로 피할 수 있다고 생각하면 착각이다."

마지막 보스 몬스터가 있는 방으로 도망쳤다면 같이 짓밟
아 버리면 그만이었다.

"김태현! 나와라! 한 판 붙자!"

"우리가 무서워서 숨었냐!"

그사이 태현은 재빨리 달려가고 있었다. 토끼 모습으로!

카르바노그에게 받은 〈토끼 변신〉 스킬을 이런 데에 쓸 줄
은 태현도 상상하지 못했었다. 토끼 던전에 많은 게 토끼였고,
그중 하나로 변해서 달려 나가자 플레이어들은 별로 신경도 쓰
지 않았다. 안 그래도 공격력 강한 뿔 토끼 때문에 위험한 상황
인데 굳이 귀찮은 일을 늘릴 필요가 없는 것이다. 덕분에 태현
은 아무렇지도 않게 빠져나가서 던전의 입구로 나갈 수 있었
다. 수없이 많이 쏟아지는 탐색 스킬들도 〈토끼 변신〉을 뚫지
못했다.

[카르바노그의 권능이 탐색을 막아냅니다. 토끼 변신이 유지됩
니다.]

신이 괜히 신인 게 아닌 것!

덕분에 태현은 던전을 나와 풀밭을 달려 근처 도시로 접근
할 수 있었다.

"어? 토끼다."

"뭔 소리야. 여기가 중앙 대륙이야? 근처에는 토끼 없어."

"저기 토끼 있었는데?"

"누구 펫 아닌가?"

"토끼를 펫으로 데리고 다니는 사람도 있어? 정말 할 일 없는 사람도 다 있나 보네."

아무리 펫이라도 토끼처럼 약한 몬스터를 펫으로 데리고 다니는 사람은 드물었다.

태현은 사람 형태로 돌아왔다. 그리고 즉시 가면을 사용해 얼굴을 바꾸었다.

'장비도 좀 바꿔야겠군.'

평소에 다른 사람들이 봐도 안 들키고 쓸 수 있는 그런 일반적인 장비가 필요했다.

'적당한 대장장이한테 가서 살까……'

-중급 대장장이 기술 찍은 대장장이가 잘 제련된 강철 검 20개 팝니다! 다 팔리기 전에 오세요!

-마법 각인 스킬 가진 대장장이가 마법 검 팝니다! 제시받아요!

-절망과 슬픔의 골짜기에서 직접 기계공학 배운 대장장이가 기계공학 검 팝니다! 남들과 차원이 다른 폭딜 보장!

태현은 헛웃음을 터뜨렸다. 영지에 있는 지긋지긋한 대장장이들을 여기서 보게 되다니.

"어? 혹시 이 물건에 관심이 있으십니까?"

태현이 멈춰 서서 웃자 기회라고 생각했는지, 기계공학 대장장이가 재빨리 말을 걸어왔다.

"이 장비가 얼마나 좋은 장비냐면은……."

"안 사요."

"네……."

물론 인연은 인연이고 구매는 구매! 태현은 냉정하게 거절하고 걸어갔다. 그리고 케인에게 귓속말을 보냈다.

-나 탈출했다.

-뭐?! 진짜?! 어디냐!? 지금 간다!

-아니. 너 지금 올 필요 없어.

태현 혼자 있으면 적들도 태현을 알아차리기 힘들었다. 사기적인 아이템에, 탐색 스킬들을 회피할 방법들도 많았으니까. 그에 비해 케인은…….

-먼저 따돌리고 영지로 돌아갈 테니까 너도 알아서 와라.

-어, 어! 나도 알아서 갈게!

-뭐지? 방금 말이 어색했는데.

-응, 응? 내가 왜?

-뭐 하고 있는지 말해라.

-내, 내가 뭘 했다고?

케인은 잡아떼려고 했지만 이미 감을 잡은 태현은 물러서지 않았다.

-뭔데? 너 설마 협박당하고 있냐?

-아니거든!? 그냥 아는 사람 한 명 키워줄까 싶어서. 흠흠. 알겠어. 나도 알아서 영지로 가볼게.

-아는 사람이 누군데?

-있어. 그런 사람.

-너 그거 함정이다.

-야 이 자식아!! 네가 그래 가지고 저번에 개망신당했잖아! 내가 얼마나 곤란했는지 알아?! 함정 아니라고! 하연 씨는 착한 사람이야!

-아. 지금 그 사람하고 같이 있군.

케인은 입을 다물었다.

-와, 나 쫓기고 있는데 넌 혼자 그러고 있었다 이거지? 심지어 이세연도 날 도우러 왔는데. 양심이 없냐?

-아, 아니. 너 도우러 갈까 했는데 네가 던전 들어갔다 해서 괜히 들어가 봤자 도움도 안 될 거 같아서…… 그리고 하연 씨한테는 지금 연락 온 거라고…….

쏟아지는 구박에 케인은 의기소침해졌다.

-야, 화난 거 아니지? 나 너 도우려고 했다? 진짜다?

태현은 다시 귓속말을 끊었다.
'이제 어디로 갈까……'
슈슈숙-
순간 태현 주변으로 순간이동해 오는 플레이어들!
놀라기보다 먼저 손이 나갔다.

-그림자 도약, 완벽에 가까운 연격!

"으아아악!"
태현에게 가장 가까이 순간이동했다가 재수 없게 걸린 플레이어 하나가 로그아웃 당했다. 그러나 다른 플레이어들은 모두 무사히 도착하는 데 성공했다.
숫자는 이십 명 정도. 문제는 그들 중 절반이 랭커로 보인다는 점이었다.
장쓰안은 매우 화난 상태로 말했다.
"김…… 태…… 현……! 감히 날 또 우롱해?!"
"네가 누구였더라…… 에이, 뭐가 중요하겠냐."
"……."
"그보다 내가 여기 있는지는 어떻게 알았지?"
"너만 스킬 있는 건 아니거든."

태현이 빠져나가고, 던전에 남은 플레이어들은 보스 방까지 돌격했다. 그런데도 태현은 보이지 않았다.

토끼를 잡고 온 대가로 보스 몬스터에게 두들겨 맞으면서, 플레이어들은 그제야 이상함을 깨달았다.

-김태현 우리 지나쳐서 튄 거 같은데?!
-야! 장쓰안! 김태현 여기 없잖아!
-으악! 이 토끼 좀 막아봐!

그러던 도중, 아까 에반젤린의 습격을 막아내느라 뒤처졌던 궁수 랭커 한 명이 와서 스킬을 사용했다.

-숲의 눈동자!

일정 범위에 태현이 있다면 추적할 수 있는 강력한 권능 스킬! 그런데도 태현은 잡히지 않았다.

-김태현이…… 없다!?
-도망쳤다고?! 말도 안 돼!
-아니야, 다시 나타났다! 북쪽 도시로 튀었어! 가서 잡자! 스크롤 꺼내!

토끼 상태였을 때는 잡아내지 못하다가, 풀리고 나서야 잡아낼 수 있었다. 설명을 들은 태현은 속으로 생각했다.

'이거 설마 의외로 좋은 스킬인 거 아냐?'

판온에서는 다양한 추적 스킬들이 있었다. 방금 궁수 랭커가 사용했던 것처럼 권능 스킬에 들어가는 추적 스킬들은 얻기 힘들었지만 효과가 강력했다. 이름만 가지고서 일정 범위 내에 있는 걸 그대로 찾아내지 않았는가.

더 신기한 건 이 〈토끼 변신〉 스킬이 그걸 속였다는 것이었다. 태현이 〈토끼 변신〉 스킬에 대해 고민하기도 전에, 장쓰안이 입을 열었다.

"이제는 아까처럼 못 도망칠 거다. 네가 탈 것을 꺼내는 순간 부숴 버릴 테니까."

인원은 줄었지만 소수 정예화되어서 그런지 살기가 엄청났다. 게다가 프리카 투기장에서만큼 거리가 멀지도 않았다. 무기를 휘두르면 닿을 정도의 거리!

'뭐, 이 정도면 됐나.'

태현은 싸울 각오를 했다. 이 정도면 엄청나게 많이 줄인 셈이었다. 여기서 더 바라면 도둑놈이나 마찬가지!

태현이 움직이기 시작했다. 한쪽으로는 사디크의 화염을 사용해 화염 화살을 퍼붓고, 다른 쪽으로는 머스킷을 꺼내 한 방 쏜 다음, 마지막으로 다른 방향으로 무기를 들고 덤벼들었다.

"온다!"

태현이 움직이기 시작하자 랭커들도 긴장했다. 온갖 특이한 스킬들로 상황을 만들어 폭딜을 넣는 게 태현이었다. 정신 놓고 있으면 그들도 당한다!

"으랴앗!"

-고대로부터의 일격!

랭커 한 명이 대검을 들고 태현의 뒤로 달려들었다. 태현은 힐끗 확인한 다음 다시 앞으로 시선을 돌렸다.

거들떠보지도 않는 모습!

그 모습에 랭커는 욱했다.

콰콰콰콰콰쾅!

[회피에 성공했습니다.]

스킬이 터짐과 동시에 대검이 작렬, 주변 바닥이 박살이 났는데도 태현에게 대미지는 제대로 들어가지 않았다.

"놈한테 어중간한 건 통하지 않아! 조심해!"

"알고 있어!"

그사이 태현은 한 명에게 가까이 붙었다. 상대 플레이어는 기겁하며 공격을 퍼부었지만 태현은 흘려보내고, 피하고, 마지막은 〈반격의 원〉으로 상대방에게 돌려보냈다.

"큭!"

'일단 한 명.'

-절대적인 믿음의 장벽!

캉!

태현의 공격이 막히고, 그사이 플레이어가 거리를 벌렸다.

뒤에 있던 사제가 쓴 스킬이었다.

'성가시게……'

적들도 알고 있었다. 이렇게 태현한테 하나씩 하나씩 로그 아웃 당하면, 점점 그들이 더 불리해진다는 것을. 그래서 이렇게 챙겨주는 것이었다.

화아악!

랭커들 중 몇 명이 스크롤을 꺼내 찢었다. 스크롤이 빛나더니 랭커들의 몸을 감쌌다.

그걸 본 태현은 혀를 찼다. 공격하는 용도의 스크롤이 아니라, 버프의 스크롤이라면…….

'설마 명중 관련 버프 마법?'

태현의 강점은 이미 알려져 있었으니 당연히 상대할 방법 정도는 준비했을 것이다. 저주 관련이라면 튕겨냈을 테지만, 저렇게 자기한테 거는 버프라면…….

'눈치채고 저런 거 같지는 않고, 재수가 없네.'

"둘러싸서 동시에 공격한다. 저 자식 카운터 넣는 거 능숙하니까 조심해야 해. 폭탄 주의하고."

"스크롤 다시 구하기도 힘드니까 빨리 들어가자!"

"간다!"

시차를 두고 덤비면 각개격파를 당한다는 걸 알고 있었기에, 랭커들은 동시에 움직였다. 태현을 상대하는 걸 수십 번 넘게 머릿속에서 그려본 그들이었다.

[맹독의 칼날에 스쳤습니다. 중독 상태에 빠집니다.]

[흔들리는 혼의 속삭임에 당했습니다. 명중률이 내려갑니다.]

[미로의 지옥에 빠집니다. 이동할 때 혼란 페널티가 붙습니다.]

콰콰콰쾅!

반격을 당해 한 명 죽더라도 무조건 잡고 가겠다는 공격. 덕분에 태현도 반격을 넣을 수 없었다.

-왕가의 가호!

태현은 바로 스킬을 사용했다. 몇 대 맞지도 않았는데 HP가 쭉쭉 깎이고 있었다.

-저주 반사.

"이 자식이 저주를……!"

-그림자 잠수!

스킬과 함께 태현은 방향을 틀어서 뒤에 있던 궁수 랭커를 노렸다.

-치명타 폭발!

이미 각종 스킬들은 사용한 상태. 싸우면서 올린 치명타 스택들을 폭발시킨다!

퍼퍼퍼퍼퍽-

"컥!"

뒤에 있던 사제가 스킬을 쓸 틈도 주지 않을 공격!

'이 상황에서 한 명을 잘라내다니!'

'진짜 기가 막힌 놈이다.'

랭커들은 혀를 내둘렀다. 지금 이 상황은 그들의 압도적인 우위였다. 아까 100명일 때만큼 숫자적인 압도는 없었지만, 오히려 지금 포위가 더 탄탄하고 강력했다. 어중이떠중이들은 정리되고 실력자들만 모여 있는 것이다. 그런데 그 포위망의 공격을 버티면서 태현은 반격을 넣고 있었다.

"초조해하지 말자. 어차피 불리한 건 놈이야."

"시간 끌면서 저주만 계속 써. 우리가 버틸 테니까."

탱커 계열의 랭커들이 태현의 발목을 묶고, 태현의 폭딜로 죽을 것 같으면 사제가 나서서 막는다. 그사이 마법사들이 태현에게 꾸준히 저주를 건다. 또 스크롤을 쓴 랭커들이 태현에게 틈틈이 대미지를 넣는다.

정석이지만 랭커들이 섞여서 하니 태현도 쉽게 뚫기 힘들었다. 거기에 이 근처에는 아직 플레이어들이 있었다. 시간이 지나면 더 몰려들 것이다.

'승부를 볼 거면 지금 봐야겠군.'

부활이나 시간 되돌리기 스킬들은 아직 안 썼지만 그렇기에 지금 승부를 봐야 했다. 거기까지 가게 되면 정말 위험하다!

태현의 머리가 빠르게 회전했다. 갖고 있는 것 중 지금 승부를 볼 수 있는 거라면…… 마수 소환!

사디크의 권능 스킬. 명성 스탯을 이용해 마수를 소환하는 스킬이었다.

'지금 쓰게 될 줄은 몰랐지만……!'

[명성 내려갑니다. 악명이 올라갑니다.]

악명 스탯과 명성 스탯의 차이만큼을 써서 마수를 소환한다. 즉…….

[악명 스탯이 명성 스탯을 압도적으로 넘었습니다. 몇몇 도시는 입장이 불가능합니다. 도시 내 NPC가 당신을 불쾌하게 대할 수 있습니다. 경비병이나 병사들이 당신을 붙잡으러 들 수 있습니다.]

태현은 높은 악명 스탯을 그것보다 더 높은 명성 스탯으로 짓누르고 있었다. 그런데 이게 뒤집히면서 반대가 된 것이다. 이제 여러모로 귀찮아지겠지만, 태현은 일단 눈앞의 적을 상대하기로 했다.

"뭐야?!!"

"김태현이 스킬 쓰고 있다! 막아!"

"안 막아져! 스킬 방해가 안 돼!"

쿠르르르릉!

하늘이 순식간에 어둡게 변하더니 꿈틀거렸다. 상황을 알아차린 플레이어들이 방해하기 위해 각종 저주를 퍼부었지만 태현의 스킬은 멈추지 않았다.

-크하하. 주인, 명령을 내려라!

아직 모습을 드러내지 않았는데도 들리는 목소리.

태현은 바로 명령했다.

-이 주변에 있는 놈들을 모두 쓸어버려!

-알겠다!

그리고 마수가 하늘에서 모습을 드러냈다.

"저건……!"

"드래곤이잖아?!"

새카만 몸집을 가진 거대한 블랙 드래곤!

쿠오오오오-

"드래곤 브레스다!"

"드래곤이 왜 나와?!"

생각지도 못한 보스 몬스터가 나타난 것에, 랭커들도 패닉에 빠졌다. 몇몇은 방어 준비, 몇몇은 도주 준비, 몇몇은 미련을 버리지 못하고 태현에게 덤벼들었다.

물론 그런 얄팍한 공격이 태현에게 먹힐 리 없었다. 전원이 힘을 합쳐도 버티던 태현이었는데 이렇게 나뉘면 상대하기 쉬웠다.

"큭! 크윽!"

"잘 가라."

태현은 공격하지도 않고 재빨리 거리를 벌렸다. 앞으로 벌어질 일을 짐작한 것이다.

'그보다 예전에도 이런 일이 있었던 거 같은데……'

아키서스의 신수를 소환할 때도 비슷했다. 사실, 마수 소환이 신수를 소환하는 스킬과 거의 비슷했다. 한번 소환하면 페널티를 입고, 소환하면 되돌려 보내기 전에는 다시 소환할 수 없는 것까지.

콰아아아아아아아아아앙!

그리고 블랙 드래곤의 브레스가 작렬했다.

"앗."

근처의 도시 건물까지 날아가는 걸 보고 태현은 아차 싶었다.

[악명이 오릅니다. 도시 주민들이 당신을 두려워합니다.]

안 그래도 악명이 확 높아져서 위험한데, 더 악명이 높아지고 있었다.

-김태현이 또 드래곤 불러냈다!

-김태현 직업 용기사냐?!

-절대 용기사는 아닌데. 용기사면 용이랑 좀 같이 싸워야지. 김태현 하는 거 보면 일부러 안 싸우게 하려는 거 같은데.

태현을 잡으려던 랭커들은 당연히 그 모습을 생중계하고 있었다. 망신을 당하는 꼴을 전 세계로 내보내기 위해서! 방송에는 수많은 사람들이 모여서 상황을 지켜보고 있었다.

그러나 일은 반대 방향으로 흘러가고 있었다. 랭커들의 합공에도 버티면서 역공을 가하는 태현. 그리고 버티다가 소환된 블랙 드래곤까지!

사람들의 반응이 뜨거울 수밖에 없었다. 벌써 드래곤 관련해서 태현의 스킬에 대한 추측글들이 올라오고 있었다.

-김태현의 드래곤 소환 스킬?! 과연 어떤 스킬일까?

-김태현이 불러낸 드래곤 분석.

방송 채팅창에서는 빠르게 리플들이 달렸다.

-와! 장쓰안 님! 저 드래곤한테 가서 칼 좀 휘둘러 보세요! 대미지 얼

마나 박히는지 궁금해요!

　사람들은 신나서 흥미진진하게 보고 있었지만, 상대하고 있는 랭커들은 죽을 맛이었다.

　"크윽……!"

　"버텨! 저건 진짜 드래곤보다는 약하다!"

　판온의 드래곤은 레벨이 500은 가볍게 넘는 괴물. 아직 잡는 데 성공한 플레이어가 아무도 없을 정도였다.

　지금 나타난 드래곤이 그 정도라면 그들도 분명 바로 쓰러졌을 것!

　'김태현이 불러낸 놈이라면 진짜보다는 약할 게 분명해!'

　-이 버러지들이 어디서! 짓밟아주마!

　-야, 잠깐…….

　-크하하! 벌레들! 밟아주마!

　-너 그렇게 힘 쓰면…….

　어디서 많이 본 것 같은 익숙함을 느낀 태현은 드래곤을 말리려고 들었다. 그러나 드래곤은 숨을 한 번 더 들이쉬더니 더욱더 브레스의 힘을 늘렸다.

　쩌적, 쩌저저적-

　실드가 깨져나가고 방어 스킬들이 부서져 나갔다.

　-크하하하하! 아직 안 끝났다!

　-위대한 마수의 혈액 독!

　블랙 드래곤의 저주 스킬들이 플레이어들에게 작렬했다.

'스킬 방해 저주!'

랭커들은 상태를 파악하고 경악했다. 도망치지 못하도록 발목을 잡는 스킬! 그걸 본 태현은 다급하게 말했다.

-야! 나머지는 내가 할 테니까 힘 아껴! 힘 아끼라고!

-크핫핫핫핫핫! 혼돈! 파괴! 망각! 내가 바로 신이다! 내가 바로 사디크다! 컥! 커헉! 쿨럭! 크허헉!

-……그래. 너 사디크답다.

누가 사디크 권능 스킬 아니랄까 봐 혼자 폭주하다가 자멸하는 게 딱 사디크였다.

-쿨럭! 쿨럭! 쿨럭!

요동치는 브레스. 블랙 드래곤은 그럼에도 불구하고 멈추지 않고 공격을 퍼부었다. 결국 자리에 모인 랭커들은 한 명씩 쓰러지기 시작했다.

-이래도 버티다니! 벌레들이! 어디 이것도 버텨봐라!

-야! 그만하라니까!

몇몇 랭커가 끝까지 버티자, 자존심에 상처를 입은 블랙 드래곤은 미쳐 날뛰기 시작했다.

콰지직! 콰직!

근처 도시 건물들까지 공격에 휘말려서 박살 나기 시작했다.

[시장 건물을 박살 냈습니다. 악명이 오릅니다!]
[NPC들이 공격에 휘말려 쓰러집니다. 악명이 크게 오릅니다!]
[도시가 불에 휩싸입니다. 악명이 정말 크게 오릅니다!!]

태현은 그걸 보고 한숨을 내쉬었다.

그리고 반성했다. 아, 내가 용용이한테 너무 심하게 대했구나! 태현을 반성하게 만드는 깽판!

용용이에게 토끼나 잡으라고 보낸 대가를 치르는 기분이었다.

부우우웅- 쿵!

랭커들을 다 쓸어버리고, 박살 낼 필요 없었던 도시까지 박살 낸 다음, 땅으로 추락했다. 굉음과 함께 쓰러지는 블랙 드래곤! 태현은 그 모습에 다시 한번 한숨을 푹 내쉬었다.

-주, 주인. 내 힘이 빠졌다. 내 힘을 회복하기 위해서는 사람들을 많이 모아서 사디크의 화염으로 태워야 한다. 빨리 모아서 태워라.

"……."

-뭐 하나. 빨리 모아서 태우라니까. 그렇게 굼떠서는 사디크의 사랑을 받지 못한다.

"하하. 그래."

태현은 웃으면서 칼을 든 채 블랙 드래곤에게 천천히 다가섰다. 이 자리에 케인이 있다면 '조심해! 저건 함정이다!'라고 말했겠지만 불행히도 이 자리에는 케인이 없었다.

이 자리에 습격을 위해 모인 플레이어들이 있었다면 '저, 저놈 또 사람 팬다!'라며 말했겠지만 그들은 방금 브레스에 쓸려 나간 상황. 도와줄 사람은 아무도 없었다. 그러나 블랙 드래곤은 그걸 눈치 못 채고 열심히 입을 놀렸다.

-주인, 사디크에 속하는 인간으로서 나 같은 존재를 부리는 건 행운으로 알아야 한다. 일단 그대가 주인이지만 그건 이름에 불과하고 누가 더 사디크의 사랑을 받는지가 중요한 것이다. 사디크가 사랑하는 마수이자 블랙 드래곤인 나. 평범한 인간인 그대. 사디크가 누구를 더 사랑하는지는 당연하지만 나는 관대하니 일단은 그대를 주인으로 인정하겠다. 자, 빨리 인간을 잡아 오도록…… 컥!

빡!

태현은 블랙 드래곤을 후려갈겼다.

-뭐, 뭐 하는 짓인가!

"미안. 난 사디크에게 사랑을 받을 일보다는 사디크를 패고 다닌 일이 더 많았어. 그래도 사디크는 나 좋아하더라. 권능도 몇 개 주고."

정확히 말하자면 권능은 뺏은 것이었지만 태현은 당당했다.

-무슨 소리를 하는 것이냐!

"괜찮아. 이해할 필요 없어."

퍽! 퍼퍼퍽!

[블랙 드래곤의 몸통에 타격을 입히는 데 성공했습니다.]
[힘이 오릅니다. 명성이 오릅니다.]

-주인, 진정해라! 이 무례는 내가 관대히 용서해 주겠다!

"그래. 고맙다! 계속 용서해 줘!"

-응? 아니, 그런 소리가 아니라…… 그런데 왜 그런 눈빛으로 나를 쳐다보는 거지?

태현의 눈빛은 이미 바뀌어 있었다.

'앞으로 말도 안 들을 것 같은데 그냥 잡아서 경험치로 바꿔 버려?'

사디크의 신도였다면, 마수를 잡는 순간 엄청난 페널티를 입었을 것이다. 그렇지만 태현은 아키서스의 화신!

사디크의 마수를 잡으면 그것도 나름대로 이익이었다.

'서버 내 첫 드래곤 사냥에, 경험치에, 비늘에, 드래곤이니까 드래곤 하트도 있을 거고…… 내 행운 스탯이면 무조건 나오겠지? 게다가 명성 보상도 있을 테니까…….'

깊고 어둡게 번쩍이는 태현의 눈빛. 블랙 드래곤인 만큼, 상대는 태현의 생각을 금세 알아차렸다.

-주인! 사디크가 용서하지 않을 것이다! 내가 누군지 아느냐!

"괜찮아. 사디크는 뭘 해도 용서해 주더라!"

-말 같지도 않은 소리를! 사디크의 분노는 무섭다! 사디크의 분노는 절대로 멈추지 않는다!

"성소 불태우고 본거지 불태우고 주교들 해치워도 용서해 주던데?"

그제야 블랙 드래곤은 태현이 뭔가 이상하다는 걸 깨달았다. 저놈은 사디크의 독실한 신도와는 거리가 멀었다.

-잠, 잠깐 이야기 좀…… 컥! 커컥! 그만 좀 때리고! 이야기 좀 하자!

"나는 칼로 이야기한다."

어느새 블랙 드래곤의 HP는 절반 이상 닳아 있었다. 아무리 강력하고 위대한 보스 몬스터라지만 마수로 소환된 상태에서 브레스로 힘의 대부분을 소모해서 약해지고 작아진 상태. 쌩쌩한 태현의 공격을 막아낼 수는 없었다.

블랙 드래곤은 필사적으로 외쳤다.

-이 인간 놈! 너는 인정도 없냐! 내가 너를 도와서 너의 적을 쓸어버렸는데!

"고마워서 살살 패고 있다."

물론 블랙 드래곤의 단단한 몸뚱이를 때려서 스탯 보너스를 최대한 얻기 위해서였다.

-타협하자! 내가 너를 나보다 위의 존재로 인정해 주마.

"고맙다. 잘 가라."

……타협합시다! 주인님!

"그래. 고맙다. 잘 가라."

-주인님! 제발! 이렇게 소환됐는데 죽고 싶지 않아요!

HP가 10% 밑으로 떨어지자 나오는 본심! 태현은 그제야 검을 멈추었다.

"그래?"

-살고 싶습니다!

"에이. 못 믿겠어. 사디크 놈들은 다 흉악하고 성격 더러워서 남 속이는 게 일상이잖아."

'그러면 사디크 마수 소환 권능을 쓴 너는 뭐냐?!'

속으로 그렇게 생각했지만 입을 다물었다. 블랙 드래곤은 눈치를 잘 보고 타협을 잘하는 드래곤이었던 것이다.

-아닙니다! 저는 사디크의 마수지만 동시에 드래곤. 명예를 아는 존재입니다!

"진짜? 나중에 내 뒤통수치는 거 아니야?"

-아닙니다! 충성을 다하겠습니다!

"사디크의 이름을 걸고?"

-사디크의 이름을 걸고…… 헉!

블랙 드래곤은 식겁했다. 사디크의 이름을 걸고 맹세한 이상 어떤 반항도 할 수 없게 된 것!

"그래. 그러면 믿어줄게."

블랙 드래곤은 태현의 눈치를 보다가 입을 열었다.

-그런데 주인.

"님이 빠졌다?"

스르릉-

다시 올려지는 검. 블랙 드래곤은 거기서 악마의 힘이 느껴진다는 걸 깨달았다. 악마 에다오르의 진홍빛 대검!

'사디크를 믿는 인간이 왜 악마 무기를 들고 있냐?!'

블랙 드래곤은 황당했지만 말했다가는 한 대 맞을 거 같아서 입을 다물었다.

-그런데 주인님. 헤헤.

"그래. 말해봐라."

-주인님께서는 사디크를 믿으시는 분이 아니십니까?

"아니지. 솔직히 사디크는 대륙 전체에 민폐나 끼치고 불장난이나 하는 놈 아니냐? 그런 놈이랑 나랑 엮으면 내가 기분이 좀 나쁘다."

블랙 드래곤은 뭔가 말하려다 참았다. 일단은 더 물어보자!

-그…… 그러면 주인님께서는 어떻게 사디크의 권능을?

"죽이고 뺏었는데."

그제야 블랙 드래곤은 깨달았다. 태현은 사디크의 신도가 아니라, 사디크의 적! 힘을 흡수하는 놈이었던 것이다.

'이런 미친 인간을 봤나! 어떻게 그런 짓을……!'

인간 주제에 신의 권능을 싸워서 뺏는 놈이라니. 블랙 드래곤은 처음에는 경악했지만 생각해 보니 아쉬운 건 사디크였지 자기 자신이 아니었다.

블랙 드래곤은 사디크와 계약하고 힘을 빌려 대륙으로 나온 존재. 사디크의 권능이 태현한테 넘어가든 넘어가지 않던 별 상관이 없었다. 결국에 이긴 놈이 그의 주인 아니겠는가.

'생각해 보니 나하고는 상관없군.'

다른 선한 신의 신수였다면 태현의 사악한 행동에 분노하고 목숨을 건 저항을 했겠지만, 사디크는 악신. 마수와 사디크는 딱히 충성심으로 이루어진 관계가 아니었다.

'그런데 사디크와 싸우다니, 선한 신의 성기사 같은 놈인가?'

블랙 드래곤은 태현의 겉을 훑어보았다. 악마가 쓰는 무기를 들고 사디크의 권능을 훔쳐 쓰는 놈!

'……성기사 맞아?'

-주인님. 그런데 어느 신을 믿으십니까?

"나는 아키서스의 화신인데."

대번의 바뀌는 블랙 드래곤의 눈빛! 경멸 그 자체의 눈빛이었다.

"뭐지? 그 눈빛은? 뭔가 기분 나쁜데?"

-아, 아닙니다. 주인님께서 아키서스 그 색…… 아니, 아키서스의 화신이라니…… 역시 그 모습이 이해가 가는군요…….

"……."

-아키서스라니. 아키서스의 화신이라면 그 모습도 이해가 갑니다.

끄덕이며 납득하는 블랙 드래곤. 태현은 기분이 나빠서 한대 더 후려갈겼다.

퍽!

"아키서스가 뭐 어때서. 어? 꼽나?"

강제로 전직한 덕분에 아키서스의 욕을 들으면 왠지 모르게 울컥하는 태현이었다.

-아, 아닙니다. 아키서스가 다른 신들과 악마를 속이고 사기를 치긴 했지만 주인님과는 상관이 없는 일이죠.

"……분명 정당한 거래였겠지. 신이나 악마쯤 되어서 속은 게 잘못이지. 다른 애들한테는 사기 안 쳤잖아. 그거면 된 거지."

-다른 신들은 보통 신수나 마수 소환 계약을 할 때 그 종족과 협상을 하는데, 아키서스는 혼자 사기를 쳤습니다. 골드 드래곤 종족에게 사기를 쳐서 신수 계약을 했는데…….

용용이의 충격 비화! 안 그래도 이런 블랙 드래곤을 만나서 용용이가 생각나고 미안한데, 다시 한번 더 용용이한테 미안해지는 기분이었다.

'앞으로 잘해줘야지…….'

-주인님. 이름이나 지어주시죠.

"용용이로 할까 했는데."

-오. 좋은 이름입니다.

"그건 이미 주인이 있어서. 넌 흑흑이로 하자."

-……주인님. 그건 좀 아닌 것 같은데…….

"가자. 흑흑아. 그런데 넌 힘을 어떻게 회복하나? 설마 너도 내 경험치를 뺏어 먹나?"

태현의 마지막 말에는 살기가 묻어 있었다.

-아, 아닙니다! 안 먹겠습니다!

"먹는다는 거야, 안 먹는다는 거야?"

-안 싸우면 안 먹을 수 있습니다!

"용용이랑 똑같은 시스템이군."

태현은 한숨을 쉬었다. 신수나 마수는 다른 플레이어들의 펫이나 소환수에 비해 엄청나게 강력한 대신, 제약이 너무 심했다. 특히 이런 경험치 나눠 먹는 시스템이 더더욱 그랬다. 안 그래도 경험치에 허덕이는 태현에게 신수나 마수는 커다란 짐이었다.

"용용이는 신성 스탯이나 그런 걸로도 회복이 되긴 했지. 너도 뭐 다른 거 없나?"

-저는 도시를 불태우고 사람을 불태우면…….

"……악명 스탯이군."

사디크의 마수답게 악명을 쌓아도 힘이 회복되는 모양이었다. 태현은 두들겨 맞아서 작아진 흑흑이를 들어 어깨에 올렸다.

"가자. 일단 영지부터 가야지."

-그런데 사디크의 마수인 제가 아키서스의 화신인 주인님과 같이 다녀도 됩니까?

"괜찮아. 내 영지에는 사디크 성기사들도 있거든."

흑흑이는 깜짝 놀랐다. 그가 없는 사이에 대체 대륙에 무슨 일이?

"수확할 시간이다!"

"흑흑. 힘들었다. 이번 농사는."

농부 플레이어들은 울 것 같은 표정으로 밭에 다가갔다.

이 농사 하나를 위해 얼마나 고생을 해왔던가.

아직도 날씨는 춥고 저 멀리에서는 토끼들이 난리를 치고 있지만, 적어도 이 영지는 그나마 안전했다.

토끼들은 결국 끝까지 오지 않은 것이다.

"토끼들이 왜 안 온 거지?"

"저 용 때문 아닐까?"

"확실히……."

플레이어들은 처량하게 앉아서 망을 보고 있는 용용이를 보고 수군거렸다.

아름다운 금빛 가죽! 날렵한 몸의 형태! 드래곤다운 위엄까지!

가끔 몬스터들이 다가오는 순간 내뿜는 번개 공격은 농부 플레이어들을 기겁하게 만들었다.

"김태현이 데리고 다닌다더니, 정말 강하구나!"

저 정도라면 정말 토끼들이 위엄에 질려서 못 올 법도 했다. 몇몇 플레이어들은 지나가면서 용용이한테 기도를 하고 가거나 먹을 걸 놓고 갔다.

용용이는 복잡한 표정으로 뭐라고 하려다가 고개를 숙였다. 반쯤 포기한 마음!

이미 용용이는 영지의 마스코트처럼 되어 있었던 것이다.

"다른 농부 플레이어들에 비하면 진짜 나은 편이지."

"사실 여기가 의외로 좋긴 해. 시설이 적어서 불편한 거 말고는……."

세금도 거의 없는 것이나 마찬가지고, 교단 NPC도 무슨 협박이라도 당한 것처럼 친절했다. 시설이 없기는 했지만 특정 제작 직업들은 엄청나게 많았다.

서걱, 서걱-

논밭을 오가며 농작물들을 챙겨 가는 플레이어들.

"어?"

"어어??"

그들 사이에서 괴성이 터져 나왔다.

"하, 하급 씨앗을 뿌렸는데 왜 상급 밀이 나오지?"

"하나 나와야 하는데 왜 다섯 개가……?"

웅성웅성!

농부들은 서로 떠들며 상황을 확인했다.

"그러니까 아무도 버프 마법 같은 거 따로 안 썼다 이거지? 스크롤도 아니고?"

"그렇다니까."

"그러면……."

"아키서스의 축복이다! 그거밖에 없어!"

"야, 나는 근데 밀을 심었는데 토마토가 나왔어."

"나는 밀을 심었는데 약초가 나왔는데……."

농부들의 얼굴은 복잡하게 바뀌었다.

"뭐, 뭐 일단 좋은 거잖아!"

"맞아! 양도 더 많고!"

"토마토도 품질 좋은 토마토 아니야?"

"그렇긴 한데…… 아니, 왜 밀을 심었는데……."

"일단 마저 챙기자!"

차곡차곡 쌓이는 농산물들. 유 회장은 꿈에도 모르고 있었다. 절망과 슬픔의 골짜기 앞의 농지에서 나올 어마어마한 생산량을!

[영지의 논밭이 풍작입니다. 아키서스가 기뻐합니다.]

'응?'

갑자기 뜨는 메시지창. 태현은 메시지창을 보고 고개를 갸
웃거렸다. 이게 왜 뜨는 거지?

'논밭이라면…… 저번에 오게 허락해 준 플레이어들인가?'

짐작 가는 건 그것밖에 없었다. 중앙 대륙에 겨울이 찾아오
고, 토끼들이 난리를 치는 바람에 영지에 찾아온 농부 플레이
어들. 일단 영지에 플레이어들이 많아지면 이득이니 받아줬지
만, 태현은 별 기대를 하지 않았다. 여기까지 올 정도의 농부
플레이어라면 레벨이 뻔한 것!

'풍작이면 뭐 영지에 보너스라도 들어가나? 일단 없는 것보
단 낫겠지.'

농부 플레이어들은 수확한 작물들을 가지고 아키서스 신전
에 갔다. 이런 걸 신전에 바치면 공적치 포인트와 축복이 나왔
던 것이다.

"감사합니다, 감사합니다!"

'대박 나게 해주세요!'

'밀 심은 곳에 사프란 자라나게 해주세요!'

한번 행운을 맛본 플레이어들의 기대는 한층 더 높아져 있
었다. 어느새 그들은 영지에 먼저 온 플레이어들과 닮아가고
있었다.

영지에서 '이, 이번에는…… 이번에는 뜰 거야……!' 하며 탕
진하는 플레이어들.

-야, 들었냐? 오전 4시에 신전 동쪽 거리에서 강화를 하면 좀 더 잘 된다는데?

-아니야. 오전 2시에 하급 축복을 먼저 받은 다음에 포션을 마시고…….

이제는 있지도 않은 온갖 방법들을 만들어내고 있는 플레이어들. 그만둘 법도 하지만, 실제로 결과를 내고 있는 플레이어들이 조금씩 나오고 있었기에 더 그만둘 수 없었다.

일단 아키서스의 힘은 진짜인 것!

-저번에 아키서스 교단 내 등급 중급까지 올린 마법사 한 명이 〈칠색의 마법 지팡이〉를 만드는 데 성공했대.

-그거 대장장이가 못 만드는 거라 성공률 엄청 낮은 거라며?

-그러니까!

플레이어들의 광기가 끓어오르는 동안, 갈락파드가 움직였다.

쿵-

"아키서스의 신도들의 정성에 감동해서 아키서스 님께서 축복을 내려주셨도다. 봤느냐!"

"네……."

기운 빠진 목소리로, 버포드는 고개를 끄덕였다.

그는 태현이 그리울 거라고는 생각해 본 적이 없었다. 지금 갈 곳이 없어서 사디크 교단을 접고 아키서스 교단으로 넘어오긴 했지만, 태현은 악독한 놈이었으니까.

당한 걸 생각하면 아직도 이불을 뻥뻥 찰 정도!

그렇지만 지금 그는 태현이 그리웠다.

'김태현이 가니까 웬 미친놈이······.'

갈락파드란 NPC는 힘 있는 미친놈!

오자마자 갈락파드는 사디크 교단의 성기사들이 있는 걸 보고 기겁했다.

-아니! 어떻게 영지에 저런 놈들이! 이 무슨!

-김, 김태현이 허락해 줬는데······.

-그렇군! 사악한 사디크 놈들을 교화시키려고 허락해 주신 거로구나! 이놈들. 이 늙은 갈락파드가 직접 교육해 주마!

〈과거를 반성하자-갈락파드 퀘스트〉

미친 갈락파드는 과거를 지우고 새로 아키서스를 믿으려는 당신들의 열정을 믿어보기로 했습니다.

그러나 사악하고 음험한 사디크의 힘을 몸에서 지우는 일은 고된 일. 결코 쉽지 않을 것입니다.

갈락파드의 지시대로 행동하십시오. 그렇지 않으면 영지에서 추방당할 수 있습니다.

보상: 영지에서 추방당하지 않음.

갈락파드는 정말 사디크 성기사들을 알뜰살뜰하게 부려먹었다. 퀘스트 끝나는 순간 다음 퀘스트, 그 퀘스트가 끝나면 또 다음 퀘스트!

무슨 사람 부려먹는 일만 수십 년 해온 것 같은 솜씨였다.

갈락파드는 버포드를 부려먹으며 말했다.

-내가 마탑에서 노예들만 수십 명 넘게 다뤄본 몸이다. 나를 속일 생각은 하지 말아라, 이 사디크의 종자들아!

신전 건물을 수리하고, 신전 앞마당에 난 잡초를 정리하고, 근처에 나타난 몬스터를 처리하고……. 초보자들이나 하는 잡일 퀘스트들이 우르르 쏟아졌다. 레벨이 있으니 이런 잡일 퀘스트들은 순식간에 해낼 수 있었지만 그래도 기분은 찜찜!

'빨리 와라, 김태현!'

그러거나 말거나 갈락파드는 근엄하게 말했다.

"이 축복을 감사한 마음으로 받아들여야 할 것이다. 우리는 뭘 해야 하겠느냐, 사디크의 노예야?"

"어, 어…… 기, 기도요?"

버포드는 황급히 말했다. 여기서 '잘 모르겠습니다'라고 말하면 '갈락파드가 분노했습니다'라고 메시지창이 뜨며 온갖 구박이 날아왔다.

"어리석기는! 우리는 동상을 지을 것이다."

"누구요……?"

"그야 김태현 님의 동상이지! 듣자 하니 저 남쪽 대륙의 투기장에서 김태현 님이 우승하셨다고 들었다."

투기장 우승 보너스 중 하나. 투기장과 관련된 명성이 프리카 대륙에 퍼져 나가는 것이었다.

사실 태현은 정수혁과 친구들이 좀 팍팍 올라가서 아키서스 전도 보너스를 얻기를 원했지만……. 결국 스스로 하게 된 꼴!

"그, 그런 동상을 지으라고요?"

"그 태도는 뭐지? 혹시……."

"아닙니다! 짓고 싶습니다!"

갈락파드의 눈이 매서워지자 버포드는 고개를 흔들었다.

"영지의 사람들을 불러라. 모두들 이 영광에 참여하고 싶겠지. 암."

'아무도 안 낄 텐데…….'

버포드야 사디크 교단 때문에 약점 잡혀서 이러고 있다지만, 다른 플레이어들이 뭐가 아쉬워서 저런 퀘스트에 참여한단 말인가.

〈아키서스 교단의 동상-아키서스 교단 퀘스트〉

교단의 주인인 김태현 백작이 프리카 투기장에서 우승했습니다. 갈락파드는 김태현 백작의 동상을 지어 첫 추수의 수확물을 바치고 축복하려고 합니다.

아키서스 교단의 영지에 있는 플레이어라면 참가할 수 있습니다.

보상: ?, ??, ??

그러나 결과는 정반대였다.

"감이 온다……! 이 퀘스트는 뭔가 있다!"

"지금 골드 다 꼬라박아서 할 것도 없고, 이거나 해야지. 아키서스니까 보상 뭐 좀 좋은 거 주지 않을까?"

"세금도 안 내고 농사도 공짜로 잘했는데 이거나 좀 도와줘야겠다. 뭐 할 수 있는 거 있나?"

"대장장이들이 빠질 수 없죠!"

영지에 있는 플레이어들이 거의 전부 몰려온 것!

"갈락파드 님. 이러면 영지의 다른 건물들 건설이 늦춰지는데, 어떻게 하죠?"

"멍청한 놈. 당연히 이 동상 건설을 먼저 해야 하지 않겠느냐!"

[김태현 백작의 동상 건설이 시작됩니다.]

[……건설이 늦춰집니다.]

[투기장 건설이 늦춰집니다.]

"뭐야 ××?!"

태현은 갑자기 뜬 메시지창에 기겁해서 외쳤다.

"아이고, 오래간만입니다. 양 감독님."

"잘~ 지내시는 거 같습니다, 한 감독님?"

날선 대화가 두 남자 사이에 오갔다.

각각 ST 파이브와 KG 위자드의 감독! 라이벌로 유명한 두 게임단의 감독인 만큼, 서로 앙숙으로 유명했다.

프로게이머 시절 때부터 이어진 악연! 그런 두 사람이 오늘 만나게 된 이유는 유성그룹 때문이었다.

유성그룹이 판온 게임단에 투자할 생각이 있다더라!

언젠가부터 돌기 시작한 소문. 그러나 많은 E스포츠계 사람들은 그 소문을 부정했다.

-에이, 말도 안 되는 소리다. 유 회장 죽기 전에는 그럴 일 없다.

-예전에 유성 쪽 게임단 성적이 얼마나 처참했는데. 거기 회장이 직접 금지령 내린 수준이잖아.

사정을 아는 사람들은 헛소문이라고 생각할 수밖에 없었다. 그룹 회장이 직접 명령을 내렸는데 어떤 놈이 그걸 무시하겠는가.

"흠흠. 그런데 한 감독님. 혹시 들은 거 있습니까?"

먼저 굽히고 들어간 건 양 감독이었다. 정보가 필요했던 것이다. 오늘 유성그룹이 이렇게 게임단 사람들을 모은 이유는 뭘까?

굽히고 들어오자 한 감독은 살짝 기분이 좋아졌다.

그렇지만…….

"저도 잘 모릅니다."

한 감독도 잘 몰랐던 것! 양 감독의 얼굴이 구겨졌다.

'괜히 친한 척했네.'

"자선 대회를 연다는 소문이 있다던데……."

"자선 대회? 좋네요. 새로 들어온 우리 선수들이 좋아하겠네."

지금 판온 플레이어들이 명성을 얻을 수 있는 방법은 정해져 있었다. 랭커로 활약함과 동시에 개인 방송으로 이름을 알리거나, 아니면 이번 대회 같은 곳에 나와 실력을 보여주거나. 후자는 전자에 비해 훨씬 효과가 강력했다.

유명한 랭커 중 하나였던 태현은 투기장 대회가 끝나자 전 세계 판온 플레이어들이 확실히 기억하는 플레이어가 됐던 것이다. 도동수도 비슷했다. 방향은 반대였지만.

'한국의 그 새끼', '한국의 그놈' 같은 별명이 붙고 있었던 것! 몇몇 플레이어들은 '판온 1 김태현한테 당한 거라면 정상참작해 줘야 한다'라고 말했지만 대부분의 사람들은 이해하지 못했다.

문제는 그런 활약을 벌일 대회였다. 대회는 아무나 여는 것이 아니었다. 게다가 지금은 성공적으로 끝난 투기장 대회를 받아 판온 본사에서 다음 대회를 계획 중이었다. 어지간하면 다른 대회는 끼어들기 힘든 상황!

이런 상황에서 유성그룹 같은 대기업이 자선 대회를 열어준다면, 선수들에게는 좋은 기회였다.

'이걸 기회로 투기장 말고도 판온의 여러 콘텐츠가 대회가 됐으면 좋겠군.'

게임단 입장에서는 이런 식으로 다양화되면 좋을 수밖에 없었다.

"새로 들어온 선수들? 왜요?"

"아니…… 뭐…… 한 감독님 팀에 새로 들어온 선수들을 생각해 보니까……."

"무슨 말을 하고 싶으신 겁니까?"

"아니, 그냥. 선수들 관리 잘 하시라고요."

'이 자식이!'

한 감독은 발끈했다. 예전에 KG 위저드에서는 선수들끼리 싸움이 붙었던 적이 있었던 것이다.

그걸 비꼬는 양 감독! 정말 치사한 인간이었다.

"흥. 저희는 알아서 잘할 겁니다. 양 감독님이야말로 선수들 관리 잘하셔야 할 겁니다."

"우리는 그런 일 없었는데요?"

"대신 선수들 월급 문제가 터졌었죠."

"그, 그건 내 잘못이 아니잖아! 모기업 때문이었다고!"

"그러면 선수들끼리 싸운 건 내 잘못입니까?"

추한 진흙탕 싸움을 보여주는 두 감독! 같이 온 업계 사람들은 둘을 보며 고개를 절레절레 흔들고 있었다.

'저 인간들 또 저러네'라는 표정!

유 회장은 멀리서 그 둘을 쳐다보며 물었다.

"저 둘은 뭐 하는 놈들이지?"

"게임단 감독입니다."

"감독이 되어가지고 저렇게 싸운다고? 게임단 수준이 뻔하군."

"저…… 최고 수준입니다."

"그래? 설마 예전 유성그룹 게임단이……."

정지용은 대답 대신 고개를 돌렸다. 저 두 감독의 게임단에게 동네북처럼 깨지고 다녔던 유성그룹 게임단!

"저놈들 쫓아내면 안 되겠지?"

"네……."

"알고 있네. 농담 삼아 한 말이야."

유 회장이 무슨 대화를 하고 있는지 모르는 채, 두 감독의 싸움은 점점 더 추해지고 있었다.

"이번에 얼마나 선수 영입 잘하나 봅시다. 캐나다 대표팀한테 까였다면서요?"

"그쪽이나 잘하시죠. 류태수한테 오퍼 넣었다가 까인 거 다 압니다."

서로 한 대씩 주고받은 둘. 이제 싸움은 자랑으로 넘어갔다.

"흥. 저희는 이주형 선수 영입했습니다."

"그 정도로 되겠습니까? 저희는 김철수 선수 영입했는데."

서로 영입한 선수에 놀라는 두 감독이었다. 두 감독은 잠시 멈추고 서로를 노려보았다.

'그런데……'

'이놈……'

멈칫하는 둘. 멈춘 이유는 하나였다.

"왜 김태현이나 케인에 대해 말이 없지?"

자기네 팀 제안이 '아 안 사요, 안 사' 하며 까였기에(전화를 건 사람이 차마 그대로 전하지는 못했기에 감독들은 어떻게 거절당했는지 몰랐다), 두 감독은 '혹시 상대 팀이 잡아간 거 아니야?' 하며 의심하고 있었다. 상대 팀이 잡아갔다면 저렇게 무시하듯이 대답을 거절하는 것도 가능하다!

'저 팀 감독은 싸가지가 없으니까!'×2

그런데 둘 다 이야기를 꺼내지 않고 있는 것이다.

"흠흠……"

"그런데…… 혹시……"

망설이던 둘. 말은 동시에 나왔다.

"케인 영입했습니까?"×2

둘은 말과 함께 서로를 놀란 눈으로 쳐다보았다.

'저놈이 데리고 간 게 아니었구나!'

상대방이 벌써 데리고 간 게 아닌가 의심하고 있었는데, 반응을 보니 아닌 것 같았다.

'그러면 어디지? 아무도 안 데리고 갔을 리는 없고.'

'설마 중국이나 미국인가?'

"흠. 감독님이 데리고 간 줄 알았는데, 아닌가 봅니다."

양 감독은 상대가 케인을 데리고 가지 않았다는 걸 깨달았다. 그러자 갑자기 생기는 유혹.

'허세 좀 부려봐?'

양 감독은 유혹을 이기지 못하고 허세를 부렸다.

"커허험. 우리는 뭐…… 긍정적인 대답을 듣기는 했습니다."

양 감독의 말에 한 감독은 깜짝 놀랐다. 설마 케인을 거의 영입하기 직전이란 말인가?

'아니, 잠깐만. 거의 직전이면 나한테 케인 영입했냐고 저렇게 물을 이유가 없는데?'

한 감독은 사실을 깨닫고 양 감독을 처다보았다.

저 인간이 허세를 부리는구나!

"아, 예. 그러시겠죠. 저희도 긍정적인 대답은 들었습니다."

이번에는 양 감독이 놀랄 차례. 놀란 양 감독은 한 감독의 입가에 걸린 비웃음을 보고 상황을 깨달았다.

그리고 얼굴을 붉혔다.

"이제 그만합시다?"

"커흠. 그러도록 합시다. 남는 것도 없으니…… 어쨌든 케인 데리고 간 게 아니다, 맞습니까?"

"맞습니다. 그쪽이야말로 나중에 뒤통수 치고 발표라도 하면……."

"이쪽이 할 소리를."

두 감독은 서로 확인을 끝냈다. 그렇다면 남은 건…….

"케인을 누가 데려간 거죠?"

"설마 LK 라이온즈?"

LK 라이온즈. ST 파이브나 KG 위자드처럼 통신사 대기업을 뒤에 두고 있는 게임단이었다. 그러나 양 감독과 한 감독은 LK 라이온즈를 모두 싫어했다. 아니, 정확히 말하자면 LK 라이온즈의 주 감독을 싫어했다.

양 감독과 한 감독은 그래도 라이벌로서 치고받은 악연이 있었기에 서로를 싫어해도 서로를 어느 정도 인정하고는 있었다. 그렇지만 주 감독은 정말 짜증 났다. 게임은 해본 적도 없는 양반이 경영 쪽에서 갑자기 튀어나오더니 게임단을 이끌고 승승장구하는 것 아닌가. 게다가 성격도 바늘 하나 들어갈 틈 없이 꼼꼼하고 냉철했다.

두 감독의 배가 아플 수밖에 없었다.

"아니, LK 라이온즈 쪽에 아는 사람이 있어서 몰래 확인해 봤는데 케인, 김태현 영입은 없었다고 합니다."

"그러면…… 역시……."

"중국이나 미국이겠군요."

두 감독은 고개를 끄덕였다. 지금 E스포츠에서 가장 크게 자본을 움직이는 건 역시 중국과 미국이었다.

사실 두 감독은 행운인 편이었다. 대기업이 게임단을 지원해주고 있었으니까. 모든 게임단이 대기업을 뒤에 두고 있는 건 아니었다. 오히려 열악한 상황이 더 많았다. 그렇지만 이렇게 대기업이 지원을 해주는 게임단이라고 해도, 중국과 미국 쪽 게임단과 비교하면 밀리는 감이 있었다. ST나 KG가 적게 투자하는 게 아니었다. 중국과 미국 쪽이 돈을 너무 많이 쓰는 것!

　판온 이전의 게임에서도, 중국과 미국 쪽 게임단들이 잘하는 한국 선수들을 막대한 돈으로 데리고 간 사례들이 많았다.

　"이세연 선수도 지금 데리고 갔다고 발표한 팀이 없죠?"

　"아마 미국 쪽과 조건을 맞춰보고 있다고 하는 소문이 있던데⋯⋯."

　"어떤 팀이 데리고 가든 탐나는 인재니 말입니다. 이세연 선수는."

　"해외에 다 뺏기면 나중에 힘들어지는데⋯⋯."

　두 감독은 한숨을 내쉬었다. 이번 대회에서 판온 선수들의 역량은 대충 나온 셈이었다. 앞으로 새로운 선수들이 나오더라도 지금 이름을 알린 선수들만큼의 실력을 뽑아낼 것 같지는 않았다.

　"어떻게든 케인 선수라도 데려와야 하는데 말입니다."

　"힘들 겁니다. 중국 쪽 조건을 들어봤는데 거기는 정말⋯⋯ 어후, 예전에도 연봉을 억부터 시작해서 십억 대도 과감하게 지르던 놈들인데⋯⋯ 지금 판온 인기 보면 그보다 더 지르면 질렀지 적게 지르지는 않을 겁니다."

　"그래?"

　"예. 대충 두 감독의 말이 맞습니다. 이스포츠계 팀 중 중국과 미국 쪽이 투자가 센 편입니다."

"그렇단 말이지."

두 감독이 추잡한 싸움을 멈추고 진지하게 대화하는 것 같자, 유 회장은 정지용에게 '저놈들 무슨 이야기하는지 알아올 수 있겠나?'라고 말했다.

그리고 정지용은 바로 도청을 시도했다.

유성그룹에 불가능은 없다!

"으음…… 으으음…… 얼마를 줘야……."

"누구를 생각하고 있으시길래 그러시는 겁니까?"

"음? 아, 아니야. 아무도 생각하지 않았어."

속마음을 들킨 유 회장은 슬쩍 화제를 돌렸다.

"그보다 저놈들은 왜 김태현 이야기는 안 하는 거지?"

이야기를 들으면서 가장 궁금했던 건 태현 이야기였다.

"아, 김태현 선수 말입니까."

유 회장과 같이 판온을 하고 나서부터 매일 꼬박꼬박 몇 시간씩 방송을 보고 게시판의 정보글을 읽으며 준비한 정지용이었다. 이제는 그룹의 누구보다도 판온을 잘 안다고 자부했다.

"그야 지금 케인 선수나 이세연 선수도 미국이나 중국 쪽에 밀릴 것 같아서 저러고 있는데, 김태현 선수는 더더욱 그러지 않겠습니까."

"그놈…… 아니, 흠흠. 김태현이 미국이나 중국에 간다고?"

"아마 그럴 가능성이 높지 않겠습니까? 현실적으로 그 두 군데가 가장 대우를 좋게 해줄 테니 말입니다."

'그렇지 않을 것 같은데…….'

유 회장은 생각에 잠겼다.

일단 김태현은 돈이 많았다. 그러니 연봉 같은 조건에 흔들릴 리 없었다. 김태현이 '아, 게임은 한국에서 해도 되는데 왜 미국까지 가요' 하면서 안 가면 안 갔지, 돈 많이 준다고 해외로 나가는 모습은 상상이 안 갔다.

"참. 중국은 안 될 가능성이 있군요. 저는 중국 쪽 가능성은 반반 정도로 보고 있습니다."

"그건 왜?"

"그야 이번 대회에서 중국 대표팀과 그런 일이 있었잖습니까."

경기장 밖 PK 사건! 당연히 중국 게이머 중 태현에게 이를 가는 사람들이 많았다. 중국 게임단은 중국 게이머들의 눈치를 볼 수밖에 없었으니, 태현의 영입을 망설일 가능성이 높았다.

"하긴, 그것도 그렇군. 그러면 거의 불가능한 거 아닌가?"

"아니요. 반반 정도입니다. 욕하는 사람들도 많지만 팬도 많아서……."

"뭐? 그런 짓을 했는데?!"

유 회장도 깜짝 놀랄 반응!

"그런 짓을 압도할 만큼의 플레이를 보여줬기 때문입니다."

"하긴……."

유 회장은 납득했다. 자기 나라 대표 선수를 PK했는데도 홀려 버리는 마성의 플레이! 태현이 대회에서 보여준 플레이들은 태현의 안티 팬들도 홀릴 정도였다.

"게다가 데리고 오면 승률이 확 뛸 텐데, 그런 거에 흔들리지 않을 팀은 드뭅니다."

유 회장은 생각에 잠겼다. 모두가 다 데리고 갈 거라고 생각한 김태현을 직접 데리고 온다. 그리고 동시에 유성그룹의 게임단이 부활!

화려한 스포트라이트란 스포트라이트는 다 받을 수 있는 완벽한 계획처럼 보였다. 너무 완벽해서 스스로 무서울 정도!

'음. 왜 한기가 들지?'

자선 대회와 프로게임단 재창설 계획을 직접 짜느라, 유 회장은 판온 접속을 많이 하지 못하고 있었다. 덕분에 태현의 영지에서 무슨 일이 일어나고 있는지 바로 알아차리지 못했다.

고민하던 유 회장은 생각을 멈추고 앞으로 나섰다. 일단 사람들을 불렀으니 주최자로서 역할을 할 때였다.

"회장님 나오십니다!"

"오오!"

양 감독과 한 감독은 재빨리 자세를 바로 갖추었다. 방금까지 유 회장이 그들의 말을 엿들었다고는 생각지도 못하는 둘이었다.

"안녕하십니까! 회장님!"

90도로 허리를 꺾는 양 감독.

그걸 본 한 감독은 눈빛을 불태웠다.

'이놈이 어디서 먼저 치사하게! 나는 110도로 꺾겠다!'

'이, 이 양반이 나이 먹고서 추잡하게 허리 꺾는 각도로 경

쟁을…… 나는 그렇다면 120도로 꺾어주마!'

점점 허리를 꺾는 두 감독. 그걸 본 유 회장은 질린 얼굴로 물러섰다.

"저런 놈들이 한 대화를 믿어도 되는 건가?"

"저렇게 보여도 국내 게임단 감독 중에서는 능력 있는 사람들입니다."

"자선 대회에서 사고 치지는 않겠지? 자선 대회라고. 이미지가 얼마나 중요한데."

"그 정도로 변별력 없는 사람들은 아닙니다…… 아마도……."

"와, 대단해! 너처럼 게임 잘하는 사람은 처음 봤어!"

"헤헤, 헤헤헤……."

"아, 물론 동영상에서는 너보다 잘하는 사람 많이 봤지만."

"……."

"어쨌든 직접 본 건 처음이야! 콤보를 이렇게 넣는 거구나!"

케인은 행복 그 자체에 빠져 있었다. 원인은 바로 앞에 있는 하연 때문이었다. 예전부터 이세연 때문에 판온에 관심이 있었던 하연은, 이번에 있었던 일 때문에 판온을 직접 하게 됐다. 그리고 그 매력에 푹 빠지게 된 것!

그 틈을 타 '판, 판온 잘하는데 내가 도와줄까?'라고 말하는 데까지 성공한 케인이었다. 만나서 오해를 풀고, 태현을 욕하며 친해진 덕분이었다.

'김태현…… 고맙다……! 흑흑! 고맙다!'

태현에게 이렇게까지 고마웠던 적은 없었던 것 같았다. 심지어 대회 우승 때보다 더 고마웠다.

태현이 듣는다면 뒤통수를 후려갈길 생각을 하는 케인!

하연의 실력은 평범했다. 딱 게임을 처음 하는 사람!

그렇지만 케인의 눈에는 그 무엇보다도 커다란 잠재력을 갖고 있는 원석으로 보였다.

"그런데 판온 랭커들은 다들 바쁘다던데, 너는 이렇게 시간 써도 괜찮아?"

"괜찮아. 괜찮아!"

케인은 슬쩍 동영상을 확인했다. '김태현 1vs100'이라는, 지금 판온 게시판 1위를 달리고 있는 영상이었다.

영상의 마지막은……. 태현이 블랙 드래곤을 불러내 랭커들을 쓸어버리는 장면이었다.

'그래도 태현을 도와주러 가야 하지 않나', '저렇게 많은데 죽기라도 하면 어쩌지' 하며 고민하던 케인은 저 영상이 올라오는 걸 보고 고민을 멈췄다.

아, 저 자식은 정말 내버려 둬도 알아서 잘 살겠구나!

정말 같이하면서 나름 태현을 파악했다 싶은 케인이었지만, 블랙 드래곤을 불러내서 쓸어버릴 줄은 몰랐다.

"안 괜찮은 거 같은데? 정말 일 없어?"

"없다니까!"

"나는 있어서 좀 이따가 가봐야 해."

현재 백수인 케인은 그 말이 가슴에 푹 꽂혔다.

"아. 맞다. 그러고 보니 기사도 나고 그러던데 너도 게임단 제의 왔어?"

이세연과 친하다 보니, 하연은 판온 랭커들에게 게임단 영입 제안들이 날아오고 있다는 걸 알고 있었다. 그녀 입장에서 우승팀 멤버이자 그 정도 활약을 보여준 케인은 벌써 몇 번은 제안이 날아왔어도 이상하지 않은 상황!

"어…… 음…… 어…… 후후, 나는 때를 기다리고 있어서……!"

"그래? 역시 받았나 보구나."

케인은 입을 다물었다. 그 자신도 대체 왜 제안이 안 오는지 알 수 없었다.

'내가 뭘 잘못했나?! 설마 도동수를 같이 두들겨 팰 때 너무 심하게 패서 피도 눈물도 없는 놈처럼 보였나?! 쇠사슬까지 쓰는 건 과했던 건가?!'

사실 ST나 KG의 접촉을 자기도 모르는 사이 거절한 후 ST나 KG 같은 대기업 게임단 측에는 '케인은 중국이나 미국 쪽이 벌써 제안했나 보다' 하는 의견이 퍼졌고, 작은 게임단 측에서는 '우리가 어떻게 데리고 오겠냐. 그냥 포기하자'라고 결정이 내려져서 그런 것이었지만…….

그 중국과 미국 쪽 게임단들은 아직 제안을 준비 중이었고, 그 사실을 알 리 없는 케인은 국내 게임단 뉴스만 보고 초조해하는 중이었다.

'흑흑…… 도동수 살살 팰걸……'

전혀 상관없는 이유로 후회하는 케인이었다.

케인이 스스로의 인생을 돌아보고 후회와 반성을 하고 있는 동안, 태현은 최대한 빠르게 속력을 내서 영지로 움직였다. 오토바이 뒤에 매달린 흑흑이가 비명을 질렀다.

-주인님! 속도! 속도 좀 줄여주십시오!

"너 드래곤 맞냐?"

-주인님! 저기 주인님입니다!

"알겠어. 속도 줄이면 되잖아. 헛소리는 하지 마."

나름 '마수+블랙 드래곤'인데 저렇게 약한 소리를 하다니.

그러나 흑흑이는 잘못 본 게 아니었다.

-저거 주인님 얼굴 아닙니까?

"……?!"

그 말에 저 멀리 영지 뒤 절벽 위에 우뚝 솟은 동상을 발견했다. 아무리 봐도 태현의 얼굴처럼 생긴 동상이었다.

"펠마스 이 새끼 어디 있나?"

태현은 살기 넘치는 목소리로 말했다. 일단 영지에서 이상한 일이 생기면 먼저 의심해야 할 것은 펠마스!

그러나 이번 일은 펠마스가 벌인 게 아니었다. 건물 안으로 들어간 태현은 펠마스가 꽁꽁 묶여 있는 걸 보고 깜짝 놀랐다.

"……사디크 놈들이 반란을?!"

"읍읍! 읍읍읍!"

태현은 일단 펠마스를 풀어주었다 그러자 울음 섞인 목소리로 외쳤다.

"태현 님! 돌아오셨군요!"

[아키서스의 신도인 펠마스를 풀어주었습니다. 명성이 1 오릅니다.]

'정말 하찮게 오른다.'

펠마스의 하찮은 존재감!

"너 설마 일 저지르고 나한테 맞을까 봐 일부러 묶인 척하는 거 아니지?"

태현은 의심 섞인 목소리로 물었다. 펠마스 입장에서는 분통 터질 소리!

"아닙니다! 제가 이런 일을 하겠습니까!"

"할 수 있을 것 같은데……."

무한불신교단!

펠마스는 가슴을 탕탕 치며 외쳤다.

"밖에 보십시오! 세금도 제대로 안 걷고! 사제들은 공짜로 축복을 뿌려대고 친절하게 대해주고! 제가 있었으면 그렇게 했겠습니까!"

"흠. 확실히 그건 네 말이 맞다."

순식간에 납득하는 태현. 펠마스가 미치지 않고서야 저렇게 플레이어들한테 친절하게 굴 리 없었다. 맹물도 '이건 아키서스의 물약일지도 몰라' 하고 팔아먹을 놈인데…….

물론 그 덕분에 지금 영지에 새로 온 플레이어들은 '아니! 이렇게 좋은 영지가 있다니! 역시 김태현이야! 초보자들도 배려해 주지!'하며 감격하고 있었다.

"그러면 어떻게 된 건데?"

"흑흑, 어떻게 된 거냐면 말입니다……."

펠마스는 눈물을 흘리며 상황을 설명하기 시작했다.

갈락파드와 그 패거리들이 영지에 도착하자마자 갈락파드는 분노했다.

"네 이놈 펠마스! 신성한 아키서스 님의 영지를 이렇게 관리하다니!"

"아, 아니…… 이거 내가 혼자서 독단으로 한 것도 아니고 태현 님 허락을 받고 한 건데……."

"거짓말하지 마라 이놈! 어디서 그런 중상모략을! 화신인 태현 님께서 그런 지시를 하실 리가 있겠느냐!"

"직접 이렇게 다단계식으로 하라고 하셨다고!"

"네놈이 태현 님의 눈을 흐리게 하고 귀를 막아 혼자 이익을 챙기려 하다니, 용서할 수 없다! 지금 당장 목을 베어도 모자라겠지만 네 처분은 태현 님이 오면 맡기도록 하겠다. 저놈을 감금해라!"

이쯤 되자 펠마스도 화가 나서 맞섰다.

"뭐 이 자식아? 내가 이 영지를 위해 얼마나 열심히 일했는데…… 물론 내가 내 이익을 좀 챙기긴 했지만! 어쨌든 지금 이렇게 대뜸 와서 날 잡아갈 수 있을 거 같냐? 내가 여기서 얼마나 오래 있었는데! 여기 있는 사람들이 널 가만히 두지 않을 거다!"

말과 함께 펠마스는 주변을 둘러보았다.

……모두 시선을 피했다.

"……너, 너희들! 명령이다! 저놈을 잡아라!"

"정확히 따지면 김태현 백작님이 명령하실 수 있는 거지, 펠마스 님이 명령할 수 있는 건 아닌데요."

"내가 대리잖아! 일단은!"

"김태현 백작님께서도 펠마스 님께서 이상한 소리 하면 들을 필요 없다고 하셔서……."

"이게 이상한 소리냐?!"

"두 분이 친한 사이 같은데 그냥 알아서 해결 보시죠."

펠마스 근처에 있던 상단 용병들, 아키서스 성기사들, 기타 NPC들은 모두 슬슬 물러섰다. 펠마스는 귀족 기사단이라도 부를까 생각했지만 그들은 더 냉정했다.

"김태현 백작 말 아니면 듣지 않는다!"

결국 펠마스를 도와주는 사람은 아무도 없었다.

"펠마스. 얌전히 있어라. 네 처벌은 태현 님께서 할 거다."

"웃기는 소리 하지 마라, 갈락파드! 내가 널 속여서 성물 찾도록 뺑뺑이를 시키고 그사이에 태현 님과 만나기는 했지만……."

제 무덤을 파는 펠마스였다. 갈락파드의 얼굴이 험악하게 일그러졌지만 펠마스는 눈치채지 못했다.

"내가 영지를 위하고, 아키서스를 위한 마음에는 한 치의 부끄러움도 없다!"

"그래서 싸우겠다는 것이냐?"

"아니! 항복이다!"

이야기를 듣던 태현은 고개를 갸웃거렸다.

"뭐라고?"

"항복했습니다."

"……근데 뭐 이리 폼을 잡았어?"

쾅!

문이 열리고 갈락파드가 돌아왔다. 그걸 본 펠마스가 기세 등등해져서 외쳤다.

"태현 님! 저놈이 갈락파드입니다! 아주 본때를 보여주십시오!"

"태현 님! 오시는 걸 기다리고 있었습니다!"

무릎을 꿇고 예의 바르게 인사하는 갈락파드.

일단 여기서 태현의 호감도가 1 올랐다.

"태현 님이 없는 동안 불초한 제가 영지를 관리하고 있었습니다. 영지의 논밭이 새로 생겼고 모험가들의 숫자가 대폭 늘었습니다. 이번에 농부 모험가들이 바친 수확물들은 신전에 가져다 놓았습니다."

철저한 관리력까지. 태현의 호감도가 다시 올랐다.

"여기 있는 이들은 제 손발 같은 사람들로, 모두 다 아키서스를 충실히 믿는 사람들입니다! 오랫동안 아키서스의 성물을 찾아다닌 사람들이니 태현 님의 도움이 될 겁니다. 어떤 명령이라도 내려주십시오!"

마지막으로는 전투 능력까지!

태현은 감동했다. 이제까지 웬 이상한 놈들하고만 어울려 지내며 고생한 것을 드디어 보상해 주나 보다!

다른 대륙의 교단들은 빵빵한 고렙 NPC들의 지원을 받아가며 잘나가는데, 태현은 무에서 유를 만들어내야 한다니.

그게 말이 되나.

'그래! 이게 진짜 교단이지!'

"태, 태현 님? 태현 님?"

펠마스는 뭔가 상황이 이상하게 굴러간다는 걸 깨닫고 당황해서 말을 걸었다. 당장 갈락파드를 패야 할 태현이 감동한 얼굴로 고개를 끄덕이고 있었던 것!

"그리고 태현 님."

"그래. 그래. 갈락파드. 또 뭘 했지?"

"이번에 태현 님께서 위대한 승리를 거둔 기념으로 동상을 제작하고 있었습니다."

　태현의 얼굴이 빠르게 굳었다.

CHAPTER 3

시간이 지나자, 태현은 받아들일 수 있었다.

아키서스 교단에 멀쩡한 NPC는 없다! 멀쩡해 보이는 NPC가 있다면 그건 속임수다! 그래도 갈락파드는 우수한 NPC였다. 약간 미친 것 같다는 점만 빼면.

데리고 온 부하들은 각자 다 훌륭한 전사, 마법사, 도적 등 NPC였다. 빈약한 아키서스 NPC들을 생각해 보면 감동스러울 수준!

물론 다들 눈빛이 맛이 가 있기는 했다. 흑흑이가 뒤에서 속삭일 정도!

-주인님. 저놈들의 눈빛이 위험합니다. 아키서스를 저렇게 믿다니. 위험합니다.

-사디크의 마수인 네가 할 소리는 아닌 거 같다.

-주인님. 기분 나쁘게 들으시지 않으셨으면 합니다. 그……

사정을 아는 존재들 사이에서는 사디크보다 아키서스가 더 위험한 신 취급을 받습니다…….

……기분 나쁜 소리를 하면서 어떻게 기분 나쁘게 듣지 말라는 거냐?

태현은 한숨을 쉬며 영지 정리에 들어갔다. 일단 갈락파드와 펠마스를 화해시켰다.

"이 자식과 화해를 하라고요?!"

"싫으면 둘이 싸울래?"

"화해하겠습니다."

펠마스를 설득하는 건 쉬웠다. 그에 비해 갈락파드는…….

"태현 님께서 말하시니 그렇게 따르도록 하겠습니다."

말과 달리, 갈락파드의 눈동자는 뜨겁게 타올랐다.

펠마스를 죽일 듯이 노려보는 갈락파드!

'네가 태현 님을 속였구나!' 하는 눈빛이었다.

"태, 태현 님. 저거 좀 어떻게 해주세요."

"알아서 해라."

그다음으로 한 건 영지의 정책을 되돌리는 일이었다. 세금을 아예 안 받고, 사제들도 아무것도 안 받고 운영하는 건 아무래도 오래 갈 수 없었다.

'최소한은 받자. 유지는 시켜야지.'

이 정도만 해도 다른 플레이어들의 영지에 비하면 엄청나게 적게 받는 것!

"무슨 일 할 때는 서로 상의해서 합의한 다음 해라. 패지 말고. 협박하지 말고. 그리고 저 동상은……."

태현은 말하다가 한숨을 쉬었다. 골짜기 위에 세워지고 있
는 동상을 보니 한숨만 나왔다.

"영차! 영차!"

"자! 조금만 더 힘을 냅시다! 그것만 끌고 오면 됩니다!"

태현의 동상을 짓자고 했을 때, 모인 플레이어들은 별로 대
단하게 생각하지 않았다.

'적당히 짐 옮기고 경험치랑 공적치 포인트 받아야지.'

'이런 건설 퀘스트는 뭐 별거 아니니까…… 여기서 크게 할
것도 아니고…… 시키는 것만 한 다음 축복이나 받자.'

제작 직업 플레이어가 아니더라도, 다들 의외로 건축 퀘스
트에 참가한 경험이 있었다. 대도시에서 초보자 시절을 보낸
사람이라면 누구나 한 번쯤은 참여해 본 건축 퀘스트! 도시에
서 건물을 새로 지을 때 짐을 옮기거나, 재료를 구해오거나 하
면 되는 간단한 퀘스트였다.

초보자들에게는 쉽고 빠르게 할 수 있어서 인기가 좋았다.
자리에 있는 모두가 그런 퀘스트라고 생각하고 있었다.

그러나 절망과 슬픔의 골짜기에는 조각사 플레이어도, 건축
가 플레이어도 있었다. 그들은 전혀 다르게 생각하고 있었다.

이건 기회다!

조각사나 건축가는 자기가 직접 뭔가를 만들려면 다 일일이 재료를 구해야 했다. 교단의 조각상이나 건물을 만드는 건 엄청난 기회였다. 보통 공적치 포인트를 엄청 쌓은 플레이어한테 상으로 오는 기회인 것!

그런데 아키서스 교단은 놀랍게도 그냥 기회를 열어주고 있었다. '할 수 있는 만큼 해봐라!'라고 지시해주는 아키서스 교단! 그 친절함에 플레이어들은 감동을 먹었다.

이번 기회를 살려 최대한 멋지고 위대한 동상을 만들어보리라!

"재료는 맥크레니 상단이 제공해 준 청동으로 할까요? 부족하면 돌 더 깎아서 위에 입혀도 되고……."

"아니! 그거로는 부족합니다!"

"?!"

"더 크게! 더 웅장하게! 저 절벽 위에 세워서 멀리서도 보이게 만듭시다!"

"아, 아니…… 그렇게 만들 수 있어요? 그렇게 만들려면 여기 있는 재료로는 턱없이 부족할 텐데?"

"이 주변 골짜기는 안 건드린 부분이 많잖습니까. 들어가서 재료를 캐옵시다! 돌이든 광석이든!"

"그, 그렇게까지 해야 하나?"

"해야 합니다!"

조각사와 건축가 플레이어들의 열정에 밀려, 다른 플레이어들은 재료를 모으기 시작했다. 일단 퀘스트가 어려워지면 보상도 더 커지니 손해는 아니었던 것!

조각사, 아론은 총대를 맡았다. 여기 모인 제작 직업 중 가장 레벨이 높은 조각사!

"광석이면 뭐든 좋습니다. 일단 다 녹인 다음 섞어서 입히면 되니까!"

"그렇지만 위에 입힐 때 문제가 생기지 않을까요?"

"다른 대장장이분들도 있으니 그분들에게 도와달라고 합시다!"

"대장장이라면……."

"그 대장장이들?"

플레이어들은 흠칫했다. 아키서스 영지에 있는 대장장이 플레이어들은 한 종류밖에 없었다. 악명 높은 기계공학 대장장이들!

"아, 아니, 꼭 불러야 해요?"

"그냥 우리끼리 하지…… 우리도 대장장이 있으니까……."

"재료를 빨리 모으고 처리하려면 그거로는 부족해요! 최대한 손을 빌려야 합니다!"

"알, 알겠어요. 부르면 되잖아."

영지 안, 〈악마의 대장간〉에서 망치를 뚝딱뚝딱 두드리던 가브리엘은 멈칫했다.

"동상 건설을 도와달라고?"

가브리엘과 기계공학 대장장이들은 팔짱을 끼었다. 그들 주변에는 망가진 기계공학 아이템들이 널브러져 있었다.

악마 대장장이 사루온과 같이 기계공학, 대장장이 스킬에 몰두한 가브리엘 패거리의 실력은 무시무시한 수준이었다.

어지간한 대장장이 길드는 상대하기도 힘들 수준!

게다가 아이템 제작이 아닌 기계공학, 그것도 폭탄 위주로 파고든 플레이어들이었기에 위력은 더 살벌했다. 영지를 돌아다니는 플레이어들도 〈악마의 대장간〉 근처는 얼씬거리지 않았다.

-왜 저기는 사람이 없어?
-쉿. 저기 쳐다보지 마! 괜히 엮이면 골치 아파진다고.

다들 꺼려 하는(태현도 포함해서) 대장장이들!

그렇지만 그들은 흔쾌히 허락했다.

"그런 부탁이라면 당연히 들어줘야지."

"동상에 쓸 만한 재료들을 다 갖고 가죠?"

"좋은 생각이야. 저 망가진 아이템들 다 녹여서 가지고 가자."

기계공학 대장장이들은 재료를 가지고 골짜기로 합류했다. 우르르 몰려온 대장장이들의 모습에 플레이어들은 꺼림칙한 표정이었다.

'쟤네 스킬 쓰다가 터지면 어떡하지?'

'만들던 동상까지 망가지는 거 아냐?'

'야. 누가 가서 좀 말하면 안 되냐?'

'아니, 그건 좀…… 쟤네 무섭다고……'

가브리엘 패거리는 겁 없는 미친놈들로 악명이 높았다.

예전에 한 번, 태현의 영지 밖에서 다른 플레이어들과 가브리엘 패거리 대장장이가 시비 붙은 적이 있었다.

"야, 여기서 우리가 사냥하고 있잖아. 꺼져. 방해된다."

전투 직업 플레이어들에게 제작 직업 플레이어들은 만만한 상대였다. 딱히 대형 길드 소속도 아닌 것 같아, 플레이어들은 대장장이를 쫓아내려고 했다.

"제가 먼저 왔는데요?"

"아. 어쩌라고. 꺼져."

"방해도 안 되잖아요. 그냥 여기서 광석만 캐는데……."

"아. 눈에 들어오니까 신경 쓰여. 꺼져."

"이거 드릴 테니까 봐주실 수 없으세요?"

"오. 뭘 주려고?"

"폭탄이요."

콰콰콰콰콰콰쾅!

바로 붙어서 갖고 있는 폭탄을 전부 터뜨리고 자폭!

가브리엘과 함께 중앙 대륙 전체에 테러를 저질렀던 대장장이들은 겁이 없었다. 이 정도 상대들은 이제 하찮아 보일 뿐!
그리고 그건 시작일 뿐이었다.

"아오, 웬 미친놈들이…… 진짜 기계공학 하는 놈들은 또라이라는 게 사실이라니까. 멀쩡한 스킬들 내버려 두고 왜 기계공학이야?"

"김태현이 애들 좀 많이 버려놨지. 으, 짜증 나네."

자폭으로 로그아웃 당한 플레이어들은 이를 갈며 접속했다. 신경도 안 썼던 상대한테 당해 로그아웃 당한 건 굴욕 그 자체였다.

'생각만 해도 이가 갈린다!'

"저기요. 이거 받아주세요."

영지 밖으로 가려는 사이, 플레이어 한 명이 뭔가를 건넸다. 주변에서 제작 직업들이 이렇게 공짜로 아이템을 주는 건 흔한 일이었다. 팔 수준은 아니지만, 다른 사람들이 쓰면 스킬이나 경험치 보상이 들어오는 것이다.

그리고 공짜 싫어하는 사람은 없었다.

"오. 뭔데?"

"폭탄이요."

콰콰콰콰콰콰쾅!

그 후 가브리엘 패거리들은 시비 붙은 플레이어만 쫓아다니며 자폭을 시도했다. 한 달이 지나자 그 플레이어는 무릎을 꿇고 잘못을 빌었다.

"제가 잘못했습니다! 다시는…… 다시는 그러지 않겠습니다!"

이런 일들이 있었으니 사람들이 꺼려 하는 것도 당연했다.

그러나 가브리엘과 그 친구들은 의외로 정상적이고 친절했다.

"여기 있는 잡철 걸러서 분류했습니다. 이거 가지고 가서서 바르시면 됩니다."

"삽이 좀 낡으셨네요. 제가 수리해 드리죠. 수리비요? 하하. 이런 걸 뭘 수리비까지 받아요. 제가 살짝 개조해 드릴…… 아니, 개조는 됐다고요? 알겠습니다."

아무 불평 없이, 궂은일들을 척척 해내는 대장장이들!

기계공학에 미쳐서 그렇지, 대장장이 기술 스킬도 나름 높은 대장장이들이었다. 이런 잡다한 일들을 실패할 리 없었다.

게다가 지금은 폭탄을 만드는 것도 아니고, 그냥 재료를 만드는 단순한 일일 뿐!

그러자 사람들의 시선이 바뀌었다.

"뭐야…… 생각보다 친절한 사람들이잖아?"

"난 시비 붙으면 폭탄 던질 줄 알았는데."

"내 장비도 수리해 줬어."

"개조해 준다는데 그거 받아볼 거 그랬나?"

"피해 다녔는데 앞으로는 대장간 들러서 이용 좀 해볼까……."

영지에 있는 큰 대장간을 안 쓰는 건 플레이어들에게도 손해였다. 이제까지 워낙 악명이 높아서 그랬지!

다 같이 동상을 만드는 퀘스트를 통해, 영지에 있는 플레이어들은 뭉치기 시작했다. 플레이어들이 대장장이들을 칭찬하는 동안, 가브리엘은 뼈대가 잡힌 동상을 보며 말했다.

"뭔가 부족해……."

"……?"

"건축가들이나 조각사들, 화가들까지 나서서 자기 장기를 보여주는데 우리는 하는 게 너무 없는 거 같군."

"그러면 어떻게 하려고요?"

"우리의 장기가 뭐냐?"

"기계공학이요?"

"저 동상에 기계공학 스킬을 응용하자!"

"그런……! 생각지도 못한 발상입니다! 역시 가브리엘 님!"

"가브리엘! 가브리엘!"

태현이 옆에 있었다면 '그만해, 미친놈들아!' 하며 뒤통수를 후려갈겼을 소리! 그러나 태현은 주변에 없었다. 그냥 동상을 신경 쓰지 않기로 마음먹었던 것이다.

"에휴, 에휴……."

신경 쓰지 않기로 마음먹어도 절로 나오는 한숨. 이번에 오면 투기장 건물이 완성되는 걸 보나 싶었더니, 거기서 일하고 있던 플레이어들까지 다 데리고 동상을 짓고 있었다.

이미 저렇게 열심히 하고 있는 걸 '야! 동상 짓지 마!'라고 해봤자 먹힐 리 없었다. 역효과만 나면 났지.

재료나 그런 걸 대부분 다른 플레이어들이 알아서 갖고 오니 망정이지…….

'다른 건물들은…… 최대한 짓고 있지만 역시 한계가 있긴 하군.'

다른 필수 건물들을 제외하고 아키서스 건물들만 올리는데 도 여전히 속도가 아쉬웠다. 아키서스 성기사 훈련소를 상급 까지는 찍어야 쓸 만한 아키서스 상급 성기사들이 나오는데, 골드도 골드고 제작 시간도 제작 시간이었다.

'다른 교단 놈들은 처음부터 갖고 시작하는데!'

생각해 보니 새삼 억울!

대형 길드가 없는 태현은 나중을 대비해 최대한 전력을 미리 뽑아놔야 했다. 이번에 100명이 모였을 때는 등골이 서늘했다.

다른 호구…… 아니, 친구들이 적절히 와서 도와주고, 운 좋 게 따돌리고, 이제까지 쌓은 명성 스탯을 희생해서 벗어날 수 있었지만, 다음에도 이렇게 운 좋게 풀려나리란 법은 없었다.

'동상이랑 투기장 건물은 일단 잊고…… 애초에 투기장 건물 은 크게 도움 되는 건물은 아니니까…….'

태현은 아이템을 확인하기로 했다. 일단 PK로 뺏은 아이템 부터! 랭커들에게서 뺏은 아이템들이니 기대가 될 수밖에 없 었다.

'이럴 때가 가장 좋다니까.'

PK 후 전리품 확인하는 순간!

브레스에 녹아내린 바위 부족의 가죽 갑옷:

내구력 1/1, 방어력 20

스킬 '바위 부족의 함성', '바위 부족의 격노' 사용할 수 없음.

원래는 바위 부족의 비법으로 한 땀 한 땀 만들어낸 명품이었지만, 난폭한 블랙 드래곤의 브레스로 망가진 갑옷이다. 이 갑옷을 만든 사람이 본다면 눈물을 흘릴 것이다.

"……."

태현의 얼굴이 딱딱하게 굳었다.

'아, 아니. 다 이럴 법은 없으니까. 이 아이템만 그런 걸 거야.'

생각은 그렇게 하지만 이미 벌벌 떨리는 손!

브레스에 녹아내린 아다만티움 합금 대검:

내구력 1/1, 공격력 1

스킬 '삼 연속 휘두르기', '붙잡고 치기', '아다만티움의 힘' 사용할 수 없음, '마법 방어' 사용할 수 없음.

아다만티움을 섞어 만든 금속으로 제련된 검이다. 아무나 건드릴 수 없는 금속이기에 최고급 대장장이 기술 스킬을 가진 대장장이가 직접 제련했다.

아쉽게도 브레스에 녹아내렸다. 만약 이런 검을 파괴했다는 게 알려진다면 모든 대장장이들이 분노할 것이다.

"……사디크, 네 이놈!"

태현은 분노해서 외쳤다. 물론 브레스를 쏘라고 시킨 건 태현이었지만 지금 그런 건 중요하지 않았다.

"쯧…… 분리해서 재료나 챙겨야 하나……."

브레스에 당하지 않은 플레이어들의 장비는 멀쩡했지만, 초반에 화살받이로 먼저 덤벼든 플레이어들의 수준이야 뻔했다. 태현은 망설이지 않고 일괄로 경매장에 올려 버렸다.

남은 건 망가진 장비들. 태현의 행운 스탯 때문에, 랭커들은 좋은 장비들만 골라서 뜯겼다.

태현은 배부른 소리를 하며 장비를 분해하기 시작했다.

[고급 대장장이 기술 스킬을 갖고 있습니다. 아다만티움을 다루는 데 페널티를 받습니다.]

[대검에서 추출되는 아다만티움의 양이 줄어듭니다.]

'아쉽지만 어쩔 수 없지.'

고급 대장장이 기술 스킬로도 페널티를 받는다면 어쩔 수 없었다. 태현은 악마의 대장간의 용광로를 사용해 아다만티움을 분리해 내기 시작했다.

악마 대장장이, 사루온이 그걸 보더니 고개를 갸웃거렸다.

"어떤 미친놈이 그런 명품을 망가뜨린 거지?"

"……사디크가 그랬지!"

"허. 사디크…… 정말 사악한 신이군. 저런 명품을 망가뜨리다니, 내 마음이 아플 정도야."

[악마 대장장이 사루온이 사디크에 대해 분노합니다. 화술 스킬이 오릅니다.]

전혀 기대하지 않은 부분에서 오르는 스킬들. 태현은 얼굴 표정을 관리하며 장비를 하나하나 분리해서 떼어 냈다.

"그런데 여기 대장장이들 어디 갔지? 설마 다른 곳에 갔나?"

"동상 건설을 돕는다던데."

"……걔네들이?"

폭탄 테러리스트들이 동상을 건설하겠다고 나서다니.

벌써부터 불안해지는 기분이었다. 그러나 사루온은 다른 생각을 가진 것 같았다.

"훌륭한 대장장이들이니 동상도 잘 지을 거야."

"악마한테 인정받는 건 좀……."

악마 대장장이한테 인정받는다는 것 자체가 이미 뭔가 좀 문제가 많다는 뜻!

"에이, 됐다. 동상은 신경 끄기로 했으니까."

태현은 다시 용광로로 시선을 돌렸다. 사루온이 뭘 넣었길래 아주 화끈하게 불이 지펴지고 있었다.

가브리엘 패거리가 독점하고 있어서 그렇지, 이 정도 수준의 대장간은 찾기 힘든 고급 시설이었다.

'아다만티움 조금, 오리하르콘 조금, 흑철 조금, 적철 조금, 청은 조금…… 깨진 마법석 몇 개. 뭐 이 정도면 좋긴 한데…….'

사실 날로 먹은 것치고는 엄청난 소득이었다. 워낙 랭커들의 장비가 좋다 보니 망가진 장비에서도 그만큼이 추출되는 것!

'이걸로 또 아티팩트나 만들어 봐? 쿨타임도 좀 있으면 끝 나니……'

태현이 남들에게 뺏은 장비를 어떻게 처리해야 할지 고민하고 있는 동안, 저 멀리서는 다른 일이 일어나고 있었다.

-이제 우리는 진지하게 힘을 합쳐야 한다! 어설프게 힘을 합치는 시늉만 내니까 이렇게 당하는 거다. 이게 뭐냐! 오스턴 왕국도 아직 못 먹고! 판온 1 때를 생각해 봐라. 왕국 전체를 순식간에 먹었는데!

-맞는 말이다. 손을 잡자! 저 김태현 같은 놈을 봐라! 우리를 얼마나 비웃었겠냐! 대놓고 날뛰는데도 우리가 가만히 있었으니 말이다. 놈은 우리가 이럴 거라고 예상한 거다! 여기 중에 판온 1에서 김태현한테 당한 적 있는 놈은 손 들어봐라!

우르르-

대형 길드 연합의 회의장. 분위기는 매우 뜨거웠다.

그 모습에 쑤닝은 속으로 생각했다.

'김태현, 고맙다! 아주 고맙다! 이 은혜는 곧 갚아주마!'

이기적이고 서로 견제하는 대형 길드들의 연합. 말이 연합이지 제대로 연합의 힘을 보여준 적이 없는, 이름뿐인 연합이었다. 그런 연합이 오늘 제대로 힘을 합치려고 하고 있었다. 이유야 여럿 있었지만, 이 모든 흐름의 원인은 바로 태현이었다.

대회에서 폭탄 발언을 한 태현. 100명이서 덤벼들었는데도 놀리듯이 포위망을 빠져나가고 남은 랭커들을 쓸어버린 태현. 태현이 모두의 두려움에 불을 붙인 것이다.

'이대로라면 정말 위험할지도 모른다!'

각자 대형 길드를 세우고, 판온 1의 최강자가 되겠다고 날뛰었던 때. 많은 돈을 투자하고 많은 사람들이 시간을 쏟았는데도 결국 승자는 이세연이나 김태현 같은 독불장군들이었다. 완전 죽 쒀서 개 준 꼴!

그런 두려움과 태현에 대한 원한까지 합쳐지자 대형 길드 길마 중 몇 명이 진지하게 나섰다.

합치자! 아예 합쳐서 움직인다면 아무리 태현이라도 건드릴 수 없을 것이다.

그런 움직임을 들은 쑤닝은 무릎을 쳤다.

'착하게 살다 보니 이런 행운이 있구나!'

김태현이 대회에서 우승하고 랭커들을 싹 쓸어버렸다는 소식을 들었을 때, 쑤닝은 자리에 드러누워서 끙끙 앓았다.

정말 배가 아파서 못 살겠던 것!

세상에는 정의가 없나 진지하게 고민이 될 정도였다. 그러나 아니었다.

'세상에는 아직 정의가 살아 있다!'

쑤닝은 그런 길마들을 부추기고 꼬드겨서 손을 잡았다. 대형 길드 연합의 모든 길마들이 통합을 원하는 건 아니었다.

그들 중에서는 김태현과 원한이 없는 사람도 있었고, 김태현을 '에이, 그래도 혼잔데 할 수 있는 건 한계가 있지'라며 넘어가는 사람도 있었고, 끝까지 이기적으로 '통합? 그런 거 왜해? 내가 가져가는 몫 주는 거 아냐?'라고 하는 사람도 있었다. 그렇지만 그들을 다 일일이 설득할 필요는 없었다. 절반 정도만 설득해서 흐름이 만들어지면, 그들도 도망치지 못할 테니까!

그리고 지금, 흐름이 만들어졌다.

-합치자! 합치자!
-길드 연합 만세! 미래를 위해서!
-김태현을 조지자!
……아니, 지금 길드 미래 이야기하는데 꼭 그런 놈 이야기를 넣어야 해? 기분 잡치게?
-미, 미안.

"길드들이 합쳤다고?"
"예. 형ㄴ…… 아니, 길마님."
"아니, 그 이기적이고 지들밖에 모르는 놈들이? 왜지?"
김태산은 이해가 안 간다는 듯이 중얼거렸다. 현재 그들은 오스턴 왕국의 영지를 일구며 열심히 잘살고 있었다. 주변에 대형 길드들의 영지들도 많았지만 김태산의 길드는 승승장구였다.

강력한 단결력! 심심하면 하는 현질! 남는 게 시간밖에 없는 아저씨들의 노력!

이런 요소들이 합쳐지니 숫자 차이 정도는 그대로 밀어버릴 수 있는 수준! 그렇게 잘 먹고 잘살고 있었는데 길드들이 아예 통합을 해버리다니.

"음…… 건축가들 더 불러서 공성전 대비를 해야 할지도 모르겠다. 어차피 지금도 영지는 충분하니까 더 늘릴 필요는 없겠지."

"그러고 보니 태현이는 프로게임단 입단 안 합니까?"

"아, 그놈이 진짜……."

김태산은 푹푹 한숨을 내쉬었다. 어디 가서 사정을 말하면 미친놈 취급을 받을 사정!

"됐다. 말을 말자."

"아니, 왜 그러세요?"

"맞아요. 태현이 정도면 자기 일 알아서 잘하는 편이지!"

다른 아저씨들 입장에서 김태산은 엄살을 떠는 것으로밖에 보이지 않았다. 태현이 같은 아들이 어디 있겠는가.

자기 할 일 알아서 척척 잘하고 이제 방송에서 인기까지 얻고 있는데!

"너희가 상대를 해봐야 속이 터지는 걸 알지!"

"아, 거 엄살 좀 그만 떠세요."

"그보다 길마님, 우리 영지에 음식 재료 없다고 요리사들이랑 농부들이 부탁하는데, 어떡하죠?"

"그놈의 토끼들 진짜……."

김태산은 지긋지긋하다는 표정을 지었다.

대륙에는 지금 두 가지 문제가 있었다.

갑자기 찾아온 겨울과 미쳐 날뛰는 토끼! 전자는 어떻게 버티면서 농사를 짓는다고 쳐도 후자는 정말 지긋지긋했다. 잡고 잡아도 또 나오는 토끼들!

"뭐 어떻게 하겠어. 잡자! 리×지 때처럼!"

"그럽시다!"

단순무식! 토끼가 많이 나온다면 계속 잡으면 된다!

쉬이이이익-

매서운 칼바람이 탐험가 플레이어, 호마의 얼굴을 쓸고 지나갔다. 지금 호마는 프로즈란드에 와 있었다.

"여러분! 제가! 프로즈란드에 와 있습니다! 대륙의 추위를 풀기 위해서!"

채팅창에서는 뜨거운 반응이 돌아왔다.

-호마! 호마! 호마!
-제카스보다 네가 낫다!

"제가 조사를 해본 결과! 중앙 대륙이 갑자기 겨울이 된 데에는 이 프로즈란드에 비밀이 숨겨져 있다는 걸 알아냈습니다."

말을 마친 호마는 추위 저항 포션을 다시 마셨다. 시간이 될 때마다 안 마셔 놓으면 순식간에 상태 이상에 걸렸던 것이다.

'헤헤, 이것만 성공하면 한동안 방송 1위 자리는 내가 먹는다!'

제카스와 같이 탐험가 랭커를 다투는 호마였지만, 제카스에 비해 한 단계 밑이라는 평가가 대부분이었다. 결정적인 순간에 자꾸 하는 실수 때문!

탐험가 플레이어는 단서를 조합해서 온갖 함정과 미궁을 돌파해야 하는데, 실수가 잦으면 안 됐다. 물론 호마의 방송을 보는 사람들은 오히려 호마의 실수를 기대했다.

-호마 또 실수하는 거 아니냐 ㅋㅋㅋㅋ.

-실수하더라도 저주는 풀고 실수하자!

"응원은 못 할망정…… 간다!"

호마는 앞으로 달려 나갔다. 프로즈란드의 저주를 풀기 위해서!

일차적으로 장비 분해와 정리를 끝낸 태현은 다음 아이템을 꺼냈다.

프리카 투기장 우승자의 황금 상자:

가장 뛰어난 활약을 한 우승자에게만 주어지는 상자입니다. 안에는 무엇이 들어 있을까요?

'이건 절대 꽝이 나올 수가 없지!'

랭커들의 장비는 브레스에 박살이 났어도, 이 상자만큼은 진짜였다. 태현은 상자를 아끼는 마음으로 쓰다듬었다. 그 순간 뒤에서 목소리가 들렸다.

"……뭐 하세요?"

"헉, 언제 온 거야?"

"방금요…… 지금 그 상자 쓰다듬은 거예요?"

"아, 아니거든?"

이다비는 미심쩍은 눈빛으로 태현을 쳐다보았다.

'분명 쓰다듬은 것 같았는데…….'

"그거 여실 거예요? 구경해도 되요?"

"잠, 잠깐. 아직 마음의 준비가…….'"

"무슨 상자 여는데 마음의 준비를 해요?! 여기 있는 사람들도 아니고!"

이다비도 영지에 온 플레이어들이 도박에 미쳐가고 있다는 것 정도는 알고 있었다. 제작 하나 할 때도 심호흡을 하고, 눈을 감고, 기도를 하는 플레이어들!

"좋, 좋아. 연다."

"……무슨 일 있었어요?"

"아무 일도 없었거든? 기껏 PK한 장비가 브레스에 다 녹았고 영지의 다른 건설이 다 멈춰지고 사람들은 웬 개떡 같은 동상을 짓고 있기는 하지만……."

"……."

"하지만 괜찮아!"

"그, 그래요."

딸칵-

태현은 말과 함께 상자를 열었다. 그리고 나온 것은…….

가장 아름답게 빛나는 황금 열쇠:

무엇을 여는 열쇠인지는 알 수 없지만, 보는 것만으로도 기분 좋지 않습니까?

아이템을 감정으로 알아본 이다비는 입을 다물었다.

부들부들 떨리는 태현의 손!

"내가…… 이딴 거 얻으려고 대회에서 그 고생을 한 게 아닌데……."

"대, 대신 인기도 많아지고 상금도 받았잖아요!"

꽉-

태현은 열쇠를 움켜쥐었다. 그리고 그때 케인이 도착했다.

"이야! 좋은 아침이야! 다들 모여 있네!"

케인의 얼굴은 싱글벙글이었다. 게임단에서 연락이 안 와서 불안하기는 했지만, 그것과 별개로 기분은 최고였다. 인생의 봄날을 맛보고 있었으니까!

"다들 뭐 하는…… 어?"

이다비는 슬슬 뒤로 피했다. 곧 벌어질 일이 눈에 들어왔다.

케인의 희생 덕분으로 태현은 정신을 되찾을 수 있었다.

'개떡 같아서 당황했지만, 이 정도 상자에서 나올 열쇠면 평범한 열쇠는 아닐 거다. 나중에 분명 쓸 일이 오겠지.'

태현은 그렇게 생각했다. 아니, 그래야 했다! 아니면 프리카 투기장에 폭탄을 설치하러 갈 수밖에 없으니까!

"크으윽…… 내가 뭘 잘못했다고……."

케인은 억울하다는 듯이 중얼거렸다. 그저 행복한 얼굴로 왔을 뿐인데!

"자. 지금 중요한 건 그게 아니다."

'지가 난리쳐 놓고……!'

할 거 다 해놓고 화제를 넘겨버리는 태현의 뻔뻔한 모습에 케인은 울컥했다.

"이제 투기장도 끝났으니까 난 내 직업 퀘스트 깨러 갈 생각이거든."

태현의 직업 퀘스트. 즉 아키서스의 권능을 찾는 퀘스트였다.

태현은 갈락파드에게 물어봤다.

"권능을 찾아 프로즈랜드를 뒤지던데, 혹시 다른 권능이 있는 곳은 아나?"

"물론입니다. 태현 님."

"오, 다 말해봐."

"권능이 있을 가능성이 희박한 곳은 꽤 많이 알고 있습니다. 가능성이 높은 곳은 몇 군데가 있고, 확실하게 있는 곳은 한 군데 있습니다. 제 눈으로 확인했기 때문입니다."

"확실한 곳부터 하는 게 좋지. 어디지?""

"에랑스 왕국의 마탑입니다."

태현은 깜짝 놀란 표정으로 갈락파드를 쳐다보았다.

에랑스 왕국의 마탑이라니. 지금 플레이어 수준의 레벨보다 몇 배는 높은 레벨의 마법사 NPC들이 우글거리는 마굴 아닌가.

거기에 권능이 있다고?

'아니, 뭐 꼭 싸울 필요는 없으니까…… 평화롭게 가서 해결을 보면…….'

백작 작위+명성+화술 스킬로 해결을 보려던 태현은 멈칫했다.

'아차! 지금은 악명이 높지!'

흑흑이를 소환한 덕분에 치솟은 악명! 절망과 슬픔의 골짜기야 태현의 영지니 악명이 높아도 아무도 뭐라고 하지 않을 테지만, 다른 곳은 얼굴 드러내는 순간 '힉! 살인마다!' 같은 반응 나오기 딱 좋았다.

그만큼 태현의 악명이 높았던 것이다.

"제가 마탑에 있었을 때 권능이 있는 곳을 확인했었지만, 빼올 수는 없었습니다. 마탑의 마법사들이 워낙 강해서…… 송구합니다."

갈락파드는 고개를 푹 숙였다. 그러자 펠마스가 옆에서 비웃었다.

"죄송해야지! 어! 그것도 못 갖고 오고!"

"……넌 조용히 하고 있고. 음, 에드안을 불러서 같이 공략을 해봐야 하나……."

태현은 생각에 잠겼다. 에드안과 같이 마탑을 공략해서 권능을 가지고 나올 수 있을까?

'안 그래도 적 많은데 마탑 마법사들까지 적으로 만들면 좀 그렇지.'

"태현 님. 외람되지만 제가 한 말씀 올려도 되겠습니까?"

"무슨 말이든 해도 좋아. 저기 펠마스 떠드는 거 안 보여?"

"마탑에 들어가서 몰래 가지고 오는 것은 하지 않으셨으면 합니다."

갈락파드의 말에 펠마스가 시비를 걸었다.

"갈락파드 이 자식! 태현 님을 못 믿는다는 거냐! 태현 님은 사디크 신전을 불태우시고 악마도 속이신 분이시다! 마탑 놈들에게 도둑질 정도야……."

"야. 저거 좀 닥치게 해봐."

"읍읍! 읍읍읍!"

갈락파드의 부하들이 우르르 몰려와 펠마스의 입을 묶었다.

"왜 하지 말라는 거지?"

"정말 위험하기 때문입니다."

간단명료한 갈락파드의 설명. 그래서 오히려 더 와닿았다.

'이거 진짜 위험한가 본데?'

갈락파드도 상당히 제정신이 아닌 사람인데, 그런 갈락파드가 '마탑에 가서 훔치거나 그러지는 마십시오'라고 말하니 태현도 엄두가 나지 않았다. 그러면 정면으로 들어가서 잘 구슬려야 하는데…….

'내가 마탑에 해줄 게 뭐가 있나? 공적치 포인트 쌓으려면 한세월일 거고. 교환할 것도 아무것도 없는데…….'

에랑스 왕국의 마탑에 들어가려면? 마법사 직업으로 마탑에 가입해서 차근차근 퀘스트를 깨고 공적치 포인트를 얻거나. 아니면 귀족이나 왕족의 힘을 빌려 소개장을 받거나…….

'이거다!'

태현은 만족했다. 다른 방법보다는 그나마 가능성 높은 방법 중 하나였다.

'일단 수혁이부터 불러야겠다.'

정수혁이 아키서스 교단으로 들어오기 전에는 원래 〈에랑스 마탑 마도사〉 직업을 갖고 있었다. 에랑스 왕국에서 시작하는 마법사 꿈나무들은 대부분 마탑 위주 플레이를 하니 당연한 결과였다. 직업은 바뀌었지만 마탑에서 NPC와 쌓은 관계가 어디 가지는 않을 테니, 정수혁이 도움이 될 것 같았다.

-수혁아! 와라!

-예! 근데 어디로요?

-영지로. 마탑 가려고.

-에랑스 왕국 마탑이요?

-어.

-알겠습니다! 지금 세형 선배하고 같이 가겠습니다.

-응? 둘이 같이 있었냐?

-선배님이 세형 선배한테 따라다니면서 배우라고 하시지 않으셨습니까?

체육관에서 개처럼 두들겨 맞는 격투기 선수들을 보고 나서, 김세형은 순한 양이 되었다.

'그냥 나간다고 해도 안 보내주겠지?'

그런 김세형에게 태현은 '정수혁을 따라다니면 많이 배울 게 있을 거다'라고 말했다. 김세형은 일단 알았다고 대답했다. 그 자리에서 '네'나 '알겠습니다' 말고 다른 대답을 할 수 있는 사람은 아무도 없을 것!

그리고 태현이 저렇게 말하니, 정수혁을 따라다니면 뭔가 배울 수 있을 것 같기도 했다. 실제로 정수혁은 대회에서 좋은 성적을 거두지 않았던가. 물론 본선은 못 갔지만…….

그래서 김세형을 쫄래쫄래 정수혁에게 찾아갔다. 정수혁이 하는 플레이를 보기 위해서!

-제, 제 플레이는 봐봤자 배우실 게 없을 것 같습니다만.
-아니야! 아니야! 그래도 네가 대회에서 잘나가고 그랬잖아. 그때 마법 너한테 박아서 튕겨 보내는 거 진짜 개쩔었지.
-그, 그거 실······.
-응?
-······력이었습니다.
-역시!

초롱초롱한 기대의 눈빛을 보니, 정수혁은 차마 진실을 말해 줄 수 없었다. 김세형은 기대에 가득 차서 정수혁을 쳐다보았다.
자! 어서 네 실력을 보여줘!

-어, 음, 그러면 시작하겠습니다······.

파지지직!
정수혁이 저 멀리 있는 몬스터들을 향해 마법을 사용하기 시작했다. 사용하는 마법은 간단한 매직 애로우!
그걸 보고 김세형은 의아해했다.
왜 저런 약한 마법을?

[네 갈래의 독소 저주가 발동됩니다.]
[화염 화살비가 발동됩니다.]
[불투명한 마나 방패가 발동됩니다.]

쓴 건 매직 애로우였는데 나오는 스킬들은 다른 스킬들!
김세형은 이해가 가지 않았다.
'무슨 일이 있었던 거지?'
정수혁은 계속해서 마법을 사용했다. 가끔은 정수혁 본인한
테 마법이 날아와 정수혁이 비명을 질렀다.
사냥이 계속되자, 김세형은 슬슬 의심이 들기 시작했다.
'이 자식 그냥 대충 마법 쏟아붓는 거 아니야?'
아무리 봐도 컨트롤이나 그런 것과는 거리가 먼 사냥 방법!
닥치는 대로, 쉬지 않고 마법을 많이 사용해서 퍼붓는 거 말고
는 어떤 센스도 보이지 않았다.
'아무리 봐도 그냥 뿌룩 같은데……'
물론 그게 맞았다.

"그런데 마탑에는 어떻게 접근할 거냐? 아는 귀족이 있어?"
"지금 떠오르는 귀족이 하나 있는데."
"누구?"
"테란드 남작이라고……"

"오. 누군데? 그 귀족 NPC 퀘스트라도 깬 거냐? 공적치 포인트 많아?"

"아니. 납치한 적이 있지."

테란드 남작. 태현이 에랑스 왕국에서 요리사들 퀘스트에 참견할 때 납치해서 묶어놓고 변장했던 귀족이었다.

"그 NPC한테 부탁한다고?"

"그러려고."

'드디어 미친 것인가?'

케인은 속으로 그렇게 생각하며 태현을 쳐다봤다.

"미친 거 아니야, 인마."

"?!"

"네 생각이 뻔히 보인다. 이게 있거든."

에랑스 국왕에게 인정받고서 받은 아이템은 둘. 〈에랑스 왕가의 구리 솥〉과 〈진정한 미식가의 훈장〉이었다.

태현은 이 두 번째를 들고 협상에 나설 생각이었다. 고급 화술 스킬+악명+〈진정한 미식가의 훈장〉 정도면…….

꼭 귀족한테 부탁할 필요가 있는 건 아니었다. 협박을 해도 되는 거였다.

"그러니까 협박하러 가자!"

케인과 이다비는 '이래도 되나?' 싶은 얼굴로 뒤를 따랐다.

그들이 영지를 벗어나려는 순간, 누군가 앞을 막았다.

"태현 님! 찾고 있었습니다!"

"오냐. 덤벼라."

"네?"

"응? 아. 미안. PK 하려는 줄 알았네. 하하. 하도 요즘 덤비는 사람들이 많아서……."

자동반사적으로 무기부터 뽑고 보는 태현! 그러나 상대는 덤비려고 한 게 아니었다.

"저번에 드리려고 했는데 먼저 떠나셔서……!"

"그보다 네가 누군데?"

"케빈입니다! 아. 제가 장비가 많이 바뀌어서 못 알아보셨군요!"

"어……."

그냥 얼굴을 기억 못 하는 거였지만, 태현이 말하기도 전에 케빈은 알아서 납득해 버렸다.

연금술사 케빈. 절망과 슬픔의 골짜기에 레어 아이템 제작을 위해 찾아와 갖고 있던 재산을 꼬라박은 플레이어였다.

태현은 그런 케빈을 한심하게 보고 행운 포션을 주고 갔었고.

"아아! 그! 한심한…… 읍읍."

이다비가 태현의 입을 막았다. 다행히 케빈은 못 들은 것 같았다.

"여기, 받아주십시오!"

"이게 뭐지?"

"경험치 세 배 증가의 물약입니다. 제가 만들었습니다!"

태현은 깜짝 놀랐다.

방금 뭐라고?

"경험치 세 배 증가의 물약? 이걸 어떻게?"

"제가 만들었는데요?"

"네가?"

"제가요! 태현 님이 주신 포션 마시고 만드는 데 성공했습니다! 정말 감사했습니다! 그거 말고 다른 것도 성공했어요! 그건 다 팔았지만!"

케빈의 겉모습이 달라진 이유를 알 것 같았다. 본전의 몇 배를 남겼으니 장비부터 다시 맞춘 것이다. 인생은 한 방!

태현은 케빈이 내민 유리병을 쳐다보았다.

안에서 찰랑거리는 경험치 증가의 물약.

그걸 보자 태현은 깨달았다. 역시 착하게 살면 복이 오는구나.

"케빈. 처음 봤을 때부터 네가 뭔가 해낼 거라는 걸 알고 있었지!"

사실 전혀 그런 생각은 하지 않았지만!

"감사합니다!"

태현은 흐뭇한 얼굴로 물약을 챙겼다.

이다비는 궁금하다는 듯이 물었다.

"그런데 경험치 증가 물약을 만들었다는 글을 최근에 본 기억이 없는데, 만들고 아무 말도 안 했나요?"

"예? 어디에 올려야 하나요? 경매장에 올릴 것도 아닌데……."

"그건 아니더라도 이런 건 자랑하는 게 좋아요. 그래야 다른 사람들이 이름을 아니까. 이름을 알면 경매장에 같은 포션이 올라와도 '아, 그 사람이 만든 포션이군' 하고 사거든요."

"그런……! 올리겠습니다!"

이다비의 조언을 들은 케빈은 글을 올렸다.

[경험치 세 배 물약 만들었다 ㅋㅋㅋㅋㅋㅋㅋ.]

-이거 진짜 만든 놈 있냐? 두 배도 아니고 세 배를 만들었다고?
-제작법이야 다 퍼져 있어서 만드는 건 어렵지 않은데 확률이 극악으로 알고 있는데. 저걸 뚫네.
-직업 스킬이 있나 본데? 연금술사 관련 희귀나 영웅 직업 있나 보다.

이다비의 말대로 사람들은 케빈의 이름을 빠르게 기억해 줬다. 그리고 거기서 멈추지 않고 더 제안이 왔다.

-저희 ×× 길드인데 경험치 증가의 물약 만들어주신다면 저희가 재료부터 시작해서 다 지원해 드리겠습니다.
-저희 길드 들어오시면 혜택이…….
-파워☆워리어☆♟♟최강 길드☆♟♟가입 시 전원 강철 검 증정ᛋᛟ유명 플레이어 김태현도 추천한 그 길드♟파워 워리어¥김태현도 만날 수 있음§★지금 당장 가입★

케빈은 감격에 손을 떨었다. 판온 시작하고서 처음 경험하는 관심!
케빈은 결심했다. 경험치 증가의 물약을 계속 만들어서 여기의 장인이 되리라!

그러나 그런 일은 없었다. 경험치 세 배 물약을 만드느라 모든 힘을 쏟아낸 케빈은 그 이후부터는 거짓말처럼 연속으로 제작에 실패했다.

 "악명이 높아서 걱정이야."

 "뭐?! 네가?!"

 케인의 반응은 무시했다. 이제까지 플레이어들한테 원한은 많이 샀지만, 대부분의 NPC들은 태현에게 친절했다.

 고급 화술 스킬과 아키서스 직업 스킬인 〈화신의 매력〉 덕분이었다. 거기에 백작 작위까지 갖고 있었으니……

 그런데 이제는 악명이 명성보다 높아졌다. 과연 NPC들은 어떻게 반응할 것인가?

 '뭐, 어차피 가면으로 위장하고 움직일 테니까 상관은 없지만……'

 '마르덴 후작의 살아 움직이는 가면'. 정말 잘 쓰고 있는 아이템이었다. 쓸 때마다 새삼스럽게 마르덴 후작에게 고마워지는 기분!

 "맞다. 너도 이제 그 코랑 귀 아이템 떼고 다녀라."

 "보너스 좋은데……"

 "저번에도 너 때문에 들켰잖아 이 자식아. 다음에 들키면 두고 간다."

"떼면 되잖아……!"

케인은 눈물을 머금고 장비를 파괴했다. 이제까지 부끄러움을 참고 다녔는데 뭔가 억울했다. 이걸 끼고 있으면 걸리기 쉬우니 어쩔 수 없지만…….

"그보다 에랑스 왕국은 또 이벤트 하나 보네요."

"대도시는 좋다니까."

"태현 님은 영지에서 이벤트 할 생각 없으세요?"

"이벤트?"

태현은 이다비의 말에 이벤트를 상상해 보았다. 과연 영지에서 어떤 이벤트를 할 수 있을까?

당신의 운을 시험해 보십시오! 골드 놓고 골드 먹기! 동전을 뒤집어서 맞추면 2배!

절망과 슬픔의 룰렛에 어서 오십시오!

'이건 사기야!', '왜 동전이 앞면만 나오는 거야!' 하는 반응이 우르르 나올 것 같았다. 저런 이벤트를 벌이면 아키서스 관련 인물들이 압도적으로 유리했다.

지금 당장 태현만 해도 누군가와 동전 던지기 배틀을 하면 연승을 할 자신이 있었던 것이다.

"어…… 이벤트라고 할 게…… 있나?"

"꼭 여기처럼 거창하게 할 필요는 없잖아요. 플레이어 길드가 관리하는 영지도 이벤트는 해요. 거기는 무슨 요일마다 세금을 깎거나, 포션을 지원해 주거나, 축복을 무료로 걸어주거나 하지만."

"나는 더 깎을 세금도 없고, 포션 지원하기에는 사냥 나가는 플레이어도 그렇게 많지 않은 데다가, 그나마 축복 정도? 근데 내 사제들은 효과 별로 안 강한데."

"그럴 필요 있나요? 더 좋은 거 있잖아요."

"이벤트 연 다음 우승한 사람들에게만 〈아키서스의 축복〉을 같이 써주면 되죠."

아키서스의 축복. 일정 시간 동안 태현과 행운 스탯을 공유하는 강력한 버프 스킬! 제작 직업에게는 특히 효과가 더 강력할 수밖에 없었다.

'그런 방법이……!'

"역시 파워 워리어 길마. 남들을 속여먹는 솜씨가 나보다 더 뛰어난 거 같아."

"아직 태현 님에 비하면 멀었죠!"

서로 칭찬하는 둘. 케인은 뜨악한 시선으로 둘을 쳐다보았다.

"아, 그러고 보니……."

태현은 기억을 떠올렸다. 분명 주현영과 만났을 때, 주현영은 곧 있으면 에랑스 국왕의 생신이라고 했다. 그 생신 이벤트를 위해 요리사들이 이리 뛰고 저리 뛰고 있다고.

'마탑 가기 전에 그거 처리하고 가도 되겠는데?'

주현영은 분명 '스스로의 실력으로 해보고 싶어요!'라고 말했다. 그렇지만 다른 사람의 힘을 빌리는 것도 스스로의 능력이 아닐까?

'완벽한 논리야. 흠잡을 곳이 없군!'

주현영이 안다면 프라이팬을 휘두를 소리였다.

'일단 테란드 남작부터 찾아봐야지.'

태현은 기억을 되살려 예전에 찾아갔던 저택으로 찾아갔다. 정문 앞에 멈춰 서자 이다비가 고개를 갸웃거렸다.

"그런데 귀족은 아무나 안 들여보내지 않아요?"

"응. 그래서 몰래 들어갈 거야."

"이런 담벼락은 못 넘어가게 마법 걸려 있잖아요."

"하하. 그것도 다 대비를 했지."

태현은 웃으면서 장비를 꺼냈다.

고대의 망치! 이런 작업에는 완벽한 장비였다.

거기서 멈추지 않았다. 바로 〈신의 예지〉를 켰다.

"너희 둘은 저기 입구에서 그냥 서 있기만 해. 누구 오면 말하고."

케인은 입맛을 다셨다. 예전에 에랑스 왕국에서 PK 몇 번 하고서 현상금이 걸렸을 때는, '현상금은 아무나 걸리나' 하며 자랑스러워했다.

그러나 지금 보니 부끄러워졌다. 정말 숨 쉬듯이 현상금을 걸릴 일을 하는 태현! 마치 현상금이 걸리기 위해서 태어난 사람 같았다.

쿠르릉!

담벼락이 순식간에 무너졌다. 태현은 은신 스킬을 사용한 후 재빨리 안으로 들어갔다.

"방금 무슨 소리가 난 것 같……."

"반갑습니다, 남작님."

태현은 은신을 풀고 가면도 풀었다. 그러자 테란드 남작이 기겁을 하며 비명을 질렀다.

"으악! 살인마 백작 김태현이다!"

"……."

"아, 아니…… 살인마 백작까지는 좀 너무하지 않……."

"살인마 백작을 만나다니! 흑흑! 오늘 내가 죽는구나!"

[테란드 남작이 공포에 빠져 착란 상태를 일으킵니다.]
[악명이 오릅니다. 화술 스킬이 오릅니다.]

이름만 말해줘도 알아서 상대가 공포에 빠지는 상태!

태현은 한숨을 푹푹 쉬며 말했다. 첫 단추부터 꼬이는 기분이었지만 그래도 어떡하겠는가.

수습을 해야지!

"안 죽여."

"안 죽는다니! 죽는 것보다 더 큰 고통을 받는 거구나!"

"고통도 안 준다."

"흑흑! 고통을 안 준다니! 내 영혼에 무슨 짓을 하려는 거구나! 흑마법사가 하는 것처럼!"

슬슬 귀찮아진 태현은 설득 방법을 바꾸기로 했다.

설득에서 협박으로!

"……들켰군! 그렇다면 어쩔 수 없지!"

"으헝헝! 살려줘! 난 아직 할 일이 많다고!"

[테란드 남작이 완전히 겁에 질립니다. 협박에 성공합니다.]

"자자. 내 말을 들으라고. 그렇지 않으면 널 블랙 드래곤의 브레스로 태워 버릴 테니까."

"크흙흙흙……."

테란드 남작은 울먹이며 고개를 끄덕였다.

'근데 내가 나름 아키서스 교단 교황인데 이런 협박이 먹힌다는 게 말이 되나?'

그래도 아탈리 왕국 가면 국왕한테 사랑받는 백작인데 이런 편견을 갖고 있다니. 나라 하나 다르다고 너무한 게 아닌가 싶었다. 그만큼 강력한 악명 스탯!

"흑흑, 저는 흑흑, 아직 죽을 수 없습니다, 흑흑. 국왕 폐하의 생신에 참석해야 하는 흑흑……."

"내 말만 들으면 죽을 필요는 없…… 아. 국왕 폐하의 생신에 참가한다고?"

울음 반, 말 반으로 떠드는 테란드 남작의 말에서 용케 필요한 걸 잡아낸 태현이었다.

"예……."

"잘됐군. 너한테 줄 게 있었는데."

태현은 〈진정한 미식가의 훈장〉을 꺼냈다. 테란드 남작은 그걸 알아보고 눈을 크게 떴다.

원래 테란드 남작이 활약하고 왕에게 받았어야 할 명예로운 물건이지만, 어떤 미친놈이 테란드 남작을 습격하고 대신 변장하고 나가서 받은 물건!

"그, 그건⋯⋯!"

"내가 범인을 잡아서 회수해 왔지."

뻔뻔하게 입에 침도 바르지 않고 거짓말을 하는 태현이었다.

"정말 강하고 위험한 상대였다고. 게다가 사디크를 믿는 놈이어서⋯⋯ 여기 흉터 보이지?"

"안 보입니다만."

"저런. 안 보이다니. 한 대 맞으면 보일 거야."

[협박에 성공했습니다.]

"다시 보니 보이는 것 같습니다!"

"그래. 그놈한테 당한 흉터라고. 내가 얼마나 힘들게 이걸 회수해 왔는지 알아줬으면 좋겠군."

[테란드 남작이 당신에게 감사해합니다. 친밀도가 오릅니다.]

"감, 감사합니다⋯⋯?"

"그래. 그래. 감사해야지. 사람은 원래 감사하고 살아야 하는 법이야. 어쨌든 내가 마탑 초대장을 받으려고 하는데 이게 에랑스 쪽 귀족이 줘야 하는 거라서. 써줄 수 있지?"

테란드 남작이 고개를 갸웃거리자 태현도 고개를 갸웃거렸다.

"왜?"

"어…… 아농 백작님과 아는 사이 아니십니까? 아농 백작님께서 김태현 백작을 많이 칭찬하시는 걸 들었습니다만."

아농 백작. 덩치 큰 용병같이 생긴 백작이었다. 마르덴 후작을 토벌하면서 알게 된, 태현을 매우 좋게 보는 백작!

"아농 백작님께 부탁드려도 되는 거 아닙니까?"

'아. 맞다. 생각해 보니 그러면 되네.'

귀족 기사단을 빌린 것 때문에 아농 백작을 미처 생각하지 못한 태현이었다.

'뭐…… 공적치 포인트 아깝기도 하고…….'

부탁하면 공적치 포인트가 들지만, 이렇게 찾아와서 협박하면 공적치 포인트가 0! 태현은 알뜰하게 절약하기로 했다.

"아농 백작한테 부탁하기는 좀 뭐해서. 그 양반은 마법사하고는 거리가 멀어 보이잖아."

"아닌데요. 아농 백작이 마탑에 기부금을 바쳐서……."

"아, 시끄럽고. 추천장 줄 거야, 안 줄 거야?"

"지금 당장 쓰겠습니다!"

"그래. 그래."

태현이 검집을 두드리며 말하자 테란드 남작은 황급히 편지를 갈겨쓰기 시작했다.

[테란드 남작이 마탑 추천장을 쓰기 시작합니다. 귀족의 추천장입니다. 마탑에 건넬 경우 좋은 대우를 받을 수 있습니다. 내용을 정할 수 있습니다.]

테란드 남작이 태현의 눈치를 보며 물었다.

"어, 그런데 추천장에는 뭐라고 쓸까요?"

"대충 알아서 써. 좋게 쓰라고. 그 정도도 혼자서 못 해?"

"아닙니다! 최대한 좋게 쓰겠습니다!"

원래라면 내용을 한 번 정도 확인하겠지만, 태현은 국왕의 생신에 대해 고민하느라 그냥 넘겼다. 이렇게 완벽하게 협박에 성공했는데 이상한 내용을 쓰지는 못할 테니까.

'흠, 국왕 생신을 어떻게 해야 날로 먹을 수 있을까…… 가서 또 다른 놈들의 재료에 괴식 재료를 확 뿌려 버려?'

이제는 요리를 직접 하는 것보다 남 요리를 망치는 게 더 익숙한 태현!

그렇지만 한 가지 문제가 있었다.

'바보가 아닌 이상 저번처럼 쉽게 당하지는 않겠지.'

그때야 넘어갔지만 시간이 지났으니 요리사들도 눈치를 챘을 것이다. 어떤 놈이 그들의 요리에 뭔가를 했다는 것을!

이번에 방해하려면 새로운 방식으로 방해해야 했다.

언제나 남을 괴롭히는 데에는 창조적인 태현이었다.

"다, 다 했습니다."

"고마워. 잘 쓰도록 하지."

태현이 편지를 챙기자 테란드 남작이 머뭇거리며 말했다.

"다 됐습니까?"

"그래. 그래. 테란드 남작. 그보다 한 가지 더 말할 게 있어. 저번처럼 이번에도 사디크의 종자 한 놈이 국왕 폐하의 생신을 망치려고 계획하고 있다네."

"예?! 그게 정말입니까?!"

"그럼, 물론이지. 아키서스 교단만큼 사디크 교단과 치열하게 싸운 교단이 또 어디 있겠어?"

테란드 남작은 고개를 끄덕였다. 태현이 모험가들을 갈아버린 것으로 악명이 더럽게 높아졌지만, 그렇다고 아키서스의 이름으로 사디크 교단을 격파한 게 사라지지는 않았다.

"나는 그놈을 쫓아서 여기까지 왔지. 테란드 남작이 도와줬으면 좋겠는데. 만약 일이 잘 해결된다면 국왕 폐하께서도 기뻐하실 거야. 테란드 남작에게 큰 상을 내리겠지."

"그, 그런⋯⋯!"

고급 화술 스킬을 갖고 있는 태현에게 겁에 질린 테란드 남작은 손쉬운 상대였다.

[테란드 남작이 당신의 말을 완전히 믿습니다. 화술 스킬이 오릅니다.]

"자자. 나를 도와줄 거지?"

"예, 알겠습니다!"

밖에서 기다리던 이다비와 케인은 걱정이 태산이었다.

'이 자식 잡힌 거 아니겠지?'

여기서 일이 틀어지면 퀘스트고 뭐고 에랑스 왕국 기사단을 만날 수 있었다. 아직 플레이어 중에서 귀족 기사단을 상대할 수 있는 수준은 아무도 없었다.

태현도 일단 문제가 생기면 튀어야 했다.

결국 판온은 레벨이 깡패! 그러나 태현은 테란드 남작과 어깨동무를 하고 훈훈한 모습으로 걸어 나왔다.

"기다렸지?"

도망쳐서 나오면 몰라도 저렇게 당당하게 나올 줄은 상상치도 못했던 둘!

'뭔, 뭔 짓을 한 거야?'

태현은 이다비에게 물었다.

"그러고 보니 어르신이 파워 워리어 길드원들 시켜서 아직도 사재기하고 있지? 안 팔았나?"

"네."

"잘됐네. 재료 좀 빌릴게."

"어? 그래도 되나요?"

"뭐 어르신도 나한테 아쉬운 게 많을 텐데…… 애초에 그거 보관하는 곳이 어딘데? 내 영지잖아."

태현은 아랑곳하지 않았다.

"그보다 슬슬 사재기한 거 파는 게 낫지 않나? 내 영지에서도 농사 성공해서 뭐 이것저것 잘 수확됐다던데."

"결정권은 어르신이 갖고 있는데 어르신은 아직 버티시려나 봐요. 연락이 따로 없는 걸 보니까요."

"버티면 가격이야 오르지만 너무 과감한 거 아니야? 좀 위험한 느낌인데. 내 영지에서 성공한 거 보면 다른 영지에서도 농사 못 짓는 거는 아닌 거 같고. 어차피 어르신한테는 껌값이겠지만……."

"그게 껌값이라고요!?"

이다비가 화들짝 놀랐다. 어느 세상의 껌이 저런 값이야?

"어르신한테는 껌값이지."

사실 태현한테도 껌값이긴 했지만.

"그런데 어르신은 뭐 하시는 분이에요?"

"어…… 음…… 할 거 없는 사람이지."

"확실히 좀 오래 접속해 있기는 하셨어요. 요즘은 또 안 보이시지만."

둘은 유 회장 이야기를 하며 사재기한 재료들을 찾았다.

유 회장답게 비싸고 좋은 재료들만 골라 놓았다.

"최고급 밀 한 부대에, 향신료도 모으셨나? 향신료도 챙기고…… 에이, 모르겠다. 일단 다 챙겨놓으면 알아서 하겠지."

"누가 알아서 해요?"

"주현영이라고 요리사 있어. 요리 실력은 확실하니 대충 다 묶어서 주면 알아서 잘할 거야."

"그…… 아니에요."

이다비는 복잡한 표정으로 말하다가 말고 고개를 끄덕였다. 그러자 케인이 물었다.

"근데 그 사람은 왜 돕냐?"

"걔가 요리 대회에서 성공하면 나한테도 요리 스킬 보너스가 들어오거든."

"와, 그거 좋은데?"

케인은 감탄했다. 이다비도 다시 얼굴이 환해졌다.

"좋아. 대충 다 정했으니 이거 보낸 다음 다른 요리사들 찾아내서 사디크 신도로 몰면 끝이겠다."

"그래, 그러면 되겠…… 응?"

고개를 끄덕이려던 케인은 순간 귀를 의심했다. 마지막에 뭐라고 했지?

"그러면 움직이자!"

"야, 야! 잠깐만!"

"감사합니다……?"

주현영은 고개를 갸웃거리며 일단 감사를 표했다.

"그런데 이거 어떻게 구하신 건가요? 지금 구하기 힘든 걸로 아는데요."

"이거 사재기하는 사람이 내가 아는 사람이라서."

"……."

"어쨌든 이걸로 우승하라고! 다른 요리사 놈들은 재료 없지 않나?"

"많이 부족해서 다들 힘들어하네요. 아예 직접 밖으로 나가서 사냥하려는 요리사도 있을 정도예요."

"요리사라면 사냥 정도는 직접 하는 게 당연한 거 아닌가?"

'아무도 안 그러는데요…….'

태현의 상식은 일반 요리사 플레이어들의 상식과는 많이 달랐다.

말하던 태현은 주변을 둘러보더니 살짝 목소리를 낮췄다.

"그런데 혹시 이번에 국왕 생신 축하 요리 퀘스트에 참석하는 다른 요리사 플레이어들 누구 있는지 알아?"

주현영의 눈빛이 수상쩍은 사람을 보는 눈빛으로 바뀌었다.

"왜, 왜 그래?"

"그건 왜 물어보시죠?"

"아니, 궁금해할 수도 있지."

"설마 PK를 한다던가…….."

주현영도 대회는 봤었다. 당연히 태현이 경기 전 PK를 시도하는 것도 봤었고. 분명 하고도 남는다!

"아니거든? 사람을 뭐로 보고."

"죄송합니다."

태현이 강하게 부정하자 주현영은 사과했다. 일단 도와주러 온 사람이었고, 실제로 구하기 힘든 요리 재료들을 잔뜩 갖고 왔다. 원래라면 엄청나게 고마워해야 할 일!

주현영이 고개를 숙이면서 사과하자 태현은 속으로 안도의 한숨을 내쉬었다.

'이상한 부분에서 눈치가 빠르다니까.'

하지만 주현영은 태현을 당해낼 수 없었다.

왜냐하면…… 너무 착했으니까!

옆에서 둘의 대화를 듣던 케인은 고개를 저었다. 태현의 시꺼먼 속셈을 모르는 주현영이 안타까웠다.

결국 태현은 주현영과 선의의 경쟁을 펼치는 다른 요리사들을 알아낼 수 있었다.

"차오, 파즈에 다른 요리사 랭커들도 있고…… 귀찮긴 하겠군."

"게네가 누군데?"

"헉! 둘이 있어요?"

케인은 눈치 못 챘지만, 이다비는 바로 알아차렸다.

"차오는 레스토랑 길드의 길마에요."

"아, 그 태현한테 당한 놈……."

"파즈도 유명한 요리사 랭커예요. 실제로도 요리사라서 인기도 좋고 실력도 대단하죠."

"파즈는 잘 모르겠는데 혹시 이놈도 태현한테 당했나?"

케인은 대충 찍었다. 누군진 모르겠지만 왠지 김태현한테 당한 적은 있을 거 같다!

"세상 모든 놈이 다 나한테 당한 적이 있는 건 아니다. 케인."

"그래? 파즈는 아닌가……."

"물론 파즈는 나한테 당한 적 있다."

둘은 빤히 태현을 쳐다봤지만 태현의 표정은 흔들리지 않았다.

'저러니까 100명이 죽이려고 달려오지……'

케인은 새삼스럽게 판온 1의 태현을 떠올렸다. 그때는 팬이었는데 실제로 겪어보니…….

"네 눈빛이 뭔가 기분 나쁜데."

"기분 탓이겠지. 흠흠."

"어쨌든 다른 놈들을 사디크 신도라고 몰면 일이 쉽게 풀릴 거야."

"말이야 쉬운데 그걸 어떻게 몰아?"

"흠……."

태현은 생각에 잠겼다. 다른 사람을 사디크 신도로 몰기 위해서 어떻게 해야 하는가?

정확히 3초 후 태현은 입을 열었다.

"방법 떠올랐다."

케인은 깜짝 놀랐다. 진짜 남 괴롭히는 데에는 슈퍼 컴퓨터를 능가하는 두뇌 능력을 보여주는 태현!

"사왔는데……."

케인은 떨떠름한 얼굴로 〈붉은색으로 염색된 하급 천〉과 〈싸구려 유리 구슬〉 등을 들고 왔다. 태현이 사오라고 시킨 것이다.

"이건 왜?"

"이걸로 이걸 만들 거다."

태현은 창을 켜고 〈상급 화염 정령의 불타는 가호 로브〉 아이템을 가리켰다. 유명한 아이템이었다. 한때 랭커 화염술사 크로포드가 애용했던 로브! 기본 레벨 제한이 200이 넘으니, 보통 방법으로는 입을 수도 없는 강력한 옷이었다.

"이걸 만든다고? 어떻게?"

"가짜로."

"야. 그냥 겉모습만 맞추는 것도 힘들 텐데 제작 직업들 상대하는 거잖아……. 감별이나 확인 스킬들은 다들 갖고 있을 텐데……."

"걱정 마라. 그것도 다 생각이 있지."

〈장비 위조〉

장비의 겉모습과 상태 창을 위조할 수 있습니다. 스킬 레벨이 높아질수록 지속 시간과 가능한 위조 범위가 늘어납니다.

솔직히 인정할 수밖에 없었다. 라제단 대장장이 스킬은 태현과 너무 잘 맞았다. 기본적으로 사기 치고 남 속이는 데에 치중되어 있는 라제단 대장장이!

[높은 행운을 갖고 있습니다. 〈장비 위조〉에 보너스를 받습니다. 고급 대장장이 기술을 갖고 있습니다. 〈장비 위조〉에 보너스를 받습니다.]

거기에 태현은 신의 예지까지 사용해 작업에 들어갔다.

슥삭슥삭-

순식간에 만들어지는 가짜 로브!

[<상급 화염 정령의 불타는 가호 로브(가짜)>를 만드는 데 성공합니다. 재봉 스킬이 크게 오릅니다.]

"이, 이건……! 정말……!"

케인은 입을 다물었다. 그가 봐도 믿기지 않았던 것이다.

"좋아. 다 됐군. 지팡이도 하나 위조하고…… 자. 가자! 이다비. 믿음직한 파워 워리어 길드원 좀 불러와 줘."

"네!"

에랑스 왕궁 근처의 요리사들에게는 소문이 돌고 있었다.

랭커 화염술사 한 명이 정말 강력한 화염을 빌려주고 있다는 소문!

"그 소문 들었냐?"

"어. 랭커 화염술사면 크로포드인가?"

아무래도 크로포드가 가장 유명하다 보니, 사람들은 크로포드부터 떠올렸다.

"크로포드 아니라던데? 처음 보는 사람이더라."

"근데 랭커인 건 어떻게 알아?"

"장비, 자식아. 장비. 크로포드나 입을 수 있는 장비를 입으면 당연히 랭커지."

"와. 왜 랭커인데 자랑 안 하고 다니지? 나 같으면 엄청 자랑하고 다닐 텐데."

"글쎄. 김태현도 자랑 안 하고 다녔잖아."

"하긴. 랭커들은 우리랑 생각이 다를지도 모르겠다."

판온은 워낙 플레이어 수가 많았고, 랭커라고 해서 꼭 유명한 건 아니었다. 자고 일어나면 갑자기 새로운 랭커가 툭 튀어나와서 유명해지는 경우도 많았던 것이다.

'저 화염술사도 그런 거겠지?'

에랑스 왕국 마탑에서 퀘스트 깨면서 힘을 기르다가 이제 본격적으로 사람들 앞에 나서는 랭커!

요리사들은 이름 모를 화염술사를 그렇게 추측했다.

사실, 지금 화염술사의 정체가 중요한 건 아니었다.

그보다 중요한 건 화염술사가 빌려주는 화염이었다.

화염! 판온에서 화염을 다루는 직업이 화염술사만 있는 게 아니었다. 대장장이도, 요리사도, 화염을 다뤘다. 실제로 화염을 다루는 스킬도 있었다.

화염을 다루는 제작 직업에게 화염의 질은 매우 중요했다. 더 좋은, 더 강력한, 더 많은 속성을 담고 있는 화염!

그런 화염이 있다면 만들 수 있는 아이템의 한계가 늘어났다. 물론 그런 화염은 쉽게 구할 수 있는 게 아니었다.

"우리도 화염 빌릴 수 있을까? 국왕 생신 잔치 때 요리 하나

내려고 하는데 화염 빌리면 좋잖아."

"야, 말도 안 되는 소리 하지 마라. 랭커한테 어떻게 말 붙이냐? 너 돈 있냐?"

"아니, 돈은 없는데…… 그래도 불 하나 붙여주는 거잖아."

"불 하나가 아니지. 너 저번에 〈중급 향기 화염석〉 구하느라 돈 얼마나 썼는데. 그런 걸 누가 공짜로 해줘?"

"생각해 보니 그러네. 에이. 결국 고렙 요리사들이나 빌리려나."

그렇게 평범한 요리사 플레이어들은 먼저 포기했다. 그러나 평범하지 않은 요리사 플레이어들은 고민에 잠겼다.

"뭐? 정말 강력한 화염을 켜주는 화염술사가 있다고?"

"네. 그렇다는데요. 어떻게 할까요? 찾아가 볼까요?"

"으음……."

파즈는 팔짱을 꼈다. 랭커 화염술사가 붙여주는 강력한 화염. 끌리긴 했다. 그게 있다면 정말 강력한 화력으로 멋있는 요리를 만들 수 있으리라. 그렇지만…….

"아니다. 난 됐다."

"정말요?"

"그래. 내가 준비한 게 있는데 이제 와서 바꾸고 싶지는 않다! 주현영은 분명 그러지 않을 테니까! 난 내가 왜 저번에 졌는지를 생각해 봤다. 그 이유는 하나! 내가 스스로를 믿지 못해서다!"

'그래서가 아닌 거 같은데…….'

그때 참가했던 다른 요리사 랭커들은 모두 다 부정행위를 의심하고 있었다. 차오는 아예 '그거 분명 김태현 때문이다!!'라고 못을 박고 있었고.

그러나 눈치 없는 새ㄲ…… 아니, 눈치가 부족한 파즈는 혼자 눈치를 못 채고 있었다. 다른 사람들이 '야, 그거 부정행위 아니야?' 말해줘도 '절대 그럴 리 없다! 내가 그런 거에 당할 리 없다!'라고 귀를 막는 파즈!

조수 요리사 플레이어가 속으로 무슨 생각을 하는지도 모르는 채 파즈는 열변을 토해냈다.

"내가 준비한 화염석! 내가 준비한 스크롤들! 내가 준비한 요리 재료들! 이 모든 게 나를 증명하고 있다!"

"아, 네."

현실에서 유명한 요리사인 파즈. 그래서 존경하고 있기는 했지만 이런 모습을 볼 때면 솔직히 조금 깼다.

"나는 나를 믿는다! 이대로 간다! 이제 와서 급하게 도움을 빌려서 이긴다면 그건 내가 아니다!"

그러나 모든 요리사들이 파즈처럼 자신만만한 건 아니었다.

"화염술사? 랭커?"

"예."

"어떻게 알아?"

"장비 확실했습니다. 상인 직업도 불러서 멀리서 확인 스킬도 썼고요."

"그러면 최소한 가짜는 아니고. 그…… 김태현 따라다니던 그놈은 아니지? 김태현이랑 친하던 마법사 있잖아."

"그 마법사는 다른 곳에 있는 것도 확인했습니다."

"휴. 그래. 그러면 김태현과 상관이 없는 게 확실한가 보군."

하도 당하고 당하다 보니, 이제는 정수혁까지 확인해 보는 차오였다.

"길드 없는 랭커 화염술사라. 길드에 초대해도 괜찮겠는데? 보아하니 길드나 파티 플레이 안 하고 혼자서 퀘스트 깨면서 레벨만 올린 친구 같은데."

"네. 그런 거 같더라고요."

"그런 친구가 길드 구경시켜 주면 껌뻑 죽지."

우리 길드가 이런 혜택이 있다! 우리 길드에 들어오면 이런 걸 해준다! 솔로 플레이만 고집하던 사람도 이런 걸 보면 흔들리게 마련이었다. 차오는 자신 있었다.

"좋아! 가자!"

"직접 가시게요?"

"이런 건 직접 가줘야 상대가 감동하는 거야. 또 화염도 내가 보고 싶고 말이야."

웅성웅성-

차오가 도착했을 때, 이미 태현의 주변에는 사람들이 몰려서 구경하고 있었다.

"와, 진짜 대단하다!"

"저거 무슨 화염이지? 화염석도 없이 그냥 마법으로만 쓴 거야?"

"야, 랭커가 괜히 랭커겠냐!"

주변의 호들갑을 듣자 차오는 더 기대가 됐다.

화르르르륵!

태현은 지팡이를 휘둘러 파워 워리어 길드원 요리사의 냄비 밑에 불을 붙였다. 그러자 한눈에 봐도 알 수 있을 정도로 냄비가 시뻘겋게 달아올랐다. 놀라울 정도의 화력!

"감사합니다!"

"뭘 이런 걸 가지고. 제가 좀 더 도와드리겠습니다."

태현은 인자한 미소를 지으며 화염 속으로 손을 뻗었다. 그걸 본 사람들은 깜짝 놀랐다.

"위험해요!"

"화염 대미지가……!"

그러나 태현은 멀쩡했다. 〈화염 재생〉 스킬 때문이었지만, 다른 사람들의 눈에는 화염술사로서 화염 저항 덕분이라고 보였다.

'역시 랭커구나!'

슥슥-

태현은 불꽃 속에 손을 넣어 냄비를 똑바로 잡아준 다음 멋지게 돌아섰다. 사람들의 눈빛이 반짝거릴 정도!

멀리 있던 케인은 고개를 절레절레 저었다.

"그러면 요리 잘하십시오. 전 이만 가보겠습니다."

"잠, 잠깐!"

태현이 쿨하게 떠나려고 하자 차오가 급하게 나섰다.

"우리 이야기 좀 합시다."

"무슨 이야기입니까? 제가 지금 선약이 있어서……."

"아. 무슨 선약이요?"

"방금 본 것처럼 요리사들 도와주는 약속입니다. 그…… 유명한 요리사라고 들었는데."

"설, 설마 파즈?"

"아니요. 아. 주현영이라고 들었습니다."

차오의 얼굴이 다급해졌다. 태현의 팔을 붙잡고 말했다.

"오, 오래 안 걸릴 겁니다. 잠깐만 이야기합시다. 잠깐만!"

"허, 참. 바쁜데."

태현은 어쩔 수 없다는 표정으로 차오에게 끌려갔다.

차오는 주변을 둘러보며 낮게 말했다.

"주현영 요리사한테 얼마 받기로 했습니까?"

태현은 대답 대신 손가락 하나를 올렸다. 차오는 안심하며 물었다.

"백 골드?"

"천 골드 받기로 했습니다만."

"불 하나 붙여주는데?!"

차오는 깜짝 놀라서 외쳤다. 현실 돈으로 몇천만 원 가까이 되는 돈을 불 한 번 붙여주는 데에 쓰다니! 그러자 태현이 불쾌한 표정으로 고개를 돌렸다. 차오는 아차 싶었다.

"아, 아니. 그쪽 능력 무시하는 게 아니라……."

"됐습니다. 흥. 제가 꼭 골드를 받고 싶어서 이러는 게 아니라, 이제까지 열심히 캐릭 키운 김에 다른 사람들 돕고 싶어서 이러는 건데 그런 취급을 하시다니."

"아니, 아니라니까. 그냥 놀라서 그런 거예요. 저도 골드 줄 수 있습니다. 두 배로 줄 수 있어요!"

차오는 살살 달랬다. 그러자 태현은 살짝 흔들린 표정을 지었다.

"두 배?"

"그럼요! 그리고 우리 길드에 들어오게 해줄 수도 있고."

"제가 그쪽 길드를 왜 들어갑니까? 혼자서도 잘했는데."

"하하. 보면 생각이 달라질 겁니다. 자자. 이쪽으로 오세요."

"알겠습니다. 일단 주현영한테 가서 불을 붙여주고……."

"잠깐! 세 배! 세 배를 줄 테니까 주현영한테는 가지 마시죠!"

"예? 아니. 다른 요리사들 도와주고 싶은데……."

"우리 길드 요리사들 도와주면 되겠네요! 우리 요리사들 많습니다. 도와주면 엄청 보람 느껴질 겁니다!"

차오는 어떻게든 태현을 독점하려고 들었다. 주현영은 그렇다 쳐도, 방금 저 요리사가 골드가 많아 보이지는 않았다.

보아하니 혼자 솔플로 캐릭을 키운 덕분에 다른 플레이어들 부탁을 들어주고 감사를 받는 것에 푹 빠진 게 분명했다.

"그런데 처음 보는 얼굴인데, 길드나 방송 같은 건 안 하십니까?"

"예. 그런 건 좀 어색해서…… 계속 혼자서 퀘스트만 깨고 했습니다."

'역시!'

차오는 쾌재를 불렀다. 이대로만 가면 날로 먹을 수 있을 것 같았다. 랭커 화염술사 하나를 공짜로 영입!

'역시 세상은 행동하는 사람의 것이지!'

파즈나 주현영처럼 가만히 앉아서 기다리는 게 아니라, 이렇게 먼저 움직여야 얻는 게 있는 법이다.

차오는 흐뭇하게 웃으며 태현을 데리고 길드원들이 있는 공터로 향했다.

화르륵-

공터에 도착해서 불을 붙이기 시작하자, 길드원들이 손을 들기 시작했다.

"여기도 해주세요!"

"저부터 먼저 해주시죠!"

요리사 직업을 가진 만큼 이런 부분에서는 다들 욕심이 많았다.

"이 녀석들! 마법사님이 곤란해하시잖아!"

차오는 근엄한 척 길드원들을 야단쳤다. 그러고는 태현한테 말했다.

"저부터 먼저 해주시죠."

"물론 그렇게 해드리겠습니다."

태현은 싱긋 미소 지었다. 그 모습에 차오는 뭔가 가슴 깊숙한 곳에서 불길함이 스쳐 지나가는 걸 느꼈다.

'어, 뭐지?'

그러나 차오는 그 불길함을 눈치챌 수준이 아니었다.

화르륵!

태현은 공터를 돌며 설치된 요리 기구 밑에 불을 붙였다. 특히 차오의 불에는 더 공을 들였다. 열심히 하는 모습에 차오는 고개를 끄덕였다.

'저렇게 열심히 하는데 내가 착각을 했나 보군. 내가 길마인 걸 알아서 내 건 더 공을 들이는 게 아주 마음에 들어.'

누가 중요하고 누가 중요하지 않은지 잘 알아차리고 줄을 서는 능력! 그런 능력이 좋아야 예쁨을 받는 법이었다.

"야. 창고에서 저 사람 주게 〈상급〉 칸에서 요리 좀 갖고 와."

"〈상급〉 칸에서요? 아깝지 않나요?"

"이 자식이, 지금 랭커 마법사 데리고 왔는데 그게 아쉽냐? 저거 봐. 저렇게 열심히 호구처럼, 아니, 자기 일처럼 나서주는 랭커 놈 찾기 힘들다고. 원래 랭커 정도 되면 어깨에 힘 뻣뻣하게 들어가고 남 거만하게 대하는 게 보통인데 저놈은 혼자 솔플만 해서 그런지 저러잖아. 이럴 때 인상을 팍 강하게 줘야 감동을 받는다니까."

"알겠습니다!"

길드원은 차오의 말을 이해하고 후다닥 달려갔다. 그러자 다른 길드원이 손을 들었다.

"넌 또 왜?"

"그런데 저분 이름이 뭡니까?"

"어…… 그러게?"

길드원들이 당황해서 쳐다보자 차오는 억지를 부렸다.

길마로서 권위는 잃을 수 없다!

"마음이 통했으면 이름은 몰라도 이야기가 되는 거야!"

"아, 알겠습니다."

"그래도 이름은……."

"알겠어. 물어보면 되잖아. 저기! 마법사님! 혹시 이름이 어떻게 되십니까!"

차오는 태현을 불렀다. 열심히 불을 지르던 태현은 고개를 돌리고 대답했다.

"제 이름은 〈차이나넘버원〉입니다."

"??"

"저 봐라. 얼마나 좋은 이름이냐. 분명 애국자일 거야."

'아, 아니……'

'아무리 그래도 저렇게 짓나?'

'뭔가 무서운데?'

그러는 사이 태현은 슬슬 작업을 끝내가고 있었다.

"자, 이거 좀 받으시고. 드시면서 하시죠. 맛도 좋고 효과도 엄청 좋습니다."

요리사 길드의 장점 중 하나. 요리사들이 만드는 효과 강력한 요리들을 공짜로 먹을 수 있는 것!

태현은 아이템들을 확인하고 반색했다.

〈잘 만들어진 상급 화염초 야채 샐러드〉, 〈서리 언데드를 이용한 샤베트〉, 〈체력에 좋은 특급 고기 꼬치〉 등등!

새로 온 랭커 마법사를 대접하기 위해 길드원들은 잘 만들어진 요리들을 꺼내온 것이다.

"어, 그런데 이걸 지금 만드신 겁니까?"

"하하. 아닙니다. 예전에 잘 만들어둔 걸 보관한 거죠."

"어떻게 보관하는 거죠?"

"훗. 요리사들의 비법입니다. 알려 드릴 수 없습……."

"……."

"……니다만 길드원인데 못 알려 드릴 게 뭐가 있습니까?"

태현의 분위기가 싸늘해지자 차오는 재빨리 말을 돌렸다. 어차피 마법사니 요리사들의 아이템을 알려줘도 별 상관은 없을 것이다.

"이 〈에르지의 냉기 유지 창고〉 아이템이 있으면 요리가 오래 유지됩니다."

겉모습도 그렇고 그냥 냉장고처럼 생긴 아이템이었지만, 태현은 굳이 지적하지 않았다.

"이거 어떻게 만들어요?"

"제작법은 이건데……. 잠깐."

태현은 아차 싶었다. 너무 막 나갔나?

"이거 밖에 공개하시면 안 됩니다. 아직 풀린 제작법이 아니라서 요리사 대부분이 갖고 있는 게 아니거든요."

냉장고 역할을 하는 아이템은 많이 풀렸지만, 각자 성능이 많이 달랐다. 그런 면에서 차오의 길드가 퀘스트를 깨서 제작법을 얻은 이 <에르지의 냉기 유지 창고> 아이템은 상위권에 속하는 강력한 아이템!

"물론입니다. 제가 뭐 대장장이 할 것도 아닌데 이걸 왜 공개하겠어요? 그냥 제작법이 궁금해서요. 저는 이런 거 본 적이 별로 없거든요."

입에 침도 안 바르고 태현은 술술 거짓말을 했다.

"하하! 그러네요!"

[<에르지의 냉기 유지 창고> 제작법을 얻었습니다. 고급 대장 장이 스킬을 갖고 있습니다. 이해에 추가 보너스를 받습니다. 고급 기계공학 스킬을 갖고 있습니다. 이해에 추가 보너스를 받습니다.]

[<에르지의 냉기 유지 창고> 제작법을 완전히 이해했습니다. 만들 수 있습니다.]

얻는 순간 완벽히 이해할 수 있었다. 태현 정도의 대장장이 스킬을 가진 플레이어에게 이런 제작법을 보여준다는 건 그냥 떠먹여주는 것이나 마찬가지!

태현은 꾹 입술을 깨물었다. 입가가 올라가는 걸 참기 위해 서였다.

'그러면 슬슬……. 아니, 아직 하나 더 할 수 있군.'

다른 사람이라면 겁을 먹거나, 긴장을 해서 최대한 빨리 벗어나려고 했을 것이다. 그렇지만 태현은 반대였다.

이왕 이렇게 된 거 최대한 뜯고 먹고 즐기고 가자!

우걱우걱-

"아, 이거 맛있네요. 좀 더 구워주실 수 있습니까?"

요리사가 옆에서 고기 요리를 하자 바로 와서 집어 먹는 태현! 육즙도 적절하고 적절히 구워진 고기 맛이 환상이었다.

"아, 잠깐만요. 지금 양념에 재우고 있어서……."

"그냥 더 구워주세요!"

"……알겠습니다."

요리사는 짜증이 났지만 일단 고기를 더 올렸다. 일단 귀하게 대접해야 하니까!

'걸신이 들렸나?'

냠냠 쩝쩝!

태현은 공터 주변을 돌며 요리사들의 요리를 뺏어, 아니, 얻어먹기 시작했다.

[힘이 영구적으로 1 오릅니다.]

[민첩이 영구적으로 1 오릅니다.]

[냉기 저항력이 일시적으로 오릅니다.]

[<완벽한 미식> 스킬의 레벨이 오릅니다.]

…….

수십 개가 되는 버프가 우르르 걸리자, 태현의 얼굴에 윤기가 자르르 흘렀다.

　　[<괴식 요리> 스킬을 이미 갖고 있습니다. <구걸 요리> 스킬을 얻었습니다.]
　　[요리사들 앞에서 쓸 경우 친밀도가 하락할 수 있습니다.]

　　<구걸 요리>
　　남이 만든 요리를 이용해 새로운 요리를 만들어냅니다. 보통 요리사들이 쓰는 요리법은 아닙니다.

　　"……뭐 어쨌든 있으면 좋은 거니까!"

CHAPTER 4

[너무 많이 먹어서 일시적으로 민첩이 내려갑니다. 여기서 더 먹을 경우 추가적으로 상태 이상이 있을 수 있습니다.]

요리사들의 눈빛이 싸늘해졌다. 요리를 거의 거덜 낸 태현! 차오는 흠흠 헛기침을 하며 말을 걸었다.

"자, 이렇게 처먹……. 아니, 이렇게 먹었으니 슬슬 길드 가입을 하는 건 어떻습니까?"

말은 공손했지만 눈빛은 활활 타오르고 있었다. 이렇게 처먹고 받을 거 다 받았는데 설마 튀지는 않겠지!

다행스럽게도 태현은 튀지 않았다.

"아, 그럼요. 가입해야죠."

그 순간 저 멀리서 철컥거리는 소리와 쿵쿵거리는 소리가 들려왔다. 병사들이 우르르 달려오는 소리였다.

"여기 사디크를 믿는 놈들이 있다고 들었다!"

지휘관이 분노한 얼굴로 외쳤다.

"뭔 사디크?"

"이거 뭔 이벤트야?"

NPC들이 갑자기 이러자 요리사들은 당황했다. 전혀 상관이 없는 그들이었던 것이다.

"대답해라, 모험가들!"

"아, 아니. 저희는 아무 상관 없습니다. 저희 길드원은 다 착한 사람들이란 말입니다. 저희는 요리밖에 몰라요!"

"으음……."

뜻밖의 상황에 차오가 나섰다. 길마인 만큼, 명성이 높았고 에랑스 왕국에서도 공적 포인트가 높았다. 거기에 초급 화술 스킬까지(일부러 키운 건 아니었지만) 있었다.

이런 상황에서는 가장 잘 맞는 사람!

실제로 지휘관이 멈칫할 정도였다. 그러나.

"사디크 만세! 사디크 만세!"

"??!!"

"죽어라, 에랑스 왕국의 개들! 너희의 국왕도 위대한 사디크 님의 힘에 굴복하리라!"

태현은 말과 함께 지휘관을 향해 화염 화살을 갈겼다.

콰앙!

"저, 저 미친 사디크 놈이!"

"역시 사디크의 광신자가 맞았다! 잡아라!"

태현은 최대한 미친놈처럼 보이기 위해 날뛰었다.

"히히! 불꽃 발사!"

"너, 너 왜 이래?! 미쳤어?!"

차오는 항의했지만 이미 태현은 후다닥 달려가고 있는 중이었다.

"마법사가 뭐 저렇게 빨라?!"

안 그래도 빠른 태현이 온갖 요리 버프까지 받자, 그냥 달려나가도 잡기 힘들 정도였다. 그러자 병사들은 일단 요리사들부터 체포하기로 했다.

"모두 붙잡아라!"

[에랑스 왕국의 정예 병사들이 당신들을 체포합니다. 저항할 경우 에랑스 왕국에 수배당할 수 있습니다. 체포될 경우 한동안 감옥에 갇힙니다.]

요리사들로 병사들한테 덤빌 수도 없고, 차오와 요리사들은 욕설을 내뱉으며 병사들에게 끌려갔다. 병사들과 같이 온 사제 NPC가 기겁을 하며 외쳤다.

"여기, 여기 사디크의 화염입니다! 사디크의 화염으로 요리를 하고 있었습니다!"

"아니, 이 사악한 놈들! 어허! 국왕 폐하의 생신에 무슨 요리를 바치려고! 정말로 사악한 놈들이로다!"

일이 끝나자마자 태현은 바로 옷을 갈아입고 얼굴을 바꾼 다음 케인과 이다비에게 에랑스 왕국을 떠나라고 명령했다. 둘 다 변장했지만 혹시 모르는 상황이었으니까.

'마탑 퀘스트 깰 때 둘의 힘은 크게 필요 없을 거야. 괜히 있다가 잡히는 것보다는 필요할 때 부르는 게 낫지.'

이번 퀘스트는 정수혁 정도만 데리고 해도 충분했다.

[남들을 모함해서 궁지로 몰았습니다. 흑흑이의 힘이 늘어납니다. 왕국 한복판에서 사디크의 이름을 외쳤습니다. 흑흑이의 힘이 늘어납니다. 악명이 오릅니다.]

-주인님. 주인님은 타고난 사디크의 신도이십니다!

흑흑이가 감탄할 정도의 악행!

'아차. 악명 관리를 또……'

태현은 후회했지만 이미 늦었다. 한 번 악명이 명성보다 높아지니 정말 수습하기가 어려웠다.

하는 짓들이 대체로 악명이 높아지는 행동!

어떻게든 수습을 하려면 착하고 고운 마음으로 살아야 했는데, 태현은 그것과는 가장 거리가 멀었다. 나쁜 짓을 할 때는 마치 물 흐르는 듯이 자연스럽게 몸이 움직였던 것!

그나마 흑흑이가 힘을 회복해서 다행이었다.

'그래. 경험치를 뺏어 먹지 않고 회복한다는 게 어디냐.'

용용이는 아직도 영지에서 토끼들을 잡고 있었다.

사실 용용이에게 흑흑이를 소개해 주지 않았다. 아무리 태현이라도 지금 소개해 주는 건 차마 할 수 없는 짓!

아무리 착하고 성실한 용용이라도 삐뚤어질지 몰랐다.

'사디크 같은 놈은 하나로 족하니까······.'

태현은 망설이지 않고 마탑으로 향했다.

꼬리가 길면 잡히는 법. 태현은 정체를 드러내지 않았지만, 판온 1에서도 '어? 누가 상상치도 못한 방법으로 나를 엿 먹였네? 그렇다면 김태현이 한 짓이다!'라고 추측하는 놈들이 꽤 있었다. 그리고 놀랍게도 그런 추측은 은근히 잘 맞았다.

-아니, 판온에서 누가 널 엿 먹이면 다 내가 한 짓이냐? 물론 이번 건 내가 했지만!

태현은 억울했지만 어쩔 수 없었다. 이번 일에서도 그러지 않으리라는 법은 없었으니까.

그러면 빠르게 튀자!

언제나 도망은 상대방이 예상치 못하는 방향으로 쳐야 했다. 그리고 그게 지금은 마탑이었다. 밖이 아니라 안으로 치는 도망.

'도망도 치고 퀘스트도 깨고.'

태현은 홀가분한 마음으로 마탑 앞에 도착했다. 그리고 테란드 남작이 써준 추천장을 내밀었다.

"여기 추천장입니다."

"귀족의 추천장을 갖고 오다니 꽤 대단하신 분인 것 같군요.

하지만 저희 마탑은 이런 것에 신경을 쓰는 사람이…… 아니?!"

추천장을 본 문지기가 화들짝 놀랐다. 그걸 본 태현은 갑자기 불안해졌다.

'왜 저래?'

'우리 마탑은 찾아온 사람의 배경 따위는 신경 쓰지 않는 대단한 곳이지'라고 배짱을 부리던 문지기가 저렇게 놀라다니. 경험상 보통 이런 반응은 좋게 흘러가지 않았다.

'테란드 남작, 설마 배신을…… 아니, 그건 말이 안 되는데. 화술 스킬도 확실하게 성공했고.'

태현이 그렇게 생각을 하는 동안 문지기는 놀란 목소리로 물었다.

"이 추천장이 사실입니까?!"

"……그, 그런데요."

일단 일을 벌인 이상 끝까지 우길 수밖에 없었다. 태현은 불안해도 얼굴에 철판을 깔고 당당하게 나섰다.

"그런……! 지금 당장 대마법사님을 불러오겠습니다!"

"아, 아니…… 그, 그럴 것까지는 없지 않습니까?"

태현은 말을 더듬으며 문지기를 말리려고 들었다. 무슨 상황인지는 모르겠지만 뭔가 정말 많이 불길하다!

"아닙니다. 이 정도로 재능이 뛰어난 사람을 그냥 내버려 둘 수는 없지요! 당장 대마법사님을 불러오겠습니다!"

태현은 눈을 감았다. 상황을 파악한 것이다.

'테란드 남작…… 이 자식!'

테란드 남작이 추천장을 너무 과하게 써준 게 분명!

추천을 하려다 보니 태현이 얼마나 뛰어난 인재인지 너무 과장해서 쓴 것이다.

'기절시키고 튀어야 하나?'

태현이 그런 생각을 하는 동안 문지기는 이미 안으로 들어가 버렸다. 마탑의 문지기답게 민첩도 보통이 아니었다.

"대마법사님! 대마법사님!"

-주인님. 어떻게 하실 겁니까? 분명 마탑의 대마법사들이 오면 주인님의 실력을 확인하려고 할 텐데요.

"넌 안에 들어가 있어. 이 자식아."

태현은 애꿎은 흑흑이를 구박했다.

[경비대장을 설득하는 데 실패했습니다. 감옥에 갇힙니다. 탈옥이 발각될 경우 왕국에 수배될 수 있습니다. 잡힐 경우 형벌이 더 심해집니다.]

철커덩!

감옥의 문이 닫히고, 쇠창살이 내려왔다. 차오는 뻐끔뻐끔 입을 닫았다 열었다. 충격에 빠진 길마를 보고 요리사들은 수군거렸다.

'과연 저 사람을 믿어도 되는 걸까?'

전투 직업이 아닌 이상, 판온에서 감옥에 갇힐 일은 많지 않았다. 이번 일은 요리사들에게도 큰 충격이었던 것이다. 그런데 길마라는 사람이 저렇게 넋 나간 것처럼 저러고 있다니…….

"……김태현이다."

"예?"

"그놈…… 김태현이 보낸 놈이 분명해!"

차오는 대뜸 그렇게 말했다.

"아니, 길마님. 그건 아니죠."

"갑자기 김태현이 왜 나와요."

"정신 차리세요! 길마님!"

요리사들은 차오를 붙잡고 흔들었다.

'이 인간 정말 정신줄 놓은 거 아냐?'

'이러면 안 되는데…….'

그러나 차오는 단호했다.

"그런 짓을 할 놈은 김태현밖에 없어!"

"아니, 파즈나 다른 요리사들도 많잖아요. 우리와 경쟁하는 놈들이 한 짓일 수도 있어요."

"우리가 뭐로 체포됐지?"

"사디크를 믿고 국왕을 암살하려고 했다고……."

"그래. 그 사디크랑 가장 관련된 게 누구지?"

"어, 버포드요? 버포드가 가장 유명하지 않나?"

다른 플레이어들도 그 이후에 몇 명 가입하기는 했지만 사디크 교단이 저번 토벌로 쫄딱 망한 다음에는 대부분이 도망친 상태였다.

"버포드 말고! 김태현도 사디크와 관련이 되어 있잖아!"

"아. 많이 싸웠죠."

"근데 김태현은 사디크의 적이잖아요."

"이런 멍청한 놈들아! 싸우다 보면 적의 아이템을 얻을 수도 있었겠지. 실제로 김태현은 사디크의 화염을 끄는 퀘스트도 깼었고! 김태현이 사디크의 화염을 다루는 아이템 몇 개 얻었어도 이상하지 않아!"

차오는 답답하다는 듯이 가슴을 두드리며 외쳤다. 길드원들이 다 저렇게 도움이 안 되니 답답할 수밖에 없었다.

그러나 길드원들에게는 어이가 없을 뿐이었다.

'그렇게 잘 아는 양반이 왜 맨날 호구 짓을 하는 거야?'

'화염술사 데리고 온 게 저 인간이지?'

'야, 솔직히 닉네임이 〈차이나넘버원〉인데 의심부터 해봐야 하지 않냐?'

'난 처음부터 수상했었는데.'

길드원들이 무슨 생각을 하는지는 눈치 못 채고, 차오는 울분을 토해냈다.

"이 사악하고 비열한 자식……! 감히 이런 짓을 하다니. 절대로 용서하지 않겠다!"

차오는 이번 에랑스 국왕 생신 퀘스트를 엄청나게 노리고 있었다. 갑자기 대륙에 찾아온 겨울+토끼들의 난동으로 솔로 요리사 플레이어는 재료도 구하기 힘들어진 상황. 예상치 못

한 상황이었지만 차오와 레스토랑 길드에게는 많이 유리한 상황이었다. 그런데 이걸 이렇게 날리다니!

-쑤닝! 도와다오!

차오는 쑤닝에게 구조 요청을 보냈다. 지금 도와달라고 할 곳은 쑤닝밖에 없었으니까.

-무슨 일이지?
-그러니까…….

차오는 있었던 일들을 줄줄 늘어놓기 시작했다. 그걸 다 들은 쑤닝은 믿기지가 않아서 되물었다.

-그러니까 중대한 퀘스트를 앞두고 갑자기 처음 보는 화염술사 랭커가 나타났는데 얘가 화염을 기가 막히게 붙여준대서 다른 요리사들한테 붙여준다는 걸 막고 간신히 섭외해 왔더니 얘가 갑자기 사디크 만세! 하고 도망치고 병사들이 우르르 쳐들어와서 감옥에 들어가게 됐다고?
-응. 그리고 그놈 닉은 〈차이나넘버원〉이야.

쑤닝은 기가 막혔다.
'이 자식은…… 머리가 없나?'
그렇게 당했으면 저런 일을 당했을 때 의심부터 해야 하는 게 정상 아닌가. 사람이라면 그래야 정상이다!

물론 쑤닝은 자기가 차오보다 더 많이 당했다는 건 머릿속에서 지운 상태였다. 원래 사람은 자기가 보고 싶은 것만 보는법. 그리고 그런 걸 기막히게 이용하는 게 태현이었다.

차오가 갖고 있는 경쟁심과 불안함을 기막히게 이용한 것!

-후…… 오냐. 도와주러 가마.

쑤닝은 그렇게 말했다. 일단 친구였고, 동지였으니까. 게다가 태현을 상대하기 위해서는 많은 도움이 필요했다.

요리사로 구성된 〈레스토랑〉 길드는 전투력은 없어도 버프 능력은 엄청나게 뛰어났던 것이다.

-너희 길드만 올 건 아니지? 다른 랭커들도 불러와라.

눈치 없는 한마디! 쑤닝의 이마에 혈관이 돋아났다. 물론 차오가 나쁜 의미로 한 말은 아니었다.

이제까지 쑤닝이 태현한테 털린 적이 많았다. 쑤닝 혼자서오면 이기는 건 불가능! 그건 본인도 알고 있었다.

그러나 그걸 다른 사람의 입에서 직접 듣는 건 전혀 다른 문제였다. 심지어 그게 지금 멍청한 실수를 저질러서 한참 아쉬운 놈일 경우에는 더더욱!

'이 새끼가……'

판온 감옥에 갇힌 놈한테 '너 못 믿겠으니 다른 랭커들 많이 데려와라' 같은 소리를 들으니 분통이 터졌다.

쑤닝은 한 번만 더 참기로 했다.

-김태현 나타났다. 김태현 나타났다.
-뭐?! 어디에!?
-죽인다, 김태현! 찢어 죽인다!!

저번과 달리 뜨거운 반응이 튀어나왔다. 태현이 판온 1의 김태현이란 것도 드러난 데다가 투기장 대회 우승, 1:100 승리 등으로 엄청나게 커진 태현을 지금 밟아야 한다는 사람들도 늘어난 것이다. 게다가 몇몇 랭커 중에서는 태현과 원한이 없는데도 '나보다 더 잘나가서 재수 없다', '한번 끌어내리고 싶다' 하는 놈들도 있었다.

'길드 연합, 아니, 길드 혈맹…… 이거는 김태현도 이길 수 없을 거다!'

손을 드는 사람들. 쑤닝은 손을 잡고 바로 에랑스 왕국으로 향할 계획을 세웠다.

-그런데 김태현인 건 어떻게 알았어? 그놈 변장하고 다녔잖아?

친구 중 한 명이 〈차이나넘버원〉이란 닉을 달고 있는 놈한테 사디크 화염으로 사기를 당해 감옥에 갇혔는데…… 라고 말할 수는 없었다. 쑤닝이 생각해도 그건 좀 아니었다.

  ······다 알아내는 방법이 있지. 나를 믿어라. 내가 보장한다!

  -쑤닝이 보장한다면 확실하겠지.

  -맞아. 여기서 김태현한테 가장 많이 당한 호ㄱ······ 아니, 김태현 전문가잖아. 하하.

  -맞, 맞아. 김태현 전문가! 하하하!

  -하하하! 하하하하!

  길드가 합쳐지자 이런 길드원들이 있어도 바로 족칠 수가 없었다. 쑤닝은 바득바득 이를 갈았다.

  "차오가 감옥에 갇혔다고?"

  "사디크의 화염을 썼다는데요?"

  "그놈······ 실력이 없는 놈이 아닌데. 실력도 있는 놈이 자꾸 치사한 방법을 쓰려고 하니까 그렇게 되는 거야."

  파즈는 고개를 저었다. 에랑스 왕궁 근처의 다른 요리사들은 이번 상황을 제대로 파악하지 못하고 있었다.

  그냥 '레스토랑 길드 애들이 사악한 마법으로 화력 키우려다가 잡혀갔다는데?', '그놈들 맨날 치사한 짓만 하더니 그럴 줄 알았다' 정도의 수준!

태현이 불 지르고 튀었다는 건 아무도 예상하지 못했다.

"요리사의 실력은 결국 자기 손! 이 정정당당한 두 손뿐! 저 주현영을 봐라. 얼마나 정정당당하냐!"

"아, 예."

"그나저나 좀 아쉽게 됐군. 차오 그놈이 그렇게 사라지다니. 이렇게 되면 너무 쉬워지는데."

파즈의 말에 다른 요리사들이 고개를 갸웃거렸다. 파즈가 자뻑이 심하고 잘난 척이 심하고 가끔은 재수까지 없기는 하지만 요리에 관해서는 철저했다.

그런데 저렇게 자만심 넘치는 말이라니?

"차오 말고 재료 제대로 준비할 놈이 별로 없을 테니까. 차오 그놈이 더러운 수작을 많이 부려도 재료는 제대로 준비할 능력이 있거든. 아쉽게 됐군. 하필이면 대륙에 이런 일들이 생겨서……."

파즈는 아쉽다는 듯이 혀를 찼다.

"어, 정정당당하게 붙고 싶다면 재료를 다른 사람들하고 같은 거 쓰면 되는 거 아닌가요?"

"멍청한 녀석. 재료 준비도 요리사의 능력이다! 그것도 준비 못 해오면 요리사라고 할 수 없지!"

그러나 파즈는 알지 못했다. 이번 요리 퀘스트가 정말 역대급으로 정정당당한 실력 승부의 장이 되리라는 것을!

물론 그렇게 된 원인은 태현이 차오와 레스토랑 길드를 깡그리 감옥으로 데리고 간 덕분이었지만, 그 사실은 아무도 알지 못했다.

정수혁과 김세형이 에랑스 왕국을 향해 달려오고, 쑤닝과 길드 친구들이 에랑스 왕궁 근처를 뒤지는 동안, 태현은 마탑 안으로 들어가서 한숨을 쉬고 있었다.

마탑 안의 경치는 아름다웠다. 건물 크기보다 훨씬 더 넓은 안쪽. 물론 마법이었다. 각 층, 각 구역마다 풍경이 다른 곳이 이 에랑스 왕국 마탑!

1층의 경치는 그냥 평화로운 초원이었지만, 위로 올라가면 가지각색의 모습이 나올 것이다. 흑마법 학파를 이끄는 대마법사의 구역은 지옥과 거의 비슷하다는 소문이 있을 정도였으니까.

'이런 곳이 있으니까 다들 에랑스 왕국에서 시작을 하는 거 겠지…… 후. 지금 내가 이런 생각을 할 때가 아닌데.'

태현은 머리를 굴렸다. 문지기가 저렇게 달려갔으니 곧 대마법사 한 명 정도가 와서 태현의 능력을 시험해 보려고 할 것이다. 그걸 통과하지 않으면 이번 퀘스트는 여기서 끝!

〈시험을 통과하라-에랑스 왕국 마탑 퀘스트〉
테란드 남작의 추천장을 받은 마탑 마법사들은 깜짝 놀랐다. 대단한 재능을 가진 젊은 마법사!

그 마법사는 물론 당신이다. 마탑의 마법사들은 당신을 시험하려고 한다. 그들 앞에서 대단한 재능을 선보여 시험을 통과해라. 그러지 못한다면 아무리 추천장이 있더라도 마탑에 더 이상 있지 못할 것이다.

　보상: 에랑스 왕국 마탑의 출입 허가.

　'어쩐다?'

　태현의 마법은 중급. 물론 비 마법사 직업으로 이 정도를 찍은 것도 나름 대단한 거였지만, 마탑 기준에는 턱없이 부족했다. 게다가 갖고 있는 마법 스킬들도 많이 애매했다.

　〈언데드 소환〉, 〈혈마법〉, 〈악마 소환〉, 〈어둠의 화살〉, 〈화염 화살〉 등등⋯⋯. 또 여기 있는 걸 막 쓸 수도 없었다.

　'악마 소환은 잘못 소환했다가는 악마가 날 죽이려고 할 테고, 사디크의 화염 화살은 잘못 썼다가는 사디크랑 엮일 테니⋯⋯.'

　그나마 자주 쓴 사디크의 화염은 쓸 수도 없는 상황!

　태현은 새삼스레 자기가 갖고 있는 마법 스킬들이 얼마나 꼬여 있는지 깨달았다. 다른 마법사 직업들이 본다면 '뭐 마법 스킬을 저딴 식으로 익혔냐?'라고 할 수준!

　'아, 빨리 악마들하고 관계를 회복해서 〈악마 소환〉 스킬이나 좀 편하게 써야 하는데⋯⋯.'

　물론 그러려면 퀘스트를 몇 개나 깨야 할지 알 수 없었다.

　〈악마 소환〉 같은 마법을 갖고 있는 마법사들 중에서 태현 같은 이유로 고민하는 사람은 아무도 없었다. 보통 마계 층의 주인격 악마한테 원한을 사지는 않았으니까!

　〈언데드 소환〉은 중급이긴 한데 하필이면 망령 계열이고.

이건 실력 보여주기 좀 미묘하지 않나?'

같은 언데드 소환 마법이라고 다 똑같은 게 아니었다.

태현이 갖고 있는 건 〈중급 언데드(망령) 소환〉. 망령 언데드는 어지간히 레벨이 높지 않는 한 혼자 쓰기 힘들었다.

자기 자신이 강한 게 아니라, 다른 튼튼한 언데드가 싸우는 동안 상대방에게 저주를 걸고 디버프를 거는 식으로 싸우는 언데드!

'에이. 기왕 소환이면 데스 나이트나 언데드 와이번 같은 게 좋은데…….'

마법사도 아니면서 양심 없는 생각을 하는 태현이었다.

'이건 위험해서 안 되고, 저건 잡혀갈 거 같아서 안 되고…….'

그러다 보니 결국 남은 건 〈어둠의 화살〉이었다. 초보 흑마법사부터 고수 흑마법사까지 모두 쓰는 기본 마법 스킬.

고수가 쓰면 충분히 강한 위력이 나왔지만, 태현은 한동안 쓰고 있지 않았다. 〈사디크의 화염 화살〉이 더 나았던 것이다. 그러나 마탑에서 사디크 관련 스킬은 쓸 수 없으니, 〈어둠의 화살〉을 써야 했다.

'후…… 그 방법을 써야 하나.'

지금 떠오르는 방법은 두 가지. 하나는 〈잊혀진 망자의 왕관〉을 착용하는 것이었다. 이세연과 스미스가 다투는 사이 태현이 먹고 튄 강력한 아이템. 이세연이 원했던 아이템인 만큼 강력한 흑마법사 장비가 분명했다.

문제는…….

'설명이 너무 불길한데.'

잊혀진 망자의 왕관:
내구력 ∞/∞, 마법 방어력 ?
스킬 '잊혀진 망자의 강림', '잊혀진 망자의 복종' 사용 가능. 착용 시 '잊혀진 망자의 저주' 상태 이상에 걸림. MP 회복력 50% 상승, 마법 저항력 50% 상승.
고급 흑마법, 고급 마법 스킬 필요.
이제는 이름이 사라진, 잊혀진 망자가 사용했던 왕관이다. 자격이 되지 않는 흑마법사는 건드릴 수도 없는 비범한 아이템이다.
(추가 옵션)봉인이 되어 있음.

착용이야 태현의 스킬로 억지로 착용할 수 있었지만, 그 뒷감당이 두려웠다. 쓰는 순간 분명 문제가 터질 것 같은 불길한 예감!
'안 그래도 악명 때문에 골치 아픈데 저주까지 늘리지는 말아야지……'
태현은 다른 방법은 선택하기로 마음먹었다.

[행운 전환 스킬을 사용합니다.]

태현의 행운은 4500을 넘긴 상황. 여기서 몇십 소모되어봤자 의미가 없었다. 행운 스탯의 단점이자 장점은, 몇 점 올리고 내리는 것으로는 티도 안 난다는 것!

'지혜! 지혜 걸려라!'

[전환될 스탯이 정해집니다. 민첩으로 전환됩니다.]

-우기기!

[다시 굴립니다. 행운이 힘으로 전환됩니다.]
……

태현의 얼굴이 구겨지고, 메시지 창들이 터져 나오기 시작
했다.

[힘이 5000을 넘었습니다. 다른 스킬들을 쓸 수 있습니다. 스
킬이 풀릴 경우 이 스킬들은 사라집니다.]
[<괴력의 타격> 스킬을 얻었습니다.]
[<잡아 뜯기> 스킬을 얻었습니다.]
[<짐승의 일격> 스킬을……]

꿈틀꿈틀 차오르는 거대한 힘!
물론 태현은 기뻐하지 않았다.
'젠장. 어쩐다?'
지혜가 걸렸으면 막대한 지혜 스탯으로 부족한 마법 스킬을

커버할 생각이었다.

그렇지만 힘! 가장 마법과 거리가 먼 스탯 아닌가!

덜컥-

"오래 기다렸군."

들어온 건 검은색 로브를 입고 있는, 어딘가 날카롭고 음침해 보이는 남자였다. 그는 태현을 보고 고개를 갸웃거렸다.

"이자가 그렇게 대단하다고? 정말로? 마력이 별로 안 느껴지는데."

"테란드 남작님께서 보장하셨으니 실력은 확실할 겁니다."

"그 테란드 남작이 보장했다면…… 혹시 협박이라도 당한 건 아니겠지?"

"하하, 농담도 잘하십니다."

마법사 NPC와 문지기의 대화를 듣던 태현은 뜨끔했다. 들키면 마탑을 무사히 빠져나오기는 힘들 것 같았다.

"그래. 내가 이 마탑의 흑마법사들을 이끄는 대마법사, 체시자다. 다른 대마법사들은 자기 일들로 바빠서 오지 못했지. 다른 대마법사에게 시험을 받길 원하나?"

"아닙니다. 체시자 님에게 받는다면 영광이죠. 헤헤헤."

아쉬운 게 많은 태현은 바로 비굴하게 태도를 바꿨다. 그나마 지금 믿을 수 있는 건 화술 스킬!

"가면은 좀 벗지."

"아. 예."

아부에도 불구하고 체시자의 태도는 뻐딱했다.

"백작이군. 미안하지만 마탑에서는 신분의 의미가 없다."

"당연합니다. 저도 신분 대접 받을 생각은 조금도 없었습니다. 그래서 가면을 쓰고 있던 거죠."

"악명 때문이 아니라?"

"하하. 오해십니다. 대륙의 정의를 위해 활동하다 보니 이런 오해를 사게 되더라고요."

"하긴, 사악한 사디크 교단과 치열하게 싸웠다고 들었지. 명성을 들으니 오해를 샀을 수도 있다는 생각이 드는군."

악명만 높은 게 아니라, 악명과 명성이 동시에 높으면 이런 반응이 나왔다.

'너는 나쁜 놈으로 알려져 있지만 혹시……?' 같은 반응!

체시자는 스태프로 바닥을 두드리며 말을 이어갔다.

"나는 악명도 별로 신경 쓰지 않는다. 원래 우리 흑마법사에게는 악명이 훈장 같은 거니까."

"사실 제 별명이 〈살인마 백작〉입니다."

바로 태도를 바꾸는 태현!

"……저, 저는 이만 가보겠습니다. 즐거운 시간 되십시오."

옆에서 듣던 문지기가 슬슬 뒷걸음질 치더니 도망쳤다.

후다닥!

시간 되는 대마법사가 체시자밖에 없어서 '괜찮을까? 저런 괴팍한 대마법사를 불러도?' 하고 생각했던 문지기였다.

그러나 지금 보니…… 둘은 아주 잘 어울렸다!

"잡담은 여기까지 하고. 실력을 보도록 하지. 과연 추천장을 받고 나를 이렇게 부를 자격이 있는지. 만약 자격이 안 된다면……."

체시자는 말끝을 흐렸다. 그걸 들은 태현은 속으로 생각했다. 죽여야 하나? 죽인다면 죽일 방법은? 체시자가 갖고 있는 장비나 아이템은? 지금 저 로브부터 꽤나 비싸 보이는데…… 기왕 잡는 거면 저놈 방 가서 싹 쓸어버리는 게 좋지 않을까?

마탑의 대마법사를 보고 견적부터 뽑아내는 태현! 습관의 무서움이었다.

'아, 아니. 진정하자. 지금은 잡을 때가 아니야.'

태현은 스스로를 다독였다. 체시자를 잡고 아이템을 뜯는다면 기쁘기는 하겠지만 그 뒷감당이 어려웠다. 마탑에서 도망쳐야 하고, 마탑에서는 죽이러 올 테니……

태현을 싫어하는 사람들은 박수를 칠 것이 분명했다.

"뭐 하나? 안 하나?"

"지금 합니다. 저는 〈어둠의 화살〉을 보여 드리겠습니다."

"어둠의 화살이라. 기초 중의 기초지만 많은 걸 보여주지."

[체시자가 당신의 선택에 만족합니다.]

일단 첫 번째 관문은 통과한 것 같았다. 태현은 과녁 앞에 가까이 섰다.

"뭐 하는 거지? 화살을 왜 그렇게 가까이서 쏘나?"

"저는 좀 다른 식으로 사용합니다."

과녁은 거대한 바위였다. 마법이 꽂히면 그 위력을 알 수 있었다. 태현은 심호흡을 했다. 타이밍이 중요했다.

-어둠의 화살!

태현의 손끝에서 뭉클거리는 어둠이 생겨나더니 뾰족한 화살의 모양으로 바뀌었다.

'흡!'

태현은 그 상태로 주먹을 휘둘렀다. 손끝에서 화살이 던져지기도 전에 주먹이 과녁 앞에 도착했다. 그리고 화살이 쏘아져 나가고, 주먹이 동시에 과녁 앞에 박혔다.

쫘르릉!

천둥 같은 소리가 울려 퍼졌다.

쩌저적!

그리고 과녁 역할을 맡은 바위가 가운데서부터 쪼개지더니 무너져내렸다.

[막대한 힘으로 바위를 부쉈습니다! 무기를 끼지 않고 주먹으로 바위를 때렸습니다. 상태 이상 마비에 걸립니다. 잠시 동안 오른손을 쓸 수 없습니다. 힘이 오릅니다.]

태현이 선택한 건 눈속임이었다. 어둠의 화살을 쓰고 동시에 힘으로 때려 부순다!

'판온 1에서 농담 삼아서 하던 걸 진짜 하게 되다니……'

판온 1에서 태현은 대장장이를 했지만, 힘법사도 한 때 고민하긴 했었다. 그걸 이렇게 하게 될 줄이야.

'과연 통할까?'

태현은 힐끗 체시자를 쳐다보았다.

체시자는…… 입을 떡 벌리고 있었다.

"대단한 위력이군!"

"감사합니다."

"그런데 왜 그렇게 가까이서 쏘는 거지?"

"위력을 늘리기 위해서 최대한 붙어서 사용합니다."

[고급 화술 스킬을 갖고 있습니다. 설득에 보너스를 받습니다. 체시자를 속이는 데 성공합니다. 화술 스킬이 오릅니다.]

[체시자가 당신의 실력에 감탄합니다.]

"이 엄청난 위력…… 괜히 살인마 백작이라고 불리는 게 아니었어."

뭔가 이상한 부분에서 감탄하는 체시자였다.

"흑마법사 중에서도 이렇게 위력을 낼 수 있는 사람은 드문데 말이야."

보통 이렇게 강력한 화력을 보여주는 마법은 원소 계열 마법이었다. 화염이나 냉기, 번개 같은 마법들!

흑마법은 언데드를 소환하고 저주를 거는 것이 많았다. 이런 식으로 화력이 높은 마법은 많지 않았다.

"좋아. 네 실력을 인정하도록 하지!"

[에랑스 왕국 마탑의 출입을 허가받습니다.]
[현재 당신의 소속은 흑마법사 파입니다. 타 파의 구역에 함부로 출입했다가는 문제가 생길 수 있습니다.]
[흑마법사들에게 퀘스트를 받을 수 있습니다. 성공할 시 공적치 포인트가 쌓입니다.]
[명성, 마법 스킬이 오릅니다.]

"감사합니다."
"감사는 내가 해야지. 새로 온 마법사가 이렇게 뛰어나다니. 게다가 그 마법사가 흑마법사라니! 다른 놈들이 알면 부러워 죽으려고 하겠군!"
"감사합니다?"
"다른 놈들을 불러서 이 사실을 자랑해야겠어. 그놈들 앞에서 이 마법을 다시 보여달라고. 흑마법의 위력을 무시하던 놈들이 어떤 표정을 지을지 벌써부터 궁금하군! 크하하하하!"
별로 감사하지 않은 상황!

〈흑마법사 파의 명예를 드높여라-에랑스 왕국 마탑 퀘스트〉
놀라운 힘, 아니, 놀라운 마법 실력을 체시자에게 보여준 당신은 에랑스 왕국 마탑의 출입을 허가받았다. 그뿐 아니라, 당신의 실력에 깊은 감동한 체시자는 다른 대마법사들을 불러 당신의 마법을 보여주려고 한다.

흑마법에 위력이 부족하다는 말이 있지만, 당신의 마법을 본다면 그런 말은 사라질 게 분명하다. 물론 그게 마법이 아니라는 게 들키지 않는다면 말이다.

보상: ?, ??

-퀘스트 실패 시 체시자와의 관계 악화.

산 넘어 산! 기껏 체시자를 속여 넘겼더니 이제 다른 대마법사들까지 속여 넘겨야 할 상황이 찾아왔다. 꼬리가 길면 밟힌다고, 다른 대마법사들 앞에서 이 짓을 다시 하면 안 들킨다는 보장이 없었다.

"저, 체시자 님. 이게 MP를 많이 쓰고 저도 지금 좀 힘들어서…… 다음에 하는 게 어떻겠습니까? 저도 만반의 준비를 해서 오겠습니다."

"그러면 그렇게 하지. 내일?"

"아, 아니…… 내일은 좀……."

"내일모레?"

"내일모레는 제가 약속이 있어서……."

"내일모레 내일?"

"그때는 제가 죽일 놈이 있어서……."

"아, 그러면 언제가 좋은가!"

태현이 자꾸 말을 돌리자 체시자는 짜증을 냈다.

"일주일 후가 어떻습니까?"

"그래. 일주일 후. 알겠네. 시간 여유가 있으니 잘됐군. 다른 마법사들도 더 불러모아야겠어."

태현의 등에서 식은땀이 흘러내렸다.

점점 커지는 일.

'일주일 안에 권능 찾고 튀어야 하나? 설마 자기 명예에 먹칠 했다고 쫓아오진 않겠지?'

뭐든 간에 일단 수많은 마법사들이 있는 자리에서 마법 시 연을 하는 건 피해야 했다. 그건 정말 100% 들킨다! 차라리 튀 는 게 나았다.

"그러면 난 이만 가보지. 기대하고 있겠네."

"감사합니다. 실망시켜 드리지 않겠습니다."

"당연히 그래야지. 실망시키면 죽을 테니까."

역시 흑마법사는 괜히 흑마법사가 아니었다.

'흑마법 다루는 사람들은 NPC나 플레이어나 다 인성이 사 악하다니까.'

"왜 귀가 간지럽지?"

이세연은 고개를 갸웃거렸다.

"누가 언니 이야기하는 거 아니에요?"

"내 이야기할 사람이…… 많기는 하지만."

"그래서 언니. 어디로 가실 건데요?"

"잘 모르겠어. 지금 당장 받아야 하는 건 아니니까 생각만 하고 있지."

하연은 눈을 반짝반짝 빛내며 이세연을 쳐다보고 있었다.

이세연은 하연의 우상이었다. 게임 잘하지, 방송 잘하지, 성격 좋지…… 여러모로 완벽에 가까운 사람!

이세연은 이번 대회에 우승하고 몇몇 프로게임단에서 제안을 받았다. 기쁠 수밖에 없었다.

"해외에서 언니를 모셔가려고 하는 거면 대단한 거잖아요!"

"응. 그렇긴 한데 나는 방송도 해야 하니까…… 사실 꼭 프로게임단을 해야 하나 고민이기도 해. 지금도 충분하거든."

자기를 알려야 하는 다른 플레이어들과 달리, 이세연은 이미 가장 유명한 판온 플레이어 중 하나였다. 억지로 대회에 나갈 필요가 없는 것!

"그래도 나가면 좋잖아요. 대회가 판온의 꽃이라면서요?"

"아. 이번에 진짜 고생했거든. 진짜 내가 진짜……."

이세연이 얼굴을 찌푸리며 고개를 흔들었다.

"내가 대회 끝나고 소감 말한 거. 다들 농담으로 알던데, 진심이었어. 으, 진짜! 지긋지긋한 인간들."

'함께해서 더러웠고 다시는 만나지 말자!'

다들 '깔깔깔 아이고 이세연 선수 유머가 너무 재밌습니다!' 라고 넘겼지만 이세연은 진심이었다.

"도동수는 대놓고 트롤하지 김태현은 계속 폭탄 터뜨리지…… 으으으……."

"다른 사람들은요?"

"김철수 씨는 무난하게 잘해주셨어. 도동수나 김태현 통제는 못 해줬지만 그건 다른 사람이 왔어도 못 했을 테니까. 특히 김태현은 더더욱."

"그리고 다른 사람은요?"

"누구?"

"……한 명 남았잖아요."

"아, 케인! 케인 선수는…… 음…… 불쌍해 보이던데."

"네?! 왜요?!"

"김태현한테 약점 잡힌 거 아닌가 싶을 정도던데."

"김태현하고 친하다고 하지 않았나요?"

"공식적으로 사이 안 좋다고 할 수는 없잖아. 우리 팀도 대회 끝나가기 전에는 다 사이좋다고 기사 나오고 그랬어."

실제로 한국 대표 팀 관련 기사는 '화기애애한 한국 대표팀', '서로를 믿기에 전략을 바꾸지 않는다', '말 없어도 이심전심' 같은 내용으로 포장을 해주었다. 그것도 태현과 도동수가 치고받고 한 다음부터는 사라졌지만!

"그, 그런…… 김태현 그 사악하고 성격 더러워 보이는 사람이……."

"음. 그 정도까지는 아닌데."

이세연은 자신도 모르게 변명했다. 물론 태현은 사악하고 성격 더러운 놈이 맞았지만 다른 사람이 그렇게 말하니 가만히 있을 수 없었던 것이다.

"무슨 약점을 잡은 거죠?!"

"약점은 그냥 농담처럼 한 소리야. 설마 약점을 잡혔겠어? 둘이 친하겠지. 불쌍해 보였던 건 옆에 있던 사람이 김태현이어서 그렇고."

수습하려고 했지만 하연은 이미 듣지 않고 있었다.

"하연아, 듣고 있니?"

"네? 네! 물론이죠. 그래서 언니, 해외로 나가시는 게 부담되시면 국내 팀은 어때요?"

"국내 팀…… 나쁘지 않지."

"그죠? 그죠?"

"응. 대우야 해외가 더 좋겠지만, 내가 그거 안 받는다고 지금 당장 곤란한 것도 아니니까."

"이번에 같이 하신 분들하고 같이 국내 팀에서 뛰시는 건 어때요?"

"아니. 그건 아니야."

정색하고 고개를 젓는 이세연이었다.

"아, 네……."

"그런 건 한 번이면 족하단다. 언니가 대회에서 김태현이랑 서로 팀킬하는 걸 보고 싶지는 않지?"

"설, 설마 그러지는 않겠죠."

"아냐. 충분히 가능해."

진지한 이세연의 모습에 하연은 화제를 돌리기로 했다.

"그런데 언니, 국내 게임단이 한 개만 있는 건 아니니까 김태현하고 다른 곳으로 가면 되는 거 아닌가요?"

"그렇긴 하겠지. 그런데 김태현은 어디로 갈지 모르겠네. 김태현한테도 해외에서 제안이 올 텐데."

"우리도 퀘스트가 있는데 마탑까지 부르는 건 너무하지 않냐?"

"네? 아. 그렇군요. 선배님한테 말씀드리겠습니다."

"야, 야!!"

김세형은 기겁해서 정수혁을 말렸다. 그냥 한 번 투덜거린 것뿐이었는데!

"너 일부러 이러는 거지?!"

"예?"

정수혁은 순진무구한 눈동자로 눈을 끔뻑였다. 그 모습에 김세형은 한숨을 쉬었다.

"아무것도 아니야. 그냥 한 번 불평해 본 거였어. 그…… 우리도 퀘스트 잘 깨고 있었잖아."

김세형과 정수혁은 프리카 대륙에서 나름 재밌고 행복하게 지내고 있었다. 정수혁이 정말 뛰어난 컨트롤을 갖고 있는지는 의문이었지만, 일단 강하긴 했다.

닥치는 대로 때려 붓는 랜덤 마법의 화력!

마을을 돌아다니며 퀘스트를 깨고, 던전을 발견하면 사람들 불러 모아서 던전을 깨고, 그러면서 아키서스 교단 명성도 높이고……. 사실 이게 정석 플레이였다. 태현이 하는 게 비주류 플레이였고!

"그 퀘스트요?"

"그래! 우리가 깨고 있던 것들. 지금 몇 번째 퀘스트더라……. 네 번째 퀘스트였지? 보상이 대단했……."

김세형은 깨고 있던 퀘스트들을 생각하자 다시 신이 났다. 마을 하나에서 받은 퀘스트에서 시작한 연계 퀘스트. 그거 때문에 새로 던전도 찾고 이것저것 보상도 많이 나왔던 것이다. 그런데 정수혁은 의아하다는 듯이 고개를 갸웃거렸다.

"그거 보상 별로 안 되지 않습니까?"

"뭐?"

순간 김세형은 허세를 부리는 줄 알았다. 그런데 아니었다. 정수혁은 이런 걸로 허세를 부리지 않았다.

"그, 그렇지. 보상 별로 안 되지."

허세를 부리는 건 오히려 김세형!

'저게 별로 안 된다니…… 그럼 뭐가 보상 많은 건데?'

"네. 그래서 그냥 멈추고 마탑으로 온 겁니다. 쓸데없는 퀘스트 하는 것보다 선배님 퀘스트 같이하는 게 훨씬 더 이득이거든요."

나름 그 퀘스트를 좋아했던 김세형은 '쓸데없는 퀘스트'라는 말이 너무 아팠다.

'이, 이 자식 일부러 이러는 거 아니겠지…… 아니, 지금 중요한 게 그게 아니지.'

정수혁은 분명 이런 퀘스트를 하는 것보다 태현의 퀘스트를 같이 하는 게 더 이득이라고 말했다. 뭐 얼마나 대단한 퀘스트길래?

웅성웅성-

주변이 시끄러웠다. 정수혁과 김세형은 고개를 갸웃거렸다. 무슨 일이지?

"찾아! 뭔가 수상하다 싶으면 망토 벗으라고 해!"

"잠시만 확인 좀 하겠습니다!"

동맹 길드원들은 눈에 불을 켜고 수색하고 있었다. 근처 하늘에 오토바이는 보이지 않았다. 그렇다면 아직 도망치지 못했으리라!

'김태현이 변장했다고 방심하고 숨어 있는 게 분명해. 찾는다!'

물론 다른 사람들이 모두 협조해 주는 건 아니었다. 지나가는데 망토를 잡아당기고 얼굴에 손을 뻗어 툭툭 두드리는데 가만히 있을 사람은 많지 않았다. 그중 한 명이 울컥해서 손을 쳐냈다.

"아니, 왜 이래? 너희 뭔데?"

"이 자식 김태현이다! 공격해!"

퍼퍼퍽! 퍼퍼퍼퍼퍽!

"커헉!"

레벨이 별로 높지 않은 플레이어는 회색빛으로 변해 로그아웃당했다.

"김태현 아닌데요?"

"김태현인 줄 알았는데…… 신경 쓰지 마라! 어쩔 수 없는 희생이었다!"

동맹 길드원들은 그렇게 말하고 움직였다. 그걸 본 다른 플레이어들은 '뭐야 저 미친놈들은' 하는 눈빛으로 그들을 쳐다보았다.

이러는 데에는 이유가 있었다. 태현이 워낙 변장을 잘하고 뻔뻔하기에, 누군가 확인하려고 해도 저렇게 변명하고 넘어갈 수 있기 때문이었다. 게다가 태현의 주특기는 순간적으로 꽂아 넣는 폭딜. 먼저 선공을 하지 않으면 그들이 위험했다.

물론 이건 동맹 길드원들의 생각이고, 다른 플레이어들이 보기에 그들은 그냥 선빵 때리는 미친놈들이었다.

-길드 연합이 필드에서 플레이어들 PK 때리고 다니는데?

-미친놈들 아니냐? 이제 막 나가네.

-이래도 되는 겁니까? 레벨 높으면 아무나 죽이고 다녀도 돼요?

-김태현 핑계 대고 저러던데. 미친놈들이지. 괜히 김태현한테 당하는 게 아니라니까.

순식간에 게시판의 여론은 달아올랐다. 예전 게임과 달리, 판온 유명 플레이어들은 사람들의 눈치를 많이 보는 편이었다. 랭커나 유명 플레이어들은 대회를 나가거나 개인 방송을 하기 때문!

태현처럼 '나는 나보다 약한 놈들의 명령 따위는 듣지 않는다!' 하며 막 나가는 사람이나, 아예 컨셉을 약탈자나 악당으로 잡는 사람도 있긴 했지만 그렇게 인기를 얻는 사람은 적은 편이었다.

태현이 인기가 있는 것도 막 나가는 상대가 대형 길드나 랭커들 같은 악역이었기 때문! 사람들은 결국 정의의 편을 좋아하게 마련이었다.

-야. 야. 적당히 해라. 지금 항의 들어오잖아!

-내 방송에까지 피해를 입히면 어떻게 해! 시청자들이 지금 나한테 뭐라고 하잖아!

사람들의 반응에, 동맹의 다른 길드원들이 길드 채팅으로 항의를 해왔다.

같은 길드가 되니 이런 점이 불편했다. 한 길드원이 사고를 치면 다른 길드원도 엮이게 되는 것이다.

-아, 김태현 잡으려면 어쩔 수가 없다니까!

-미친놈아! 김태현 잡으려다가 길드 터지겠다!

-김태현 잡는 거랑 길 가는 사람 PK하는 거랑 뭔 상관인데! 그냥 똑바로 찾으라고! 너 지금 PK하고 싶어서 김태현 핑계 대는 거 아니냐?

-우리가 호구로 보이지? 제대로 해라.

'그럴 거면 지들이 와서 하던가!'

그들은 어디에 있을지 모르는 김태현을 찾아 신경을 곤두세우고 있는데, 여기 있지도 않은 놈들이 길드 채팅으로 이래라저래라만 하자 화가 났다.

"……눈 마주치지 말자!"

"넵!"

김세형과 정수혁은 바로 고개를 숙였다. 왜 저러나 했지만, '김태현 어딨냐!?' 하는 말을 듣자 바로 이해가 갔다.

괜히 눈 마주쳐서 좋은 꼴 볼 일 없는 사람들!

'아니 뭔 짓을 했길래 저렇게 쫓아다니는 거지?'

김세형의 기준으로는 도저히 이해가 안 가는 일!

다행히 둘은 들키지 않고 수도 성문을 지나 안으로 들어갈 수 있었다. 도시 안에서 깽판을 치는 길드원들은 없었다.

"에랑스 국왕 생신 대비해서 음식 재료 팝니다! 살짝 상한 하급 밀! 이거 구하기 힘들어요!"

"생신 이벤트 때 같이 움직이실 분! 파티 플레이하면 더 많이 받을 수 있습니다!"

"국왕 생신인가 보다. 요리사들 돌아다니네. 그보다 어디서 만나기로 했어?"

"마탑에 들어오라고 하셨는데, 선배님이 마탑에 가입한 마법사도 아니실 테니 밖에 계시겠죠."

"아무도 없는데?"

마탑 입구 공터에는 시간을 보내는 플레이어들이 몇 명 보였다. 대부분 초보자들. 초보자가 아닌 이상 여기서 시간을 때울 이유가 없는 것이다.

-어디 계세요?

-안에 들어와. 나 안에 있다.

안에 있다니. 마탑 안에 들어갈 수 있는 건 허락을 받은 마법사밖에 없었다. 정수혁도, 김세형도 초보자 때 마탑에 들어가기 위해 온갖 잡퀘스트를 깼던 것!

"안에 계시다는데요?"

"뭐? 마탑 마법사만 들어갈 수 있는 거 아니었어?"

'설마 나 놀리려고 이러는 건 아니겠지?'

김세형은 찜찜한 기분으로 마탑 안에 들어갔다. 태현이 마탑 안에 있다는 게 믿기지가 않았던 것이다.

안으로 들어간 둘은 자연스럽게 초보자 구역으로 향했다. 마탑에 새로 들어온 저렙 마법사들이 있는 구역!

사람이 많은 만큼 시끄러웠다.

"화염탄 마법 배우신 분? 어떤 퀘스트 깨야 배워요?"

"초급 마나 장벽 칠 때 어떻게 치는 게 가장 좋나요?"

"아데스 퀘스트 깨는데 같이 가실 분! 두 명 남았어요!"

그러나 태현은 없었다.

-안 보이는데요?

-흑마법사 구역에 있다.

둘은 고개를 돌렸다. 흑마법사 꿈나무들이 공동묘지처럼 생긴 곳 위에서 언데드를 소환하고 저주를 연습하고 있었다.

물론 거기에도 태현은 없었다.

-선배님. 없는데요……

-너 어디 찾고 있는 건데?

-그 초보자 구역에서 흑마법사들 있는 곳 아닙니까?

-초보자 구역 말고, 아예 나와서 흑마법사들 있는 곳으로 오라고. 체시자 옆방이다.

정수혁은 귀신에 홀린 표정으로 고개를 끄덕였다. 언제 어떻게 저기까지 들어가게 된 거지?

"체시자…… 체시자? 어디서 들어본 거 같은데……."

옆에서 듣고 있던 김세형이 별생각 없이 대답했다.

"체시자는 흑마법 쪽 대마법사 이름이잖아."

"흑마법 쪽 대마법사 이름이군요…… 어? 거기 옆방에 계시다는데요?"

"뭐?!"

김세형은 아까보다 더 놀랐다. 마탑의 출입증은 마법사가 아니더라도 마법 스킬을 익혀서 이 주변의 잡다한 퀘스트들을 어떻게든 깨다 보면 얻을 수 있었다.

그렇지만 체시자의 옆방에 있다니. 초보 마법사가 갈 수 있는 곳이 아닌 것!

김세형은 점점 귀신에 홀린 기분이 들었다.

"빨리 가보자!"

"왔냐?"

둘은 입을 떡 벌리고 태현을 쳐다보았다. 태현이 흑마법사 전용 로브를 입고, 다른 손에는 스태프까지 들고 있어서는 아니었다. 그 정도는 이제 놀랄 축도 아니었다.

"태현 님, 이제 가도 되겠습니까?"

"오냐. 가도 좋다. 앞으로는 누가 더 위의 흑마법사인지는 똑바로 명심하고 다니도록."

"예……."

"흑마법사라고 위아래 구분을 안 하고 다니면 쓰나. 그러면 언데드들하고 다른 게 뭔데? 그러니까 다른 파 마법사들이 흑마법사 욕하는 거야."

"예……."

폭풍 잔소리를 퍼붓는 태현! 흑마법사 NPC들은 반박도 하지 못하고 고개를 굽신거리고 있었다.

　　'뭔 일이 있었던 거야?'

　　"선배님……?"

　　"응? 아. 얘네들이 추천장 받고 왔다고 시비 걸길래."

　　흑마법사 NPC들은 후다닥 도망쳤다.

　　"싸우셨습니까?"

　　"아니. 체시자 부르겠다니까 저러던데."

　　세상에서 가장 치사한 협박!

　　"어, 어떻게?"

　　"방금 말했잖아. 체시자 부르겠다고 했다고."

　　"아니…… 그게 아니라 여기까지 어떻게……."

　　김세형은 말을 하다 말고 더듬었다. 도저히 믿기지가 않았던 것이다. 그걸 본 태현이 정수혁에게 작게 말했다.

　　"쟤는 왜 데려왔냐? 별로 도움도 안 될 거 같은데."

　　"선배님이 같이 다니라고 하셨잖습니까?"

　　"그건 그거고 이럴 때는 눈치껏 버리고 왔어야지."

　　물론 다 들렸다. 김세형은 울컥했다.

　　"저도 도움 됩니다!"

　　"응? 도움 되지. 누가 뭐라고 했니?"

　　얼굴에 간 철판 두께가 점점 두꺼워지다 못해 다른 무언가로 변해가고 있는 것 같은 태현이었다.

　　"여기까지 어떻게 왔냐면, 일단 귀족 한 명 붙잡아서 여기 추천장 뜯은 다음 들어와서 흑마법 쪽 대마법사 만나서 마법 시험 통과해서 왔다."

"대마법사 쪽 마법 시험을 어떻게 통과하셨습니까?!"

많은 마법사 플레이어들이 자기가 맡고 있는 파의 대마법사에게 인정받는 걸 원했다. 그래서 공적치 포인트를 어느 정도 쌓으면 과감하게 가서 시험을 보곤 했다.

물론 시험을 통과하는 플레이어는 극히 드물었다.

대마법사가 괜히 대마법사가 아닌 것!

"응? 그냥 마법 쓰니까 통과시켜 주던데…… 왜?"

"그거 엄청나게 통과하기 어려운 겁니다."

"……그래?"

힘으로 시험을 통과했기에 '이거 사실 별거 아닌 거 아닐까, 다음 시험은 그냥 마법으로 해볼까' 싶었던 태현이었다.

"네. 엄청나게 통과하기 어려워서 보통 이런 거 시험 볼 때 다른 플레이어들도 와서 구경합니다."

태현의 얼굴이 구겨졌다. 그렇다면 다음 시험에는 다른 플레이어들이 와서 볼 게 확실!

"역시 선배님! 마법 스킬도……!"

"자. 퀘스트 얘기로 돌아오자."

태현은 말을 잘랐다.

"내가 찾고 있는 아이템이 있는데 이게 정확히 마탑 어디에 있는지는 알 수가 없다. 체시자한테 물어보니까 그런 건 마탑 던전 어딘가에 숨겨져 있을 가능성이 높다는데."

"마탑 던전은 좀……."

마탑 던전에 대해 잘 아는 정수혁과 김세형은 질린 얼굴로 고개를 저었다.

에랑스 왕국 마탑 던전! 괴팍한 맵 구조와 개떡 같은 난이도로 악명 높은 던전이었다. 보통 던전은 초보자용이면 초보자에 맞게, 고수용이면 고수에 맞게 밸런스가 잡혀 있었다. 그런데 마탑 던전은 던전 내에서도 길을 잘못 들면 갑자기 다른 곳으로 이동했다.

1층 초보자 입구에서 들어가서 진행하는데 18층 고수 입구에서 들어가야 나오는 구역으로 이동! 한참 14층 구역 한복판에서 열심히 깨고 있는데 갑자기 3층 구역 출구로 이동!

게시판을 보면 마탑 던전을 욕하는 글이 수천 개가 넘었다.

-마탑에서 던전 깨다가 죽었어요. ㅠㅠ.
-레벨 32인데 폭주하는 마나 골렘을 어떻게 잡아요?! 이거 밸런스 좀 맞춰주세요! 왜 갑자기 위로 이동하는 건데요!
-마탑 던전 구역 좀 나눠주세요. 입구가 이렇게 많은데 왜 안에서는 이러는 거예요?

보통 던전이 나오면, 그 던전을 공략하는 공략 글들이 나오게 마련. 그러나 마탑 던전의 공략 글들은 대부분 이런 내용이었다.

……이러면 최대한 안전합니다. 그렇지만 그냥 마탑 던전을 안 가

는 게 낫습니다.

……이쪽 구역은 위험하니 피하는 게 좋습니다. 그냥 마탑 던전을
안 가는 게 더 좋지만요.

매번 갈 때마다 바뀌는 던전의 조건. 이제 플레이어 중에서
도 마탑 던전을 진지하게 깨려는 사람은 드물었다.

보통 파티로 재료 퀘스트를 깨거나, 경험치를 얻거나, 새로
얻은 마법을 시험하기 위해 잠깐 들어가서 싸우고 나오는 정
도. 마탑에 바로 붙어 있어서 들어가기는 좋았던 것이다.

"너희 뭐 노하우 없냐? 마탑 던전은 정보가 다 제각각이라
힘든데."

"안 들어가는 게 노하우라고 배웠는데요."

"도움이 안 되는군. 음. 여기 마법사들 우글거리는데 좀 데리
고 가서 총알받이…… 아니, 파티원으로 써먹을 수는 없을까?"

"마탑 던전 안으로 깊숙하게 들어가려는 사람은 거의 없지
않겠습니까?"

가끔 마탑 던전 안의 값비싼 보상 아이템을 얻어 보겠다고
파티를 꾸려 들어가는 사람들이 있었다. 그런 파티를 보면 다
른 플레이어들은 따뜻한 눈길로 지켜봐 주었다.

저러면서 배우는 거지!

그 파티는 운이 좋으면 다른 출구로 나오고, 운이 나쁘면 로
그아웃 당해서 돌아왔다.

"일단 찾아나 보자. 있을 수도 있잖아."

셋은 마탑을 돌아다니며 플레이어들을 훑어보기 시작했다. 그렇지만 역시 구하기 힘들었다.

마탑 가실래요?
재료 퀘스트요?
아뇨. 안으로요.
미쳤어요?

질색하는 마법사 플레이어들!

마탑 가시겠어요?
지금 새로 배운 마법 스킬 실험 좀 해보고 싶긴 한데…… 어디까지 가시나요?
계속 들어갈 건데요.
아. 그러시군요.

미친놈 보듯이 뒷걸음질 치는 마법사 플레이어들!
태현은 탄식했다.
"이렇게 도전 정신이 없다니!"
"마탑 던전은 도전이 아니라 무모하게 꼬라박는 건데……."
그 순간 저 뒤에서 목소리가 들려왔다.
"마탑 던전! 5층에서부터 들어가실 분! 보스 몬스터 만나서 보상 얻기 전까지는 안 멈춥니다!"

정수혁과 김세형은 둘 다 고개를 홱 돌렸다.

'말도 안 돼!'

'선배님 같은 사람이 또 있다고?'

불꽃이 그려진 붉은 로브를 입고 있는 플레이어들이었다.

"화염술사 트리 타고 있는 마법사들이다."

"아니, 멀쩡한 사람들이 왜……."

김세형의 중얼거리는 소리를 들은 태현이 물었다.

"그러면 나는 안 멀쩡하다는 거냐?"

"아, 아니요. 그런 뜻이 아니라……."

"어쨌든 가자! 파티에 들어가야지."

겉으로 보면 태현도 어엿한 마법사였다. 흑마법사 구역에 있던 장비들을 알뜰하게 챙겨 온 것이다.

"저희요! 저희도 갑니다!"

"오오! 역시 있을 줄 알았어!"

화염술사 플레이어들도 태현 파티를 보고 놀란 것 같았다.

서로 '왜 들어가려고 하지?' 하고 놀라는 두 파티!

"그런데 정말 안으로 들어가실 겁니까?"

"인생은 한 방이죠!"

화염술사 파티장은 상큼하게 웃으며 말했다. 그걸 본 정수혁은 속으로 생각했다.

'절망과 슬픔의 골짜기에 어울리는 사람이다.'

"아. 그런데 저희는 전부 레벨 100 넘겼거든요. 그쪽도?"

"저는 넘겼습니다."

"저도 넘기긴 했습니다."

정수혁보다 레벨이 낮은 김세형이 101이었다. 보통 파티장이 레벨이 낮은 경우는 없으니, 화염술사 파티장은 태현의 레벨은 묻지 않고 그냥 넘어갔다.

"잘됐네요. 그러면 같이 가볼까요?"

화염술사 파티장, 바하는 스킬 속성처럼 화끈한 플레이어였다.

"인생은 한 방! 으하하하!"

호쾌하게 웃는 바하.

바하는 실제로는 아저씨였다. 아들과 아들 친구들을 데리고 마탑 던전을 도전하려고 하고 있는 것!

태현은 그 말을 듣고 다른 화염술사 플레이어들을 쳐다보았다. '가기 싫다'가 얼굴 표정에 보이는 그들!

벌써 김세형에게 속삭이는 사람도 있었다.

"아니, 그쪽은 마탑 던전 왜 가시려는 거예요? 대체 왜?"

"그쪽은 이름이 어떻게 되십니까?"

"저는 김덕수입니다."

눈 하나 깜박이지 않고 케인의 이름을 가짜 이름으로 쓰는 태현!

"정, 정수혁이요."

"김세형입니다."

다행히 둘의 이름을 듣고 정체를 알아맞히는 사람은 없었다. 정수혁이 예선에서 화제가 됐지만, 그 이후 수많은 플레이어들과 명장면이 쏟아져 나온 것이다. 그런 걸 다 일일이 기억하는 사람은 드물었다.

"김덕수 씨. 으흠. 이름이 구수한 거 보니까 왠지 그쪽도 나 같은 아저씨 같은데. 맞습니까?"

"아닌데요."

태현은 정색하고 대답했다. 다른 건 몰라도 김태산 비슷한 취급은 참을 수 없다!

바하는 민망한 듯이 물러섰다.

"아, 아닙니까? 내가 착각을 했네. 어쨌든 뭐 신경 쓸 건 없죠? 그쪽은 흑마법사, 번개술사, 정령술사 같고. 아이템 나오면 필요한 사람이 가져가기로 할까요, 아니면 주사위 굴릴까요? 역시 주사위가 좋죠? 응? 남자라면 주사위잖아?"

내기나 도박을 좋아하는 바하였다. 던전에서 나오는 아이템도 주사위 굴려서 높은 숫자가 나온 사람이 가져가는 걸 좋아했다.

"……주사위로 하죠!"

싱긋 웃으면서 말했다. 태현은 이 순간 바하에게 높은 평가를 주었다. 호구로!

"아, 진짜. 아빠는 왜…… 아니, 진짜 왜……."

엘프 화염술사, 바허가 투덜거리는 소리가 작게 뒤에서 들려왔다. 원래라면 '던전 도는데 부정 탄다 이 자식아 입 다물고 얌전히 찌그러져 있지 않는다면 널 방패로 쓰겠다'라고 말했겠지만, 태현은 그러지 않았다.

'음음. 그렇지. 아버지가 게임 따라오면 귀찮지!'

이렇게 하기 싫은 일도 해야 하고!

태현은 김태산이 듣는다면 목덜미 잡고 쓰러질 생각을 하고 있었다.

툭툭-

태현은 바허의 어깨를 두드렸다.

"힘내라."

바허는 알지 못했다. 그가 대회에서 열렬하게 응원했던 태현이 이렇게 가까이 있으리라고는!

"고…… 맙습니다?"

"그래. 고마워해야지."

'……이 사람 아저씨 같은데.'

바허는 수상하다는 눈빛으로 태현을 쳐다보았다. 보통 그의 아버지, 바하와 잘 맞는 사람은 드물었던 것이다.

젊은 사람보다는 아저씨들이 대부분!

처음 보는 태현이었지만, 바하와 잘 맞는 걸 보니 수상했다. 태현이 알게 된다면 '아니거든 이 자식아' 하고 뒤통수를 한 대 맞을 생각을 하는 바허!

'이름도 아저씨 같고…….'

케인이 알게 된다면 '내 이름이 뭐가 어때서!' 하고 했을 생각까지 덤으로!

-스으으…… 스으으…….

탑의 통로 앞쪽에서, 둥둥 떠다니는 푸른빛의 정령들이 나타났다.

하급 마나 정령. 초보자도 잡을 수 있는 만만한 몬스터였다. 그들 파티에는 안 맞는 몬스터였지만, 마탑 던전은 원래 밸런스 안 맞는 것으로 유명한 던전! 언제 어디서 위치가 바뀔지 몰랐고, 언제 어디서 강력한 몬스터가 나올지 몰랐다.

"하급 마나 정령 나왔다. 잡아봅시다!"

그러나 바하는 의욕 넘치는 목소리로 외쳤다. 이런 약한 몬스터를 상대한다고 처질 필요 없었다.

지금이 바로 팀워크를 연습할 기회!

급조된 파티인 만큼 이런 기회를 잘 살려야 했다.

"덕수 씨. 우리 지금 탱커가 없는데 언데드 좀 소환해 줄 수 있겠습니까…… 어? 덕수 씨?"

바하는 옆을 돌아보며 말을 걸었다. 그러나 이미 태현은 그 자리에 없었다.

타다다닥-

"덕수 씨?!"

지팡이를 들고 달려가는 태현!

"선배님?!"

"덕수 씨!"

아무리 하급 마나 정령이라도 그렇지, 마법사가 지팡이 들고 덤벼드는 모습은 처음 보는 그들! 그들은 기겁해서 말리려고 들었다.

-스으으…….

하급 마나 정령이 푸른 빛을 뿜어내고, 태현이 고개를 살짝 꺾어 피해냈다. 뒤에서 보는 사람들이 '와, 대단한데?' 하며 감탄할 동작! 바허는 감탄한 다음 의아해했다.

'아니, 잠깐, 마법사가 뭐 저렇게 잘 피해?'

그러나 아직 더 놀랄 게 남아 있었다.

빠아아아아아아아악!

태현이 지팡이를 휘두르자 거대한 소리가 터져 나왔다.

그리고 하급 마나 정령이 그대로 터져 나갔다.

"……."

-선배님! 마법사 복장 하고 계십니다!

-아, 맞다. 습관이…….

습관은 무서웠다. 마법사 복장을 하고 있어도 일단 달려들어서 두들겨 패게 되는 것!

'4시간 정도면 힘 스탯이 다시 행운으로 돌아오겠군. 그때까지는 방어 조심 좀 해야겠다.'

행운 스탯이 너무 편리하다 보니 실수를 할 때가 있었다.

"저, 저기 방금 대체 뭐였죠?"

바허의 친구들이 도저히 이해가 안 가서 물었다. 태현은 얼굴에 철판을 깔고 대답했다.

"마법사 스킬입니다."

"예……? 그런 게 있어요?"

"흑마법사 스킬 중에 MP를 소모해서 근접 전투력을 올려주는 게 있거든요."

"정말요?!"

처음 듣는 마법 스킬! 그렇지만 판온에는 플레이어가 파악할 수 없을 만큼 다양한 스킬들이 있었으니, 이런 거짓말은 잡아낼 수가 없었다.

'아니, 뭔 흑마법사가 그런 마법을 익혀?'

'이 사람…… 변태 아닌가?'

'잘 싸우는 거 같긴 한데 대체 마법사가 저런 걸 왜…… 한두 번 해본 솜씨가 아니던데…….'

'그러고 보니 바하 아저씨 제안을 받은 것부터가 수상했어. 보통 사람이라면 그런 제안을 안 받지.'

파티원들이 태현을 보는 눈빛이 바뀌었다.

변태를 보는 눈빛으로!

"그러면 언데드 소환하겠습니다."

"아, 네."

푸스슷!

망령 몬스터들이 바닥에서 나타나기 시작했다.

[악명이 높습니다. 부리는 망령 몬스터들이 더욱 사나워지고 강해집니다. 악신 사디크의 권능을 갖고 있습니다. 부리는 망령 몬스터들 중 일부가 그 힘을 받습니다.]

'웅?'

태현도 생각하지 못했던 효과들! 악명이 너무 높아지고, 악신 사디크의 힘까지 받은 덕분에 알아서 언데드들이 강해진 것이다.

'이래서 흑마법사 놈들이 악명 좀 올리겠다고 날뛰는 거였나……'

그러나 태현은 모르고 있었다. 악명 높이겠다고 작정하고 날뛴 흑마법사들보다 그가 훨씬 더 높다는 것을!

태현의 악명 스탯을 게시판에 공개한다면 '아니, 이 인간은 밥만 먹고 나쁜 짓만 했어요? 대체 어떻게 이렇게 악명을 쌓았죠?' 같은 반응이 나올 것이다.

"어라? 이거 중급 언데드 맞죠?"

"망령이 원래 이렇게 생겼나?"

마탑에서 퀘스트를 깨다 보면 당연히 다른 흑마법사들도 많이 만나보게 됐다. 그들이 부리는 중급 언데드 망령 몬스터들은 이렇게 생기지 않았던 것! 뭔가 좀 더 약하고, 좀 더 비리비리하게 생겼던 느낌이었는데…….

'왜 이리 사악하고 무섭게 생겼지?'

'뭐, 언데드가 사납고 무서우면 더 좋은 거겠지…… 이것도

스킬인가 보다.'

"근데 다른 언데드는 소환 안 하나요?"

움찔!

태현의 어깨가 움찔거렸지만 아무도 눈치채지 못했다.

"저는 망령 언데드를 컨트롤하는 걸 좋아합니다."

"아니…… 그래도 앞에서 막아줄 덩치들은 있어야 하지 않나요?"

"제 망령 언데드들은 그 역할을 해줄 수 있습니다! 한 번 보시면 알 겁니다!"

"아, 네."

태현의 박력에 밀린 바하는 고개를 끄덕였다. 설마 상대가 망령 언데드밖에 소환하지 못한다는 건 상상치도 못했다.

"아. 잡템 나왔는데 주사위 굴릴까요?"

그 말에 김세형이 고개를 갸웃거렸다.

"잡템은 잡은 사람이나 먼저 먹은 사람 주지 않나요?"

"그렇지만 재밌지 않습니까!"

주사위 중독자! 바하는 도박을 안 하는 대신 이런 주사위를 굴리는 걸 너무 좋아했다.

"그럼 굴리세요."

파티에서 주사위 굴리겠다는 건 별로 단점도 아니었다. 세상에는 훨씬 더 미친놈들이 많은 것이다.

떼구르르-

"으하하! 90! 90 나왔다!"

가장 높은 숫자가 나온 바하는 펄쩍펄쩍 뛰며 좋아했다. 바하의 아들과 다른 아들 친구들은 부끄러운 표정으로 시선을 피했다.

"아빠…… 그거 잡템이야……."

"잡템이면 뭐가 어때서! 중요한 건 이 주사위 눈금이지! 오늘 내 운이 좋은 거 같다. 이따 끝나고 복권이나 살까?"

태현은 따뜻한 눈길로 둘을 쳐다보았다. 지금 많이 좋아해야 할 것이다.

4시간이 지나면 더 이상 아이템을 먹지도 못할 테니까!

처음으로 갈림길이 나왔다.

－신의 예지.

다들 마탑 던전을 두려워했지만 태현은 아니었다. 다른 사람들이 던전을 공략할 때 맵을 작성하기 위해 몇 번을 들락날락하지만, 태현은 거의 한 번에 끝냈다.

아키서스가 함께 있으니까! 그러나…….

'길이 바뀐다!'

태현은 혀를 찼다. 신의 예지는 길이 한 개 나와야 쓰기 좋았다. 그런데 지금은…….

사방으로 퍼져 있었다. 갈림길 왼쪽, 갈림길 오른쪽, 심지어 뒤쪽까지. 잠깐 사이에 신의 예지로 만들어진 길이 깜박이다가 사라지고, 다시 나타났다. 이 던전의 구조 자체가 계속 바뀌고 있어서가 분명했다.

'어쩐다? 이대로면 길을 간다고 해도 의미가 없는데······.'

지금은 왼쪽, 1초 후에는 오른쪽, 2초 후에는 뒤쪽······.

이런 상황에서는 정말 행운만 믿고 가야 했다. 그리고 태현은 행운 스탯이 높기는 하지만 운에 모든 걸 거는 사람이 아니었다.

순간 태현은 눈을 깜박였다. 방금 신의 예지가 정면을 가리키고 있었다.

정면 벽! 그리고 다시 사라졌다.

'음······ 차라리 정면으로 갈까.'

이제까지 플레이어들이 정석으로 길을 가다가 전부 헤맸으니, 차라리 안 간 길로 가볼까 싶었다.

-애들아. 시선 좀 끌어주라.

-네?

-시선 좀 끌어달라고.

태현은 말과 함께 지팡이를 들고 어둠의 화살을 준비했다.

"벽에다 쏘시려고요?"

"예! 벽을 부술 겁니다."

"아니, 그거 안 부서집니다. 다들 해봤어요. 저도 해봤거든요."

바하는 민망하다는 듯이 말했다. 마탑 던전에 들어오면 다들 한두 번씩 해보는 것들. 벽 부수기!

계속 바뀌는 통로에 길을 잃은 사람들은 결국 포기하고 벽을 부수려 들었다.

"저는 안 해봤습니다. 지금 해보려고요."

"……파이팅! 열심히 해보시죠!"

바하는 진심으로 말했다.

"아빠. 저런 건 말려야지 왜……."

"저런 걸 안 해보면 아깝잖아!"

"아니 그래도 그렇지 시간 낭비에 MP 낭비인데……."

그 순간 정수혁이 뒤를 가리키며 말했다.

"어? 저거 뒤에 몬스터 아닙니까?"

모두의 고개가 돌아간 순간, 태현은 〈고대의 망치〉를 꺼냈다.

"어둠의 화살!"

스킬 이름을 말하고, 어둠의 화살을 벽에 쏘고(물론 턱도 없었다), 고대의 망치를 들고 전력으로 휘둘렀다. 현재 서버에서 따라올 사람이 없는 압도적인 힘 스탯과 〈고대의 망치〉가 합쳐지자…….

우지끈! 콰르르르르…….

[에랑스 왕국 마탑의 벽을 부쉈습니다! 오래된 고대의 마법으로 보호받고 있는 벽을 부쉈습니다. 〈철거의 달인〉 칭호를 얻었

습니다.]

　칭호: 철거의 달인
　당신은 무언가를 정말로 잘 부수는 사람입니다. 앞으로도 계속 무언가를 부수고 다니겠죠. 그게 벽이든, 건물이든, 성이든 말입니다.
　무언가를 부술 때 전체적인 보너스를 받음.

　안 그래도 테러에 특화된 능력치와 스킬을 갖고 있는데, 거기에 칭호까지 덤으로 얹어주고 있었다.

[기계공학 스킬이 오릅니다. 힘이 오릅니다. 에랑스 왕국 마탑의 마법사들이 알면 이 사실에 대해 격렬하게 반응할 수 있습니다.]

　'……좋아한다는 거야, 싫어한다는 거야?'
　알쏭달쏭한 메시지창! 마탑의 건물을 부쉈으니 싫어할 거 같기도 했고, 기발한 발상이니 좋아할 거 같기도 했고…….
　'슬쩍 말 띄워본 다음 반응 안 좋으면 다른 놈들이 했다고 해야지.'
　고급 화술을 가진 사람만이 할 수 있는 완벽한 계획!
　"말, 말도 안 돼……."
　"어떻게?!"
　뒤에서 마법사들이 놀란 얼굴로 외쳤다. 잠깐 고개를 돌린 사이 어둠의 화살이 벽을 부순 것이다.

"어떻게 하신 겁니까?!"

"맞아요! 어떻게 한 거예요?!"

파괴력 좋은 화염술사나 다른 마법사들도 벽을 부수지는 못했다. 그런데 흑마법사(겉모습만) 태현이 벽을 부순 것이다.

"어둠의 화살로 부쉈습니다."

"어, 어둠의 화살? 겨우 그걸로요?"

"바하야. 바하야. 실례잖아. 그만 물어봐."

바하가 아들을 말리려 들었다. 원래 플레이어들은 자기 스킬을 잘 공개하지 않았다. 언제 어떤 순간에 싸우게 될지 몰랐으니까! 숨겨놓은 스킬은 비장의 한 수 같은 거였다.

"하하. 죄송합니다. 너무 신기하고 대단해서…… 허 참. 이런 파괴력이 나오긴 나오는군요."

바하는 고개를 끄덕이며 말했다.

"별거 아닌데요."

"이게 별거 아니면 우리는 다 게임 접어야 할 거 같네요! 으하하! 그러면 일단 가볼까요? 길도 새로 생겼는데?"

"저건 대체 뭐 하는 놈들이냐?!"

가델은 깜짝 놀라 외쳤다. 그의 현실 친구이자 라이벌, 바하가 마탑 던전을 공략한다는 말을 듣고 잘됐다 싶었다.

'뒤에서 따라다니다가 곤란할 때 공격해서 아이템 좀 뺏어

먹어야겠다!'

들켰다가는 현실 우정이 금 갈 것 같은 사악한 계획!

그러나 가델은 자신이 있었다. 그는 이런 쪽 PVP에 특화된 마법 스킬들을 갖고 있었던 것이다.

"아빠…… 쪽팔리는데 그냥 가면 안 돼? 들키면 쪽팔린다고."

"시끄럽다. 바하 저놈 저번에 우리 집 왔을 때 고스톱 친 거 기억 안 나냐?"

"그건 아빠가 못 친 거 아닌 읍읍!"

"그런데 저놈들은 대체 뭐지?"

"잘 모르겠는데. 랭커 아니야?"

"저런 랭커 아니?"

"모르겠는데. 본 적 없어."

"이놈 자식! 평소에 하라는 판온은 안 하고 뭐 한 거야! 네 친구들은 랭커 얼굴만 봐도 신상명세가 탁탁 나오는데!"

"난 평소에 공부했거든?!"

구박을 받던 가델의 아들, 가젠은 고개를 갸웃거렸다.

"저 사람 어디서 본 거 같은데……."

"뭐? 누군데. 드디어 기억이 난 거냐?"

"음…… 잘 모르겠어."

"……넌 앞으로 캡슐 쓰지 마라."

"아니, 그런 게 어디 있어!"

"여기 있다! 내 돈으로 사줬잖아! 너희 엄마는 사주지 말라고 했는데!"

쪼잔하게 구는 가넬의 모습에 가젠은 펄쩍 뛰었다.

가젠이 알아본 건 정수혁이었다. 한때 대회 예선에서 미친 컨트롤을 보여준 것으로 유명해진 정수혁!

그 영상을 본 적이 있었기에 가젠이 고개를 갸웃거린 것이었다.

'어디서 봤더라?'

"어쨌든 저런 위력이라니. 랭커가 분명해."

"그러면 돌아갈 거지?"

마탑 던전은 깊숙이 들어가면 들어갈수록 위험해졌다. 그걸 아는 가젠은 나가고 싶어 했다.

"아니. 여기까지 왔는데 그냥 갈 수는 없지!"

"왜 그런 부분에서 고집을 부려?"

"시끄럽다. 일단 좀 더 쫓아가다가…… 기회를 봐서……."

"공격을 하겠다고?! 너무 무모한 거 아니야?!"

딱 봐도 태현은 손가락에 들어갈 정도의 랭커 같았다. 저 정도 되는 마법사 랭커가 왜 이 마탑 던전에 와서 바하 부자와 파티를 맺은 건지는 알 수 없었지만…….

'랭커니까 오히려 마탑 던전을 깰 자신이 있는 건가? 부러운데…… 아니, 지금 그거 생각할 때가 아니지. 말려야 해!'

"아니."

가젠은 고개를 갸웃거렸다.

"공격을 안 하면 뭐 하려고? 항복?"

"친한 척을 하는 거다."

"……어?"

"우리도 이 던전을 깨러 왔는데, 그러다가 만난 척을 하는 거라고!"

"……그다음에는?"

"그다음에는 같이 파티를 맺는 거지."

"어, 그러다가 기회를 봐서 공격을 하겠다고?"

"아니. 그냥 같이 파티 플레이나 하자."

가젠은 이해가 가지 않아 다시 물었다.

"그러면 어…… 그 복수는?"

"복수는 나중에 하자."

"아, 응……."

가델은 매우 현실적으로 판단을 내렸다. 몇몇 멍청한 놈들은 랭커를 보고서 '후후 놈들도 잘만 기습하면 한 방이야'라고 생각하지만, 가델은 그렇게 생각하지 않았다. 밥만 먹고 게임만 하는 놈 중에서도 센스 있고 실력 있는 놈들만이 되는 게 랭커였다. 그런 놈들을 기습 한 번으로 이기려는 게 말이 되나.

'그건 도둑놈 심보지!'

그냥 지금은 친하게 지내고 복수는 나중에 하자! 누군지는 몰라도 랭커가 이끄는 파티에 들어갈 수 있으면 그건 그거대로 기회였다.

'근데 진짜 저 랭커는 누구냐?'

나름 판온 게시판을 챙겨보는 가델이었지만 정말 태현은 본 적도 없는 마법사였다.

CHAPTER 5

벽을 부수고, 정면으로 당당하게 나아가는 태현 파티.

태현은 시시때때로 〈신의 예지〉 스킬을 사용했다. MP를 아끼긴 해야 하지만 어쩔 수가 없었다. 최대한 많이 써야 그나마 안전했으니까.

"그러고 보니 덕수 씨는 어디까지 들어가실 겁니까?"

보통 마탑 던전을 진지하게 깨려고 하는 사람들은(일단 그런 사람들은 거의 없지만) 목표를 세웠다. 물론 던전을 끝까지 가서 깨겠다는 목표는 아니었다. 마탑 던전은 애초에 그런 게 불가능한 던전이었으니까.

보통 목표는 '보스 몬스터를 몇 마리 정도 잡겠다' 정도!

보스 몬스터가 있는 방을 찾아, 그걸 잡고 보상을 얻는다. 이걸 목표치만큼만 해도 충분히 성공적인 레이드였다.

물론 태현의 목표는 하나였다.

"원하는 게 나올 때까지요."

권능이 나올 때까지 뒤진다!

"역시……! 싸나이라면 그래야죠!"

바하는 좋아했다. 바허는 질린 눈으로 쳐다보았다.

"저도 원하는 게 나올 때까지 마탑 던전을 돌 생각입니다. 크하핫!"

보아하니 바하도 원하는 아이템이 마탑 던전에 있어서 이렇게 온 모양이었다.

[<행운 전환>스킬의 지속 시간이 끝났습니다. 행운이 원래대로 돌아옵니다.]

'음. 끝났군.'

시간이 됐으니 돌아오는 건 당연했다. 다시 돌아온 행운 스탯을 보며 태현은 생각했다.

'잠깐. 근데 저 사람이 원하는 아이템이 나와도 주사위 굴릴 텐데, 그러면 내가 먹게 되지 않나?'

태현은 관대한 마음으로 친절을 베풀려고 했다. 그래도 이렇게 같이 고생하면서 던전을 돌았는데, 원하는 아이템 하나를 못 챙기고 나가는 건 좀 불쌍하지 않은가. <차가운 울음의 검> 하나 때문에 눈물겨운 고생을 했던 구성욱처럼!

"그러면 원하시는 아이템 나오면 그건 주사위 굴리지 말고 그냥 가지실래요?"

"그럴 수는 없죠! 처음에 약속한 대로! 다 주사위입니다! 주사위!"

바하는 정말 주사위를 좋아하는 것 같았다. 처음부터 끝까지 주사위! 뭐가 나오든 주사위!

태현은 그렇게 해주기로 했다. 상대가 알아서 저렇게 나오는데!

"아, 예."

"덕수 씨. 말하시는 거 보니 아까 제 주사위 운에 겁먹으신 모양입니다? 크하핫!"

태현의 눈빛이 더욱더 따뜻해졌다.

-주인님. 주인님.

-왜?

-뒤에서 누가 쫓아오고 있습니다.

-?!

태현은 깜짝 놀랐다. 지금 뒤에는 아무도 없었다. 즉 누군가 은신 상태로 쫓아오고 있다는 것.

문제는 태현이 〈중급 은신〉 스킬을 갖고 있고, 높은 행운 스탯까지 갖고 있다는 점이었다. 즉 쫓아오고 있는 상대방은 저걸로도 안 들킬 수준의 은신 스킬을 갖고 있다는 것!

그렇다면 적어도 만만한 상대는 아니었다. 게다가 태현은 안 그래도 적이 많은 상황. 암살자나 도적 플레이어 몇몇이 쫓아오고 있어도 이상할 게 없었다.

'들켰나? 얼굴은 바꿨는데. 수혁이를 따라서 쫓아온 건가?'

태현은 긴장한 눈빛으로 뒤를 쳐다보았다.

-몇 명이냐?

-두 명입니다. 둘 다 마법사 같습니다.

-대단한데? 저걸 잡아내다니.

-별거 아닙니다. 주인님. 제가 이래 봬도 블랙 드래곤에 사디크의 힘까지 계약해서 받은 신수……

-1절만 하자.

-네.

태현이 말을 자르자 흑흑이는 곧바로 수긍했다. 계속 떠들다가는 한 대 맞을 것 같은 분위기!

-그런데 넌 어떻게 잡아낸 거냐? 나도 눈치 못 챘는데.

-블랙 드래곤의 눈을 속일 수 있는 존재는 많지 않습니다. 주인님. 제가 아무리 약해졌다고 하더라도…….

-아. 블랙 드래곤이 확실히 그런 드래곤이긴 하지.

판온에서 드래곤을 만날 일이 거의 없긴 하지만, 그래도 각각의 드래곤마다 이미지가 있었다.

화끈하고 다혈질인 레드 드래곤!

정정당당하고 고지식한 골드 드래곤!

그리고 사악하고 비열한 블랙 드래곤!

괜히 사디크와 계약한 게 아니었다. 기습과 암습에 능한 블랙 드래곤이니만큼, 은신을 눈치채는 능력을 타고났어도 이상할 게 없었다. 흑흑이가 태현의 말에서 뭔가 기분 나쁜 부분을 눈치채고 물었다.

-……주인님. 그런 드래곤이란 게 뭡니까?

-뛰어난 눈과 판단력을 가진 드래곤이란 뜻이지. 블랙 드래곤이 그렇잖아. 드래곤 종족 중에서 가장 뛰어난 드래곤!

-헤헤, 그 정도는 아닌데…….

-어쨌든 마법사라…… 음, 마법사 복장으로 위장했나?

태현도 마법사로 위장했으니 쫓아오는 암살자들도 마법사로 위장하고 들어왔어도 이상할 게 없었다.

게다가 마탑에 들어와야 했을 테니…….

'일단 주의 좀 해야겠군.'

"헉. 여기 왜 쳐다보는 거야?"

"눈치챈 거 아니에요?"

"이걸 어떻게 눈치채? 이 은신 마법이 그냥 투명 마법인 줄 아냐? 무려 〈타르카의 투명 망토〉 마법이라고!"

이름에 신 이름이 들어간 마법은 보통 강력하고 구하기 힘든 마법이었다. 실제로 가델은 이 마법을 얻기 위해 8개의 연계 퀘스트를 깨야 했다.

정말 고생고생하면서 얻었지만, 그 효과는 탁월했다. 어지간한 도적이나 암살자들도 눈치 못 채는 강력한 은신 효과!

쪼잔하고 겁 많은 가델에게는 딱 맞는 스킬이었다.

"다시 앞에 본다. 그냥 고개 돌린 모양이네."

"랭커면 눈치챘을 수도…….."

"너 저주하냐? 용돈 깎는다."

"아니 걱정하는 거잖아요!"

"랭커여도 눈치 못 채! 이걸 한두 번 써보는 줄 아나. 그 누구냐…… 유명한 랭커 있었는데. 걔도 이걸 눈치 못 챘었다고."

"유명한 랭커 누구요?"

"그, 저번에 대회에서 유명해진 애였는데."

"그런 사람이 한둘이에요?"

"아. 기억났다. 그, 지가 판온 1에서 당했다고 대회에서 꼬장 피우다가 처맞은 애!"

"아! 도동수!"

"그래! 걔!"

말하자마자 바로 떠올리는 그 이름! 물론 좋은 의미는 아니었다. 그러나 가젠은 시큰둥한 반응을 보였다.

"도동수는 좀……."

"아니, 도동수가 뭐가 어때서! 걔도 일단은 랭커야!"

"도동수 속인 걸로는 확신을 못 하겠는데요……."

대회에서 보인 모습 때문에 일반 플레이어들한테도 실력을 의심받는 도동수였다.

"네가 실제로 봤어야 한다니까. 진짜 무서웠다고. 샥샥 하니까 몬스터들 쓰러지고 플레이어들도 쓰러지는데…… 내 은신은 눈치도 못 채더라니까."

믿지 못하겠다는 가젠의 표정!

가델은 답답했지만 이해도 갔다. 대회와 대회 밖의 모습이 워낙 차이가 났으니까!

쾅쾅쾅!

그렇게 떠드는 사이 앞에서 커다란 소리가 났다.

"앗. 사냥하나 보네요."

"기회다! 지금 가서 보다가 적당할 때 나타나자!"

하는 짓은 되게 숙련된 PVP 플레이어 같지만, 말하는 건 정말 쪼잔했다. 가젠은 말하려다가 말았다. 용돈을 깎이는 건 싫었으니까!

[썩은 살덩이 골렘이 부식액을 내뿜습니다!]

[회피에 성공합니다.]

"피하지도 않아?!"

"방어막을 쓴 건가? 방어막 보이지도 않았는데?!"

몬스터가 내뿜는 녹색 독액.

맞으면 체력이 낮은 마법사는 HP가 절반 이상 깎여나갔다. 당연히 마법사들은 미리 방어막을 치거나, 앞에 소환수를 세워 피해를 방지했다.

그러나 태현은 피하지도 않고 스킬을 쓰지도 않았다. 그냥 정면에서 맞는다! 믿을 수 없는 모습이었다.

대체 레벨이 얼마나 높길래?

"가라!"

태현은 이번에 직접 덤벼들지 않았다. 뒤에서 오고 있는 놈들이 신경 쓰였기 때문이었다. 대신 부리고 있는 언데드 몬스터들을 보냈다.

-저주를! 저주를!

-네 살을 좀먹겠다!

망령 몬스터들이 사납고 거칠게 울부짖으며 골렘에게 덤벼들었다.

[고급 전술 스킬을 갖고 있습니다. 현재 부리고 있는 몬스터들을 완벽하게 조종할 수 있습니다. <직감과 행운의 지휘> 스킬을 갖고 있습니다. 부리고 있는 몬스터들이 적의 공격을 더 잘 피해내고 반격합니다.]

-죽, 어, 라, 귀, 찮, 은, 망, 령, 들!

골렘이 주먹을 휘두르고 부식액을 뿜어냈지만, 망령 몬스터들은 믿을 수 없을 정도로 재빠른 동작으로 피해냈다.

마법사들은 더더욱 경악했다. 보통 흑마법사가 소환한 언데드 몬스터들은 저런 움직임을 보여주지 못했다.

명령을 내리면 자기들이 알아서, 둔하고 투박하게 움직이는 게 보통이었다. 그게 언데드들의 약점!

그런 걸 보완하려면 숫자를 엄청나게 늘리거나, 아니면 언데드를 진화시켜서 고위 언데드 몬스터로 만들어야 했다.

그런데 태현이 부리는 망령 몬스터들은 중급 정도밖에 안 되어 보이는데도 엄청난 움직임을 보여주고 있었다. 얼마나 놀라웠는지, 바하와 바허 부자는 화염 마법을 쏘다 말고 입을 벌리고 멍하니 구경하고 있었다.

"아, 아빠. 앞에! 쏘셔야죠!"

"어? 어. 근데 대체 레벨이 몇이길래……?"

그나마 그 둘은 나은 편이었다. 뒤에서 쫓아오고 있는 다른 부자는 더 충격을 받고 있었던 것이다.

"……그, 그냥 돌아가죠?"

랭커라고 짐작은 하고 있었는데, 보면 볼수록 엄청나게 강해 보였다.

'괜히 잘못 말 걸었다가 당하는 거 아냐?'

갑자기 덜컥 겁이 난 그들이었다. 애초에 지금 오해받기 좋은 상황이기도 했고!

"아니야. 지금이 오히려 기회지! 은신 풀고 갈 준비 하자!"

가델은 용기를 냈다. 아들이 뒤에서 보고 있지 않은가!

"기회 아닌 거 같은데……."

"봐라. 이 아빠가 실력을 보여주마. 내가 게임을 몇 년을 했는데."

가델은 심호흡을 몇 번 하고 마법을 풀었다. 그리고 가젠과 천천히 앞으로 걸어 나갔다.

-분, 하, 다, 두, 고, 보, 자!

그러는 사이 태현 파티는 썩은 살덩이 골렘을 쓰러뜨렸다.

원래라면 꽤나 귀찮은 싸움을 해야 했지만 태현의 언데드가 골렘을 완전히 묶어놓은 덕분에 다른 마법사들은 쉽게 딜을 넣을 수 있었다. 보통 소환된 언데드에서 볼 수 없는 치밀하고 조직적인 움직임!

전투가 끝나자, 바허와 바허 친구들이 태현을 보는 눈빛이 확실히 바뀌었다. 존경하는 눈빛으로!

마법사를 키우는 사람으로서, 단순히 레벨만 높은 게 아니라 실력까지 갖고 있는 플레이어는 존경스러울 수밖에 없었다.

'왜 이런 던전에 왔는지 이상했는데, 정말 자신이 있어서 왔나 보다!'

'이상한 사람이라고 생각한 게 실수였어!'

'맞아. 바하 아저씨랑 달리 이 사람은 깰 자신이 있어서 온 게 분명해!'

덕분에 거의 반 억지로 끌려온 바허 친구들도 사기가 올랐다. 잘하면 이 던전을 피해 없이 나갈 수 있을지도 모른다!

'앗. 이 녀석들이?'

바하는 아들과 아들 친구들의 눈빛을 눈치채고 아차 싶었다. 아들과 아들 친구들의 존경심이 그에게서 태현으로 옮겨간 것이다.

'그럴 순 없지!'

아들을 반 억지로 던전에 끌고 왔지만, 그래도 애들이 따라온 데에는 이유가 있었다. 바하가 실력 있는 화염술사 플레이어였기 때문이었다. 이제까지 종종 퀘스트를 같이 깨면서 실력을 보여주기도 했었고!

만약 바하가 실력도 없는데 마탑 던전에 가자고 했다면 아무리 억지를 부려도 다들 따라오지 않았을 것이다.

[아이템, <중급 마력 향상의 보석>이 나왔습니다.]

골렘에게서 나온 아이템을 본 마법사들의 눈빛이 반짝거렸다. 마탑 던전답게 마법사들을 위한 아이템들이 자주 나왔다. <중급 마력 향상의 보석>은 가지고 나가서 대장장이한테 맡겨 장비에 장착해도 되고, 아니면 강력한 마법에 사용해도 되는 매우 쓰기 편한 아이템!

심지어 정수혁과 김세형마저 탐난다는 듯이 보고 있었다.

태현만 그대로였다.

'난 물리 공격력 올려주는 게 더 좋은데……'

껍데기만 마법사!

"흠흠. 다들 주사위 굴릴까요?"

바하는 헛기침을 하며 말했다. 모두 다 같이 주사위를 굴리는 이 순간. 바하는 왠지 모르게 자신이 있었다.

'오늘은 주사위가 잘 나올 거 같다!'

물론 근거는 없었지만 바하는 스스로를 믿었다.

'저 보석을 내가 먹어서 애들에게 선물해 주는 거야!'

빼앗긴 존경심을 되찾아오겠다는 욕망!

태현은 고개를 갸웃거렸다.

'이 아저씨는 왜 이렇게 뜨거운 눈빛으로 저걸 쳐다보지?'

"자! 굴리죠!"

주사위는 1부터 100까지의 숫자가 나왔다. 높은 사람이 먹는 단순한 규칙!

데구르르-

각자 주사위를 굴렸다.

"아오. 10이 뭐냐."

"34……."

"47이다!"

"넌 뭐 나왔냐, 수혁아?"

"62요."

"나보단 낫네."

"88! 88! 88!"

바하는 양손을 번쩍 들고 소리를 질렀다. 88이면 어지간하면 먹는다!

"바허야! 봤지! 아빠가 88 뽑았다! 88!"

"쪽팔리니까 그만……!"

바허의 부끄러운 목소리에 태현은 공감된다는 듯이 고개를 끄덕였다.

김태산에게 이미 어렸을 때 많이 당해왔던 태현!

"우리 아들 파이팅! 네가 최고다! 다른 놈들은 따라오지도 못해! 하하! 여러분! 저기 보십쇼! 쟤가 제 아들입니다! 다른 놈들은 따라오지도 못하고 있네요! 으하하!"

운동회 때 찾아온 학부모들이 김태산을 싸늘하게 쳐다봤지만 김태산은 아랑곳하지 않았다. 그리고 김태산이 왔다 간 다음에는 소문이 돌았다.

'쟤가 조폭 아들이라며?', '어쩐지 생긴 것도 무섭게 생겼더라! 저 눈매 봐!'라는 소문이!

심지어 저건 초등학교 때 일이었다.

'아, 생각하니 괜히 내가 부끄러워지네.'

태현은 생각을 멈추고 주사위를 굴렸다.

"88! 88! 88!"

"아빠, 저분이 100 뽑았는데……."

"88! 88…… 팔…… 십팔? 응? 뭐라고?"

"아빠 방금 욕한 거 아니지?"

"아니야! 사람을 뭐로 보고!"

바하는 화들짝 놀라서 태현의 주사위 숫자를 확인했다.

그렇지만 확실히 100!

'크으윽……!'

바하는 떨리는 손으로 태현을 축하했다.

"크, 크흑. 주사위 100이라니, 축하, 드립니다……."

"전혀 축하하는 거 같지 않은데요."

태현은 그렇게 말하면서도 보석은 확실하게 챙겼다.

그리고 김세형에게 던졌다.

"너 가져라."

마치 '오다 주웠다'라고 주는 것처럼 쿨하고 시크하게 던지는 태현! 김세형은 얼떨결에 아이템을 받고 고개를 갸웃거렸다.

"어, 이걸 제가 가져도 돼요?"

"어."

태현은 굳이 저게 필요하지 않았고, 정수혁은 더 필요 없었다. 그러나 김세형에게는 감동적일 수밖에 없었다.

'안 챙겨주는 척하면서 챙겨주는구나……!'

역시 소문이 사실이었어! 겉으로는 까칠해 보여도 은근히 잘 챙겨준다는 태현의 소문!

물론 그건 헛소문이었지만 김세형은 알 수가 없었다. 그리고 그 모습을 다른 사람들도 똑똑히 지켜보고 있었다.

'저걸 내가 했어야 했는데!'

바하는 아쉬움에 가슴을 쳤다. 저걸 했으면 존경심 스탯이 한 10 정도는 올랐을 것 같은데!

바허와 바허 친구들이 '아 너무 멋지다' 같은 눈빛으로 태현을 보고 있는 동안, 슬금슬금 걸어오던 가델과 가젠도 그 모습을 봤다.

"봤지? 봤지? 그렇게 나쁜 사람은 아닌 것 같다. 거 봐라. 나쁜 사람이었다면 애초에 쟤네들이랑 파티를 안 했겠지."

자신만만한 가델의 모습에 가젠은 오히려 불안해졌다.

'근데 진짜 저 사람 어디서 봤지?'

태현과 김세형 사이에 있는 정수혁. 그 정수혁의 얼굴이 이 상하게 낯이 익었다.

"자. 가자!"

"잠, 잠깐 아빠……."

"안녕하십니까!"

가델은 손을 들고 크게 외쳤다. 그리고 당당하게 걸어 나갔 다. 이럴 때 주저하거나 조심스러워하면 오히려 의심을 받는다!

"뭐야. 가델이냐?"

"바하! 너도 여기서 사냥하고 있었 큭헉!"

가델은 말을 끝내지 못했다. 바로 태현이 공격을 한 것이다.

"드디어 본색을 드러냈군. 감히 날 노리다니!"

태현은 바로 언데드 망령들을 보내 가델을 물어뜯게 했다. 마법사를 상대할 때 가장 중요한 건 마법을 못 쓰게 하는 것. 한번 마법을 쓰면 그 파괴력과 위력은 다른 직업의 스킬보다 월등했다.

[상태 이상 <저주>, <혼령의 괴롭힘>에 빠짐……]

"푸허헉! 어째서!?"

가델은 망령들 사이에서 저항도 하지 못하고 허우적거렸다. 마법사 플레이어는 이렇게 준비 못 한 상태에서 기습을 당하면 스스로의 힘으로 빠져나오는 게 힘들었다.

"이, 이런……."

가젠은 급하게 마법을 쓰려고 했지만 정수혁은 가만히 있지 않았다. 일단 선배가 공격했으니 나도 공격한다! 무슨 상황인지는 모르겠고 누군지도 모르겠지만 일단 치고 보자! 태현의 교육이 결과를 맺고 있었다.

-카흘라단의 번개!

파지지직!

정수혁의 장기, 번개 마법이 공기를 찢으며 날아갔다. 가젠은 급하게 방어막을 쳐서 막아냈다.

[<아키서스의 마법>으로 무작위 마법이 시전됩니다. <요동치는 벽>이 시전됩니다.]

쿠르릉!

그 순간 갑자기 벽이 요동치더니 가젠을 후려쳤다.

"으어억!"

가젠은 맞고 뒤로 날아갔다. 동시에 가젠은 떠올렸다.

저 사람은……!

"정, 정수혁!"

가젠의 외침에 바허가 의아해했다.

"가젠이 어떻게 수혁 씨 이름을 아는 거지?"

"멍청아! 정수혁이잖아! 몰라?"

"??"

"김태현!"

"아……!"

바허는 그제야 가젠이 무슨 소리를 하는지 알아차렸다.

그 정수혁! 대회 예선에서 활약을 했었고, 그 김태현하고 친하다고 들은 플레이어였다. 바허와 친구들은 태현과 정수혁, 김세형을 가리키며 고개를 연신 끄덕였다.

"아……! 그러면 이 사람이 김태현이겠구나!"

"저 사람이 정수혁이니까……."

"그러면 저 사람이……."

마지막으로 김세형한테 시선이 모였다. 김세형은 순간 기대가 됐다. 설마 그의 이름도 그사이에 알려진 걸까? 같이 다닌지 그리 오래되지도 않았는데…….

'헉. 이제 나도 유명인사인 건가?! 개인 방송을……'

"……케인이구나!"

"맞아! 케인이야!"

김세형은 울컥해서 외쳤다.

"아니야!"

"아니라는 거 보니 케인 맞네!"

"맞아, 맞아! 게시판에 〈케인 구별법〉에 저렇게 써 있었다고!"

"얼굴이 다르지만 변장한 거겠지!"

"휴. 그래도 다행이다. 처음 보는 랭커라 누군가 했는데 김태현이었구나……."

"왜 네 마음대로 다행이냐?"

가젠이 안도의 한숨을 내쉬기도 전에 태현은 싸늘하게 대답했다.

"이것들이 뒤에서 은신 걸고 몰래 쫓아오다가 나타난 주제에 갑자기 은근슬쩍 넘어가려고 하네. 그런 건 없다."

"아, 아니…… 아빠! 안 걸린다며!"

"……걸리네?"

"그게 지금 할 소리예요?!"

태현은 한심하다는 듯이 둘을 쳐다보았다. 보아하니 암살자 플레이어로는 실격이었다. PK를 주로 하는 플레이어들은 뻔뻔해야 했다.

필요할 때는 연기도 하고, 친한 척도 하고, 나중에 걸려도 끝까지 '나 아니야! 나는 그냥 순수한 마음으로 친하게 군 거야!'라고 우길 수 있는 정신이 필요했다.

물론 그런 놈들을 속여서 털어먹은 게 태현이었지만…….

어쨌든 저 둘은 그런 요소가 하나도 보이지 않았다.

"마지막으로 남길 말은 있냐? 물론 있어도 들어줄 생각은 없다. 잘 가라."

휙!

"아, 아니에요! 태현 님 노리고 온 게 아니에요!"

"그래. 그래. 다들 그 소리를 하더라고. 나를 노린 게 아니다, 내 퀘스트를 노렸다, 내 장비를 노렸다, 내 머리에 씌어진 투구를 노렸다…… 다음에 접속하면 변명 좀 창의적으로 해라."

"아니! 저 사람들 노린 거라고요!"

가젠은 바하와 바허를 가리켰다.

"응?"

"어?"

지금 벌어진 상황을 쫓아가지 못하고 있던 두 부자는 그 말에 당황했다.

"우리를?"

"아니, 가델. 날 왜?"

"바하 아저씨가 저번에 고스톱으로 돈 좀 따가셨다고……복수를……."

갑자기 싸늘해지는 분위기! 가델은 고개를 들지 못했다. 태현의 한심하다는 눈빛이 더욱 진해졌다.

"어, 어쨌든 저희가 태현 님 노린 게 아니란 건 이해하셨죠?"

"뭐 무슨 소린지는 이해했는데 믿어줄 필요가 있나 싶은데. 그리고 지금 파티 플레이하는데 나 빼고 얘네만 노렸다는 걸 믿으라는 거냐? 응?"

태현은 지팡이로 가젠의 머리를 딱딱 두드리며 말했다.

"진, 진짠데……."

그걸 보고 바하가 태현에게 와서 미안하다는 듯이 말을 걸었다.

"이거 죄송합니다. 덕수 씨."

"그냥 태현 씨라고 하시죠."

"아. 태현 씨. 저 친구가 나쁜 친구는 아닌데, 아니, 사실 좀 나쁜 친구긴 한데, 저하고 저렇게 매번 다투거든요. 어쩌다가 태현 씨까지 휘말리게 될 줄은 몰랐습니다. 정말 악의는 없었을 테니까……."

바하의 말을 듣고 태현은 어깨를 으쓱거렸다. 그리고 고개를 돌려 가젠을 쳐다보았다.

"좋아. 믿어주지."

가젠은 그제야 안도의 한숨을 내쉴 수 있었다.

역시 김태현이야! 랭커답게 이해심이 많고 관대하지!

가젠은 그렇게 생각했다. 물론 이제까지 태현에게 당했던 다른 사람들이 저 생각을 알았다면 '정신 차려라, 미친놈아!'라고 말했을 테지만, 불행하게도 지금 그런 사람은 없었다.

"자. 앞에 서라."

"네?"

"앞으로 가라고."

"어, 그냥 다 같이 가면 안 되나요?"

"어허. 내가 너희를 어떻게 믿고? 은신 걸고 다가온 놈들인데 갑자기 내 뒤통수라도 치면 어떡하란 말이야?"

태현은 지팡이를 들이대며 가넬, 가젠 부자를 몰아붙였다.

"아버지. 말 좀……."

가젠의 말에 가넬이 나섰다. 망령한테 두들겨 맞은 탓에 깎인 HP와 걸린 상태 이상을 회복한 가델이 조심스럽게 말했다.

"저기, 젊은 친구, 정말 그쪽에게 시비를 걸 생각은……."

"앞으로."

"아니 진짜로……."

"앞으로."

"야! 사람이 말하면!"

"PK할래?"

"아닙니다."

빙글 돌아서 앞으로 걸어갔다. 가젠은 황당한 눈으로 가델을 쳐다보았다. 왠지 모르게 초라해 보이는 가델의 등!

바하 파티는 냉정한 태현의 모습에 살짝 당황했지만, 아무도 뭐라고 하지 않았다. 뭐라고 하기에는 태현의 이름값이 너무 대단했던 것!

"저, 저…… 팬, 팬이에요."

"아. 네."

"저도요!"

"아. 예."

수줍게 말을 거는 바허와 친구들! 반짝반짝 빛나는 눈빛으로 말을 거는 그들의 모습은 팬 그 자체였다.

그에 비해 태현은 심드렁하게 다른 생각을 하고 있었다.

'에이, 저 둘 장비나 좀 뺏으려고 했는데…… 어떻게 사고를 못 내나?'

그러는 사이 파티원들은 정수혁에게도 말을 걸어왔다. 오히려 태현보다 정수혁에게 더 친근한 그들이었다.

　태현이야 직업도 다르고 너무 멀게 느껴지는 플레이어였지만 정수혁은 마법사 아닌가. 게다가 정수혁의 컨트롤은 그들에게도 많은 감동을 주었다.

　"대회 예선 잘 봤습니다!"

　"방어막을 그렇게 활용할 수 있을 줄은 몰랐어요!"

　그러는 동안 김세형은 쓸쓸하게 혼자 서 있었다.

　-케인이세요?

　-아니라니까!

　-아. 네. 그러면.

　케인이 아니라고 말하자 순식간에 꺼진 관심!

　'나, 나한테도 관심 좀……!'

　"그나저나 다른 마법사들은 부술 엄두도 못 내는 벽도 부수고, 정말 대단하다 싶었는데 역시 유명한 랭커였군."

　"정말 대단한 건 마법으로 벽을 부쉈다는 거죠. 마법도 쓸 수 있다는 건 몰랐는데."

　"대회에서도 마법은 거의 안 썼지?"

　"어."

"왜 안 쓴 거지?"

"설마 일부러 그런 건가? 마법 스킬은 봉인해도 이길 자신이 있다!"

"대단하다……!"

옆에서 소곤거리는 바허와 친구들. 그 소리는 물론 태현에게 다 들렸다. 냉정하게 생각해 보면 '아니, 김태현은 근접전도 잘하고 대장장이 기술도 높고 요리까지 있는데 마법 스킬도 높다고? 이건 현실적으로 너무 불가능한데. 무언가 비밀이 있을 거야'라고 의심할 수 있었다.

그렇지만 동경하던 플레이어를 만난 10대 소년들은 그러지 못했다.

"에이, 너무하네. 진짜."

투덜투덜.

바하는 가델에게 투덜거렸다. 가델이 그 말에 반응했다.

"그렇지? 아무리 그래도 그렇지 마법사를 탱커 위치에 세우는 건……!"

"어? 아니 그건 당연한 거고. 누가 그렇게 뒤쫓아오래?"

"야!"

"아들 친구들한테 잘난 척 좀 하려고 했는데……."

"지금 그게 중요하냐? 김태현이 있으면 못 깼던 던전도 깰 수 있잖아. 그거나 집중해."

"하긴 그것도 그러네. 고맙다. 가델."

"고마우면 저 젊은 놈한테 말 좀 해서 나 뒤로……."

"아. 미안. 나도 저 젊은 놈이 무서워서. 엄청 무섭게 노려보더라고."

"야!!"

바하는 바로 고개를 돌려 버렸다.

"앞에! 몬스터다!"

쿠쿠쿵……

"으아아악!"

가델과 가젠은 비명을 지르며 바로 준비에 나섰다. 나타난 건 〈난폭한 붉은 카멜레온〉이라고 불리는 덩치 큰 몬스터였다. 벽과 벽을 타고 다니면서 은신하다가 재빨리 나타나서 기습을 하는 몬스터!

은신 능력이 좋아서, 방어력이 낮고 체력이 낮은 마법사들에게는 상대하기 매우 까다로운 몬스터였다.

"탐색 마법! 탐색 마법 뿌려!"

"아냐! 카멜레온 상대할 때 그건 효과 없어! 얘가 계속 벽 타고 이동한다고!"

"일단 방어막부터 깔아! 한 번에 훅 간다고!"

마법사들은 모두 호들갑을 떨며 대비에 나섰지만, 태현은 냉정했다.

-저기 있네요. 주인님.

-응. 고맙다.

흑흑이가 위치를 계속 찍어주고 있었던 것이다. 카멜레온 몬스터는 벽과 천장을 타고 다니며 기회를 엿보고 있었다.

'저거 잡으려면 끌어내야 하는데…… 음…….'

태현은 궁금해져서 물었다.

"마법사들끼리 왔을 때는 저거 어떻게 잡습니까?"

"보통 방어막치고 버티면서 이동합니다. 그러면 카멜레온이 물러서는 경우도 있고, 공격하는 경우도 있는데…… 공격하면 그때 한 번에 잡는 거죠. 못 잡으면 도망가니까."

"하긴, 그런 식이겠죠."

태현은 고개를 끄덕이고서 외쳤다.

"모두 모여서 뒤로!"

다른 사람들은 태현의 말을 듣고 우르르 움직였다.

'왜 그래야 하죠?'라고 따질 수도 있었지만, 그런 간 큰 사람은 없었다. 태현의 이름만으로도 이미 모두가 믿고 있는 것!

"아. 둘은 말고. 그냥 둘은 거기 있어. 방어막은 좀 취소해. 불편해 보인다."

"자. 우리는 방어막 깔고 기다리자."

"어, 설마……."

노골적인 배치! 앞의 둘은 방어막도 못 쓰게 하고 내버려 둔 태현이었다. 이건 완전히…….

'미끼잖아?!'

둘도 상황을 깨닫고 울상이 되었다.

"아, 아니 이건 좀……."

"아. 누구는 맡아야 할 거 아니야. 내가 하리? 조용히 입 다물고 있어."

뭔가 방송에서 봤던 태현의 이미지와는 많이 달랐다. 정의롭고 용감한 플레이어가 아닌, 뭔가 좀 많이 사악한……

-캬아아악!

두 명이 방어막도 안 쓰고 가만히 있자 기회라고 판단했는지, 카멜레온이 천장에서 은신을 풀고 덤벼들었다.

"으아악!"

카운터를 치려고 했지만 카멜레온의 속도는 장난이 아니었다. 마법사들의 마법으로 카운터를 칠 수준이었다면 악명이 높지도 않았을 것!

팟!

그러나 태현의 반응이 더 빨랐다. 이미 흑흑이를 통해 카멜레온의 위치를 꿰고 있던 태현이었다.

"지금!"

태현은 말과 함께 그림자 도약으로 뛰어들었다. 카멜레온은 갑자기 앞에 나타난 태현을 보고 긴 혀를 휘둘렀다.

빡!

[치명타가 터졌습니다! 무기의 내구도가 하락합니다!]

'아차.'

무심코 지팡이로 후려갈긴 태현! 그러나 공격력을 올린 스킬 덕분인지, 효과는 확실했다. 카멜레온은 비틀거리면서 물러섰다.

-주인님! 제가 갑니다!

파르륵! 콰직!

흑흑이가 튀어나오더니 카멜레온을 물어뜯었다.

[흑흑이의 힘이 오릅니다.]

'오, 제법…….'

하긴, 블랙 드래곤이니 아무리 약해졌어도 저런 몬스터 상대로 지지는 않을…….

-캬아아악!

힘을 빨리던 카멜레온이 짜증을 내며 흑흑이를 집어 던졌다.

쿵!

흑흑이는 옆으로 날아가서 한 번 튀기더니 나뒹굴었다.

태현은 떨떠름한 얼굴로 달려들어 카멜레온의 얼굴에 집중타를 꽂아 넣었다.

퍼퍼퍼퍼퍽!

-케엑! 케엑! 케에에엑!

태현의 폭딜에 걸리면 어지간한 몬스터는 그대로 녹아내렸다. 카멜레온도 예외는 아니었다.

"저걸 혼자 잡았어!"

"거봐. 가젠. 태현 님이 다 생각이 있어서 그런 거라니까."

"그러면 네가 여기서 미끼 할래?"

"그건 싫은데."

"이 자식……."

마법사들 파티도 고전하는 몬스터를 상대로 완전히 갖고 논 태현. 기습할 때부터 위치를 예측하고 있다가 바로 폭딜을 넣었으니 쉽게 끝내는 건 당연한 일이었다.

그러나 마법사들 눈에는 전혀 그렇게 보이지 않았다. 초인적인 반사신경으로 반응한 것처럼 보인 것이다.

뒤에서 플레이어들이 감탄하고 떠드는 동안, 태현은 아이템을 확인하고 흑흑이를 불렀다.

-야. 일어서.

-…….

-안 죽은 거 다 뜨거든? 일어서.

-흑흑…… 주인님…….

흑흑이는 천천히 일어섰다.

-저 건방진 놈이 감히 저를…….

-그래. 그래. 알겠어. 다음부터는 완전히 제압시켜 놓고 힘을 빼게 해줄게.

흑흑이를 보니, 에너지 드레인 스킬로 힘을 회복하는 재주가 있었다. 물론 에너지 드레인 스킬은 생각보다 만만한 게 아니었다. 약한 상대한테는 해봤자 의미가 없었고, 강한 상대한테 했다가는 이렇게 두들겨 맞고 튕겨 나갈 수 있었다.

'얘 생각보다 너무 약한데? 그러니까 브레스 좀 적당히 쓰자…….'

흑흑이가 알면 상처를 입을 생각을 하는 태현이었다.

'그나저나 뭔 아이템 나왔냐?'

카멜레온의 간:

갖고 있으면 주변과 색을 맞출 수 있는 아이템입니다. 물론 먹을 수도 있습니다.

뭔가 쓸모 있는 거 같으면서도 애매한 아이템. 물론 이런 것도 주사위를 굴리는 게 규칙이었다.

"자! 주사위 굴립……."

-100.

"가져갈게요."

"김태현! 이 자식 어디 간 거야!! 대체!"

태현을 쫓아 왔던 길드 동맹 길드원들은 울분을 토해내며 길거리를 헤맸다.

-국왕 폐하의 생신이 이제 곧 시작됩니다! 모험가들은 중앙 광장으로 오세요!

"와! 신난다!"

다들 신이 나서 돌아다니고 있는데, 그들만 보이지도 않는 태현을 쫓고 있었다.

-이 자식 벌써 튄 거 아니야?

-맞아. 김태현이잖아.

-아니야. 추적 스킬을 썼는데 김태현은 수도에 있다고 나온다고!

-그 스킬 믿을 수 있는 거 맞아?

-스킬을 못 믿으면 뭘 믿으라는 건데!

-야. 게시판 봤냐?

-?

-게시판 켜봐!

[마탑 던전에서 김태현 플레이어를 만나다!]

저희도 놀랐습니다! 던전에서 김태현 플레이어를 만나게 될 줄이야. 놀랍게도 태현 님은 마법사로 뛰고 있었습니다!

-……?

-김태현이 마법도 쓸 줄 알았냐?

-난 김태현이 뭘 써도 안 놀랄 거 같다. 그래서 어딘데?

-마탑 던전에 있다는데?

-마탑 던전? 거기는 어떻게 들어갔어? 마법사도 아닌 놈이?

-어떻게 할 거야? 쫓아갈까?

-마탑 던전은…… 쫓아갈 만한 곳이 아닌데…….

길드원 중 마법사들은 마탑 던전이 뭐 하는 곳인지 잘 알았다. 쫓겠다고 들어갔다가는 그들이 같이 죽을 수 있는 곳! 게다가 태현은 저런 곳에서 치고 빠지는 데에는 달인이었다.

　-마탑 던전이 뭐 얼마나 대단하다고.

　-그럼 네가 들어가든가.

　-마탑에 들어갈 권한이 없어. 퀘스트 안 깨났다고. 내가 마탑 가서 뭐 하게.

　-앞에서 대기할까?

　-마탑 앞에서 싸우면 현상금 걸리지 않나?

　-뭐 어때. 김태현만 잡으면 그 정도는 감수할 수 있다.

　원래 플레이어들은 도시 내에서 PK를 하지 않았다. 바로 경비병들이 달려오고, 현상금이 걸리는 데다가, 악명은 몇 배로 쌓이고……. 그러나 그런 모든 걸 감안하고서라도 잡고 싶은 게 태현!

　-야. 진지하게 생각해 봐라. 김태현 한 번 잡으면 저런 페널티 정도는 비교도 안 된다고.

　-뭐가? 김태현 잡으면 랜덤박스라도 나오냐? 김태현 잡으면 그냥 잡는 거지.

　-아니야. 자식아. 이제까지 김태현 잡은 사람이 아무도 없었잖아. 그걸 우리가 잡는다고 생각해 봐. 엄청나게 유명해질 수 있다고. 동영상 올리면? 그 날로 1위지. 너 개인 방송 하지? 너 같으면 김태현 잡은 놈

이 방송하면 보고 싶겠냐, 안 보고 싶겠냐?

……보고 싶을 거 같다!

-그래. 아무리 생각해도 남는 장사라니까. 오히려 김태현은 도시 안에서 더 방심할 수도 있어. '설마 여기서 그렇게까지 하겠어?' 하면서 말이야. 그냥 던전 나오는 순간 찔러버리자고! 뭐든 간에 기습이 최고야!

길드원들은 결심을 굳혔다. 어떤 페널티를 받아도, 태현을 잡아서 얻을 수 있는 현실에서 얻을 명성에 비하면 충분히 감당할 수 있었던 것이다.

그러는 사이, 태현은 이다비에게 귓속말을 받고 있었다.

-태현 님. 태현 님.

-?

-혹시 게시판에 글 올리셨어요?

-뭔 글?

-지금 마탑 던전에서 사냥하고 있다는 글이요.

……아니. 그런 거 올린 적 없는데.

-그러면 같이 다니고 있는 사람이 올린 거 같은데요. 주의하셔야 할 거 같아요. 여기 리플 개수 많은 거 보니까 아마 다른 사람들도 많이 봤을 거예요.

이다비의 말뜻을 바로 알아차릴 수 있었다. 지금 태현을 잡겠다고 벼르고 있는 놈들이라면 충분히 봤을 것!

뚝-

태현은 발걸음을 멈췄다. 그리고 고개를 돌렸다.

갑자기 멈추자 마법사들은 고개를 갸웃거렸다.

"지금 게시판에 눈치 없이 나하고 같이 사냥하고 있다는 글을 올린 놈은 손을 듭니다."

갑자기 싸늘해진 분위기! 10초 정도 지나자, 바허의 친구 한 명이 고개를 푹 숙이고 손을 들었다.

"죄, 죄송합니다. 같이 사냥하는 게 기뻐서……."

"괜찮아. 괜찮아. 난 다 이해해."

"태현 님……!"

태현의 따뜻한 말에 마법사는 울컥해서 외쳤다.

"자. 앞으로 가라."

"네?"

"앞으로 가라고."

가델과 가젠은 '어서 와'하는 눈빛으로 마법사를 맞이했다.

이제는 모두가 알고 있었다. 이 자리가 어떤 의미인지를!

'저기는 절대로 가면 안 되겠다.'

'앞으로 행동 조심해야지.'

태현 파티는 어느새 칼날 같은 집중력을 발휘하고 있었다.

'그보다 내가 있는 곳이 밝혀졌으면 앞에서 대기를 타고 있을 텐데…….'

마법사 셋을 앞에 보낸 다음, 태현은 속으로 생각에 잠겼다.

보통 사람이라면 '에이 그래도 이런 대도시에서 사고를 치겠어? 경비에 기사들에 마탑 마법사들까지 있는데?'라고 생각할 것이다.

그러나 태현은 그렇게 안일하게 생각하지 않았다. 왜냐하면 본인도 수틀리면 장소 상관하지 않고 공격할 테니까!

'음…… 어떻게 해야 하나.'

아직 던전을 깨지도 못했는데 신경을 써야 할 것들만 많아지고 있었다. 마탑 마법사들 앞에서 마법쇼도 해야 하는데…….

태현이 마탑 던전을 돌고, 길드 동맹이 마탑으로 움직이는 동안, 왕국 수도에서는 이벤트가 벌어지고 있었다.

그 이벤트는 물론 에랑스 왕국 국왕의 생신 이벤트였다.

"훌륭하군. 테란드 남작. 사디크 놈들이 요리에 수작을 부리려는 걸 잡아내다니. 그대의 공헌을 잊지 않도록 하지."

"영광입니다!"

왕국 근위기사단장이 테란드 남작을 칭찬하는 것을 보고, 플레이어들은 수군거렸다.

"사디크 교단이 또 뭔가 했나 본데?"

"퀘스트 나오는 거 아닐까?"

"그보다 저 남작은 뭐 하는 사람이야? 처음 보는 거 같은데."

"미식가래."

"그러면 요리사 직업 아니면 의미 없잖아."

"지금 하는 이벤트가 요리사들 이벤트긴 하니까. 앗. 저기 요리사들 나온다."

"그나저나 레스토랑 길드는 다 어디 간 거야? 왜 안 보이지?"

둥둥둥-

북소리와 함께 요리사들이 걸어 나오기 시작했다.

손에는 그들이 한 요리를 들고!

-요리사들은 앞에 요리를 내려놓으시오!

요리를 바로 국왕에게 줄 수는 없었다. 먼저 귀족 미식가들이 요리를 먹고, 이 요리사 중에서 몇 명만이 따로 뽑히는 것이다. 이른바 지금 요리는 예선!

'고급 재료가 많지 않으니 지금 요리는 좀 아껴서 써야겠다.'

'윽, 재료 아끼고 싶은데 그랬다가 예선에서 탈락하면⋯⋯.'

수많은 요리사들이 서로 눈치를 보며 전략을 짜고 있었다.

"훗. 주현영. 모습을 보니 역시 괜찮은 재료를 구한 모양이군."

요리사 랭커, 파즈는 코밑을 손가락으로 훔치며 흐뭇한 표정을 지었다. 딱 봐도 고급 재료로 만든 요리였다.

다른 요리사들이 만든 요리와는 때깔부터가 다른 겉모습!

파즈는 요리사 스킬로 주현영의 요리에 들어간 재료를 바로 분석할 수 있었다.

"최고급 쌀과 다른 소스들을 사용해서 파에야를 만들다니! 역시 내가 인정한 요리사다워. 좋은 재료를 별다른 기교 없이 만드는 게 뛰어난 요리사지!"

파즈의 말에 다른 요리사들은 감탄했다.

역시 파즈! 보는 것만으로도 요리 재료와 무슨 요리인지 맞추다니!

그러나 주현영은 고개를 갸웃거리며 물었다.

"네? 이거 볶음밥인데요?"

파즈는 살짝 굳었다. 그걸 본, 방금 감탄했던 다른 요리사들은 수군거렸다.

"방금 되게 자신 있게 말하지 않았나?"

"그러게. 나였으면 바로 로그아웃했다."

"……파, 파에야와 비슷한 요리인가보군. 영향을 받은……."

"아뇨. 별 상관없는데요."

"어쨌든 주현영! 저번의 패배를 이번에 갚아주도록 하지. 이번에는 그렇게 호락호락하게 질 생각이 없다!"

"아, 네. 그런데 저번 패배는 그쪽 잘못이 아니라……."

"내 잘못이 아니라 네가 잘해서였다고? 후. 그래. 알고 있다."

"아니, 그런 게 아니라……."

"그만! 거기까지! 네 도발에 흔들릴 생각은 없다!"

친절하게 상황을 설명해 주려고 했지만 파즈는 귀를 막고 듣지 않았다. 주현영은 말하려다가 말았다. 지금 중요한 건 그게 아니었으니까.

-저 요리사가 주현영인가?

-그렇다니까. 저번에 레스토랑 길드 꺾고 파즈도 꺾었대.

-와. 겉모습은 별거 아닌 거 같은데…… 저 장비도 별거 아니지 않나?

-그러게. 길드 소속도 아닌데 재료는 어디서 구했지?

-현실에서 엄청 잘나가는 요리사라는 소문이 있어.

-집안 재산이 대단하다던데.

-그러니까 현질로 재료를 구할 수 있었던 거겠지?

덕분에 부풀려지는 소문들! 자신도 모르는 사이에 주현영은 '대단한 집안의, 파즈 뺨 때릴 수준으로 잘나가는 요리사'가 되어 있었다.

탕!

"자. 여기 있습니다!"

파즈는 자신만만하게 요리를 내려놓았다. 심사위원을 맡은 귀족들이 요리를 한 입씩 떠서 입으로 가져갔다.

[심사위원 맥켈 백작이 당신의 요리에 감탄합니다.]

[심사위원 폭풍의 바르도가 당신의 요리에 …….]

'후후. 역시.'

파즈는 당당한 자세로 서 있었다. 자신감 그 자체!

파즈는 자신이 예선을 통과하지 못하리라는 생각은 조금도 하지 않았다. 이건 그저 통과의례일 뿐.

진정한 승부는 국왕 앞에서가 될 것이다.

"대단하군!"

'역시.'

"이런 요리는 먹어본 적이 없네!"

'당연하지.'

"이 요리는 그저 그렇군."

'내가 만들었으니 당연…… 뭐?'

파즈는 고개를 번쩍 들었다. 테란드 남작이 시큰둥한 얼굴로 말하고 있었던 것이다.

"제, 제 요리가 맛이 없습니까?"

"맛이 없는 건 아니고…… 그렇다고 있는 것도 아니고…… 어중간하군. 흠흠."

테란드 남작은 뭔가 부끄러운 표정이었지만 파즈는 눈치채지 못했다.

"이…… 내가…… 예선 심사위원 정도도 만족시키지 못하다니……!"

마치 한 대 얻어맞은 것 같은 충격! 파즈가 그 충격에 떨고 있는 동안 다른 요리사들이 요리를 내밀었다.

"괜찮군."

"맛있는데?"

"조금만 더 열심히 하면 되겠는데."

"이 요리는 정말 별로군."

혼자만 엄격한 기준을 내놓은 테란드 남작! 몇 명의 요리사들이 지나가고 나서야, 플레이어들은 깨달았다.

"야. 쟤는 좀 까다롭다."

"난이도가 장난이 아닌데? 어떡하지?"

"아냐. 괜찮아. 어차피 보니까 다들 퇴짜 맞는데, 다른 심사위원만 만족시키면 될 거야. 다른 요리사들도 다 퇴짜 맞고 있잖아."

"생각해 보니까 그러네."

테란드 남작은 뚱한 표정으로 앉아 있었다. 딱 봐도 '나 입맛 까다롭다'라고 말하는 것 같은 표정!

그리고 그다음은 주현영의 차례였다.

"주현영인가?"

"아무리 주현영이라도 저 귀족은 좀……."

다들 '주현영이든 누구든 저 귀족은 무리겠지' 하는 표정으로 보고 있었다. 그런데…….

"정말 맛있군! 아주 훌륭한 요리야! 내가 오늘 새로 배우는 느낌이군!"

손뼉을 치고 펄쩍 뛰며 요란하게 호들갑 떠는 테란드 남작!

태현이 생각에 잠겨서 〈신의 예지〉를 잠깐 쓰지 못하는 동안, 마탑 던전은 다시 변화하고 있었다.

드르르륵- 덜컹!

[에랑스 왕국 마탑 던전의 보스 몬스터, <망가진 파수꾼 골렘>이 나타났습니다. 골렘이 쏘아내는 에너지 포격을 주의하십시오!]

"보스 몬스터다!"

"아, 진짜 마탑은……!"

파티원들은 기겁하며 움직였다. 갑자기 앞의 통로가 움직이며 보스 몬스터가 있는 방으로 연결되는 건 마탑 던전에서만 볼 수 있는 기현상! 이렇기 때문에 긴장을 놓을 수가 없었다.

쿵, 쿵, 쿵-

흰색 암석으로 이루어진 골렘이 눈에서 파란빛을 뿜으며 그들을 노려보았다.

-침, 입, 자, 제, 거…….

콰아아아아아앙!

골렘은 말을 끝내지도 못하고 옆으로 나뒹굴었다.

[치명타가 터졌습니다! 고급 기계공학 스킬을 갖고 있습니다. 골렘을 상대할 때 추가 보너스를 받습니다.]

[<망가진 파수꾼 골렘>이 한동안 움직이지 못합니다.]

[<구조물 약점 간파> 스킬을 얻습니다.]

"이야. 무생물이라 다행이야. 흑흑아. 가서 흡수나 해라."

태현은 망치로 골렘을 가리켰다. 무생물인 덕분에 골렘은 한 번에 치명적인 타격을 입고 쓰러졌다. 완전히 파괴되지는 않았지만 스턴 상태에 빠져 일어나지 못하고 있었다.

정수혁을 제외한 모두가 얼이 빠져서 태현을 쳐다보고 있었다. 보스 몬스터를 한 방에 보내다니!

-주인님! 감사합니다!

-그래. 감사해야지. 무럭무럭 자라거라.

태현은 흐뭇하게 고개를 끄덕였다. 굳이 경험치를 나눠줄 필요 없었다. 이렇게 몬스터가 죽기 전에 에너지 드레인 스킬을 쓰면 되는 거 아닌가!

쿠르르릉-

[에랑스 왕국 마탑 던전의 보스 몬스터, <골렘을 부리는 마법사>가 나타났습니다. 마법사가 분노합니다!]

-어느 놈이 내 골렘의 힘을 흡수하는 것이냐!!

다시 한번 벽이 움직이더니 로브를 입고 있는 마법사 한 명이 튀어나왔다. 옆에는 골렘 네 기를 데리고 있었다.

"으아악! 골렘 마법사잖아!"

"뭐야. 유명한 놈인가?"

"저거 빨리 안 잡으면 계속 골렘 늘리는 놈입니다!"

이번에 나온 보스 몬스터는 나름 유명한 보스 몬스터였다.

마탑 던전을 도는 플레이어들이 '아, 이 보스 몬스터는 안 걸렸으면 좋겠는데'라고 바라는 귀찮은 보스 몬스터!

"이 던전 누가 만들었어?"

보스 몬스터 하나를 끝내기도 전에 다른 보스 몬스터가 등장하다니. 마탑 던전이 욕을 먹는 이유를 알 것 같았다. 이렇게 변수가 많다면 대부분의 플레이어들은 적응이나 공략 자체가 어려웠다.

태현은 투덜거리며 쓰러진 파수꾼 골렘의 숨통을 끊었다.

[아이템을 얻었습니다.]
[아이템을 얻……]

"케인!…… 은 없고, 그래. 너!"
"네? 저요?"
"그래. 이리 와봐."
태현은 가젠을 불렀다.
"왜요?"
"별건 아니고. 잠깐만 이러고 있어."

-살아 움직이는 폭탄!

"다들 시간 좀 끌어주시죠!"
누구 말이라고 거역하겠는가. 태현의 말에 다른 파티원들은 재빨리 마법을 퍼붓기 시작했다.
그러나 골렘을 데리고 나타난 마법사는 만만치 않았다.
골렘을 방패로 쓰며 대부분의 공격을 막아냈다. 태현이었다면 파고들어서 공격했겠지만 여기 있는 마법사들은 그럴 능력이 없었다.

"공격 온다!"

콰콰콰콰콰쾅!

거대한 암석 골렘들이 흩어지더니, 방 안을 질주하기 시작했다. 마법사들은 비명을 지르며 방어막을 치고 옆으로 피해댔다. 그러나 공격을 하느라 타이밍이 늦었다. 골렘의 공격에 제대로 맞게 된 플레이어는 눈을 질끈 감았다.

-아키서스의 축복!

"자. 가라! 돌진!"

"네? 저요?"

"그래. 너!"

태현이 밀어붙이자 가젠은 일단 앞으로 달렸다. 무슨 버프 스킬을 쓴 건지는 모르겠지만 지금 보니 일단 다 회피가 뜨고 있었다.

'정말 대단하다! 역시 김태현이야!'

보스 몬스터가 두 마리나 나오고, 사방에 골렘들이 날뛰는 혼란스러운 상황이라 메시지창이 가득했다.

덕분에 〈살아 움직이는 폭탄〉 스킬창을 놓친 가젠!

-어디서 감히 다가오느냐!

골렘을 부리는 마법사는 날카롭게 외치더니 가젠을 겨눴다. 골렘의 주먹이 그대로 위에서 망치처럼 날아왔다.

쾅!

그러나 〈아키서스의 축복〉이 남아 있는 상태!

바로 회피가 떴다.

"우와와와와! 회피! 회피 떴어!"

마법사 직업으로는 느껴본 적 없는 즐거움! 가젠은 마치 전사나 도적 직업이 된 기분을 느끼며 달려들었다.

"그런데 언제까지 달려들어요?!"

"계속!"

마법사 직업은 더 이상 가까이 다가가 봤자 딜을 더 넣을 수 있는 것도 아니었다. 의미가 없는 행동!

그렇지만 가젠은 일단 하라는 대로 달려들었다.

샤샤샥-

골렘을 부리는 마법사의 모습이 사라졌다. 그리고 순간이동 후 가젠 앞에 나타났다.

-죽어라, 침입자!

"오. 알아서 죽여달라고 해주네."

태현은 씩 웃으면서 스킬을 준비했다.

-데메르의 시간 되돌리기.

-살아 움직이는 폭탄!

"어? 어?"

가젠은 고개를 돌려 태현을 쳐다보았다.

"이게 뭐……."

콰아아아아아아아아아아앙!

-데메르의 시간 되돌리기!

[보스 몬스터, <골렘을 부리는 마법사>가 쓰러졌습니다!]
[아이템을 얻었습니다.]
[아이템을 얻었습니다.]
[아이템을 얻었……]

그 순간 다른 골렘들이 힘을 잃고 쓰러지기 시작했다.
태현은 고개를 끄덕였다.
'깔끔하게 잘 처리했군.'
시간이 지나면 골렘의 숫자가 점점 늘어나는 보스 몬스터.
태현이야 강력한 회피 능력에, 고대의 망치까지 갖고 있어서
괜찮았지만 다른 마법사들은 아니었다.
시간이 조금만 더 늦었어도 전멸까지 갔을 수 있는 상황!
저런 골렘이 돌진하면 탱커가 막는 것도 힘들었다.
"자. 이제 아이템이나 회수……."
스스슥.
태현이 고개를 돌리자 겁에 질린 얼굴로 뒷걸음질 치는 파
티원들!

-방금 가젠한테 폭탄 매달아서 보스 몬스터한테 보낸 거 맞지?

-와…… 우리한테도 저러는 거 아니야?

-기계공학 대장장이들은 상대하지 말라는 말이 있던데…….

-쉿. 목소리 줄여! 우리한테도 폭탄 달면 어떡하려고! 난 앞으로 가기 싫어!

태현은 아차 싶었다. 케인처럼 성실하고 희생정신 강한 사람하고만 같이 지내다 보니, 이런 방식에 너무 익숙해진 것이다. 보통 사람들은 이런 방식으로 보스 몬스터를 잡지 않는다! 파티원들이 충격을 받는 것도 당연했다.

'아니, 그러면 아까 은신하고 있는 놈들을 왜 앞으로 보낸 거라고 생각한 거지?'

당연히 방패 및 폭탄 재료로 쓰려고 한 거였는데!

물론 태현 입장에서만 당연한 일이었다.

"모두 무슨 소리를 하는 거야!"

골렘의 잔해 사이에서 가젠이 걸어 나왔다.

다친 곳 하나 없이 멀쩡! 태현이 〈데메르의 시간 되돌리기〉 스킬을 써준 덕분이었다.

"저건 그냥 스킬이라고. 게다가 쓰기 전에 태현 님이 버프를 걸어주서서 난 다치지도 않았는데!"

"어…… 음……."

태현은 떨떠름한 표정으로 가젠을 쳐다보았다. 아무래도 가젠은 폭탄을 설치한 다음, 태현이 버프를 써서 가젠을 보호한 거라고 생각하는 모양이었다.

사실 〈데메르의 시간 되돌리기〉를 쓴 이유는 하나였다. 보스 몬스터가 생각보다 강력했을 경우, 시간을 되돌려서 한 번 더 폭발시키려고 했던 것이다.

  괜히 되돌리는 시점을 〈살아 움직이는 폭탄〉 스킬이 걸린 상태로 잡은 게 아니었다. 그런 사악한 마음도 모르고 가젠은 열심히 태현을 변호해주고 있었다.

  "폭탄도 스킬인데 저렇게 볼 필요가 없잖아! 잘 쓰면 되는데!"

  "듣고 보니 맞는 말이야."

  "가젠이 저렇게 말하니까……."

  "실제로 가젠은 다치지도 않았고."

  가젠의 뜨거운 변명에 다른 파티원들은 고개를 끄덕였다.

  그리고 태현에게 미안해했다.

  "죄송합니다. 태현 님. 폭탄이랑 기계공학만 보고 선입견을 가져서……."

  "하하. 괜찮습니다."

  물론 대부분 진실이었지만.

  태현의 인간 폭탄에 충격을 받은 플레이어들이었지만, 사실 더 큰 충격이 남아 있었다.

  아이템 배분! 마탑 던전에 들어와서 가장 큰 싸움이었고, 그만큼 얻은 아이템도 많았던 것이다.

[<펩카스의 폭풍을 지르는 지팡이>를 얻었습니다.]
[100!]

[<강한 마력이 담겨 있는 골렘의 핵>을 얻었습니다.]
[100!]

충격과 공포! 아이템 하나를 나눌 때만 해도 '음, 운이 좋은 가보다' 싶었지만, 지금은 아니었다.

저건 운이 좋은 수준이 아니었던 것!

"아, 아니…… 태현 님. 무슨 스킬 쓰고 있는 거 아니죠?"

"무슨 말씀을 그렇게? 지금 제가 사기 치고 있다는 겁니까?"

바로 정색하는 태현!

"아니, 그런 게 아니라…… 대체 어떻게……."

"혹시 주사위 굴리시는 게 겁이 나시는 건 아니죠?"

"아닙니다! 굴리시죠!"

바하는 울컥해서 외쳤다. 다른 건 몰라도 겁이 나서 도망쳤다는 말은 들을 수 없다!

'아빠……! 속고 있는 거 같은데……!'

바허는 그런 아버지를 보며 고개를 절레절레 저었다.

아무리 봐도 저건 이길 수 없는 싸움! 게다가 가장 어이가 없는 건 이 주사위 굴리는 방식을 정한 게 그들이었다는 것이었다. 즉 태현이 노리고 사기를 친 게 아니라는 것!

그 결과…….

"이야. 이거 죄송하네요. 이렇게 혼자 아이템을 다 먹게 되다니."

바하는 침울해져서 고개를 푹 숙였다. 아이템 하나도 못 챙겨온 파티장의 부끄러움!

"애들아…… 미안하다……!"

그걸 본 김세형이 정수혁에게 속삭였다.

"야, 이래서 따라다니면 보상이 많다는 거였냐?"

"아뇨. 이런 거 말한 게 아니었는데……."

그 후 태현 파티는 세 개의 던전 룸을 추가로 공략했다. 아이템은 산더미처럼 쌓였지만, 태현은 전략을 잘못 짰다는 걸 인정할 수밖에 없었다.

'마탑 던전을 다들 욕하는 이유를 알겠군. 원하는 걸 노리는 거 자체가 불가능이야.'

이제까지 수많은 던전을 공략하고 깨 왔던 태현이었지만, 마탑 던전은 너무 랜덤이었다. 신의 예지도 시시각각 바뀌는 곳. 이런 곳에는 뭐가 통하지가 않았다.

'내 스킬도 지금 〈아키서스의 축복〉 빠졌고, 〈데메르의 시간 되돌리기〉도 빠졌고, 방금 전 보스 몬스터 사냥하느라 〈아키서스의 신성 영역〉도 썼고…….'

-후후. 주인님. 다음 상대는 누구입니까! 상대하게 해주십

시오!

그리고 혼자 신난 흑흑이. 이번 던전에서 가장 이득을 본 게 흑흑이었다. 보스 몬스터만 나오면 죽기 전 달려들어서 악착같이 에너지 드레인! 덕분에 윤기가 좔좔 흘렀다.

딱!

-어째서?!

흑흑이의 머리를 한 대 때리고, 태현은 고민했다.

'일단 물러선 다음 다시 계획을 짜야 하나?'

방금 전 보스 몬스터는 신성 영역을 건 다음 마법사들의 화력을 압도적으로 퍼부어 쓰러뜨릴 수 있었다. 그렇지만 그다음 보스 몬스터부터는 마법사 중 몇 명은 로그아웃 당할 것 같았다. 세상 모든 플레이어들이 태현처럼 움직이며 피할 수는 없는 것!

'그래. 괜히 더 들어가면 도망치기도 애매해질 테니까……'

태현은 결론을 내리고 파티원들에게 말했다.

일단 여기까지만 하자고!

"좋아요!"

"찬성입니다!"

"정말 좋은 생각입니다!"

태현의 말이 떨어지자마자 모든 파티원들이 환호했다.

그들도 느끼고 있었던 것이다. 마탑 던전이 얼마나 개 같은 곳인지를!

그러나 한 명은 반대했다. 바하였다.

"안 됩니다! 끝까지! 끝까지 가야 합니다!"

"흠. 그렇다면 어쩔 수 없군요."

"역시 태현 님! 싸나이답게 뭐가 중요한지를……."

"가고 싶으신 분끼리 가시면 될 것 같은데요."

바하는 입을 다물었다.

"아, 아니! 다수결! 다수결 투표하죠!"

미련을 버리지 못한 바하!

그 모습을 본 태현은 생각했다.

'저거 영지에서 많이 본 모습인데…….'

끝까지 '이, 이번에는 뜬다……! 이번에는 뜬다!'라고 외치던 영지의 플레이어들과 비슷한 모습!

"다수결 투표요?"

"예!"

바하는 희망차게 고개를 돌렸다. 그래도 아들과 아들 친구들은 손을 들어주겠지!

그러나 아무도 들지 않았다.

"아무도 없네요. 혼자서 가시죠."

"……그냥 돌아갑시다."

바하도 이제까지 버틸 수 있었던 게 태현 덕분이라는 건 잘 알고 있었다. 겉모습만 마법사지, 혼자서 적진에 파고들어서 보스 몬스터 목 따는 건 보통인 데다가 광역 버프로 마법사들의 허접한 방어력까지 커버해주고 있었다. 태현이 빠지는 순간 정말 우르르 무너질 가능성이 컸던 것이다.

[김태현 백작의 위대한 동상이 완성되었습니다!]

[영지의 명성이 오릅니다!]

[영지 주변의 사람들이 이 소문을 듣고 감탄합니다. 대륙의 귀족들이 김태현 백작을 부러워할 겁니다. 영지의 방어력이 증가합니다.]

"드디어……!"

"이 모습을 봐! 너무 아름다워! 흑흑!"

영지에 모인 플레이어들은 눈시울을 붉혔다. 잘 만들어진 동상을 보니 마치 자식 같았다. 제작 직업 플레이어뿐만이 아닌, 전투 직업 플레이어들도 모여서 힘을 합친 걸작!

"근데 저거 김태현 플레이어랑 얼굴 좀 다르지 않아?"

"방송에서 나온 얼굴 그대로잖아."

"게임 내에서는 좀 달랐던 거 같은데……."

뭔가 이상하게 잘생긴 동상 얼굴! 방송용 메이크업 얼굴을 기준으로 했기에 생긴 일이었다.

"가브리엘 님. 동상이 완성되었습니다."

"그래. 다들 고생 많았다! 저 기계공학의 정수를 봐라!"

다른 플레이어들은 몰랐지만, 가브리엘과 대장장이들은 저 동상에 이것저것 사악한 기능들을 추가해 넣었다.

알게 된다면 '뭐 하는 짓이야, 미친놈들아!'라고 말렸을 짓!
그러나 안타깝게도 가브리엘과 대장장이들은 뛰어난 대장장
이였고, 다른 대장장이들은 그들의 스킬을 알아차릴 실력이
되지 않았다.

"역병 폭탄 발사를 써보고 싶습니다."

"저는 로켓 펀치를……"

"자폭은 언제 쓸 수 있죠?"

"하하. 다들 기다려라. 그렇게 서두르지 않아도 언젠가는 쓸
수 있을 거다."

섬뜩한 소리를 태연하게 하는 가브리엘이었다.

[동상 건설 퀘스트를 성공적으로 해냈습니다.]

[공적치 포인트를 얻었습니다.]

[아키서스가 모든 사람들을 축복합니다! 일정 시간 동안 사용
하는 모든 스킬에 아키서스의 축복이 시전됩니다.]

"가자! 지르자!"

"지금 만들어야 해!"

퀘스트 보상 메시지창에 플레이어들 눈이 뒤집혔다. 각자
자기 위치로 흩어지는 플레이어들!

"재료 다 갖고 와! 한 번에 지른다!!"

"아! 길드 창고에 있는 거 다 털어와!! 지금 아니면 못 만든다!"

골짜기는 광기 그 자체였다. 그리고 허둥지둥 달려가는 플레

이어 중에서는 농부 플레이어들도 있었다.

"무슨 일이 있는 거지?"

주변에 몰려드는 토끼들을 사냥하며, 용용이는 고개를 갸웃거렸다. 농부 플레이어들이 눈이 시뻘게져서 농기구를 휘두르고 있었던 것이다.

"욕심부리지 말고 세 배! 세 배만 목표로 하자!"

"쩨쩨하긴! 난 다섯 배 노린다!"

그냥 농사를 지었을 때도 운이 좋으면 몇 배는 나왔는데, 지금 축복을 받은 상태라면 얼마나 나올지 알 수 없었다.

한 방을 노린다!

-태현 님! 태현 님! 좋은 소식이에요!

-어! 뭔데?

이다비의 활기찬 목소리에 태현은 살짝 기대했다.

얼마나 좋은 소식이길래?

-영지에 동상이 완성됐어요!

-어…… 그래…….

급격히 시무룩해진 태현이었다.

-네? 안 좋아요?

-애초에 그 동상 내가 지으라고 한 것도 아니거든…….

-그래도 동상 만들어졌는데 좋지 않으세요?

-없는 것보단 낫겠지. 아. 이제 다른 것도 좀 짓겠네. 내 투기장 건설 진행되고 있니?

-네? 아니요.

너무 당연하게 아니라고 대답하는 이다비.

태현은 당혹스러운 마음으로 물었다.

-왜?

-다들 지금 아키서스가 축복 내려서 평소에 못 만들었던 아이템 만든다고 난리예요.

-……이놈의 아키서스는 인생에 도움이…….

-아, 그리고 여쭤볼 게 있는데요. 지금 농부들이 한 방 노리겠다고 농사를 짓는데, 농부들이 바치는 농산물들이랑 지금 쌓인 농산물들 어떻게 하실래요? 그냥 계속 보관?

-음…… 아냐. 그냥 팔자.

-네? 그래도 괜찮나요?

-어. 나오는 대로 족족 다 팔아줘. 난 이 정도에서 만족할래.

유 회장이야 어디서 뭐 하는지 접속도 안 하고 버티기를 시전하고 있었지만, 태현은 그럴 생각이 없었다.

빠르게 팔아치우고 골드로 바꾸자! 안 그래도 영지 운영하는 데 골드가 팍팍 들어가고 있었다.

-네. 그러면 그렇게 전할게요.
-응. 고마워.

"헉, 헉헉……."
"살아 돌아왔다! 안 죽고!"
마탑 던전의 출구까지 도착한 플레이어들은 서로 기뻐서 얼싸안았다. 바하가 끌고 갈 때만 해도 '아. 로그아웃 당하겠지' 하며 각오를 하고 갔던 그들이었다.
'김태현 덕분이지.'
'맞아. 태현 님 아니었다면……'
'앞으로 바하 아저씨가 부르면 일단 무시하자. 또 던전 가고 싶지는 않다고.'
"크흠. 크흠. 태현 님."
바하가 헛기침을 하며 다가오자 태현은 의아해했다.
이 아저씨가 왜?
"저, 흠, 그러니까 말입니다…… 혹시 얻으신 아이템을 다 어떻게 처리하실지 궁금해서……."
"설마 아이템을 나눠달라는 건 아니겠죠?"
"아닙니다! 누구를 뭘로 보고!"

바하는 상대하기 너무 좋았다. 자존심을 건드리면 바로 반응이 오는 것이다.

"그…… 있잖습니까. 혹시 경매장에 올리실 거면 제가 좀 먼저 사고 싶은데……."

'아. 그런 거군.'

태현은 바하가 왜 이러는지 깨달았다. 얻은 아이템 중 바하가 원하는 아이템이 나온 게 분명했다.

'생각해 보니 세 번째 던전 보스 방에서 저 아저씨가 좀 이상하긴 했지.'

"헉! 켁! 컥! 쿡! 켁!"

"왜 그러시죠?"

"아, 아무것도 아닙니다. 주, 주, 주사위 굴, 굴, 굴릴까요?"

분명 그때 아이템이 나왔지만, 자존심 때문에 말을 못 한 것! 물론 태현은 가차 없는 주사위 100으로 그 아이템을 뺏어 갔다.

'근데 거기서 뭐 나왔더라?'

영민한 자의 아뮬렛, 지옥 마력이 담긴 반지, 기발한 주사위, 마탑 선구자의 마도서, 화염 문양의 로브…….

마탑 던전답게 마법사들이 탐낼 만한 아이템들이 많았다. 물론 태현은 다 경매장에 올릴 생각이었지만.

"뭐 아이템이요? 아뮬렛?"

"아니요."

"반지?"

"아니요……."

"아니, 뭔 아이템을 원하시는데?"

귀찮아진 태현이 묻자, 바하는 우물쭈물 대답했다.

"주사위……."

기발한 주사위:

주사위 굴림 때 한 번 원하는 숫자를 낼 수 있습니다.

'이 인간…….'

태현의 측은한 눈빛을 눈치챘는지, 바하가 급하게 변명했다.

"아, 아니! 이거 주사위 굴림 때 쓰려는 게 아니라! 그냥 주사위가 예뻐서! 예뻐서 갖고 싶었던 건데!"

"아, 예. 그러시겠죠."

평소 주사위 굴리는 것에 얼마나 빠졌으면 이 아이템 하나 얻자고 마탑 던전에 들어왔겠는가.

태현은 고개를 저었다. 행운 덕분에 언제나 주사위 100을 찍는 태현에게는 전혀 와닿지 않는 고민이었다.

그러나 사실, 태현이나 그렇지 다른 플레이어들에게는 이 아이템이 상당히 좋은 아이템이었다. 파티 사냥 시 원하는 아이템을 한 번은 먹을 수 있게 해주는 아이템 아닌가!

"그래서 얼마를 드리면 되겠습니까?"

"흠."

"?"

"저도 이걸 얼마를 드려야 할지 모르겠습니다. 저도 엄청나게 마음에 든 아이템이라……."

"아, 아니. 태현 씨가 저걸 어디에 쓰려고요?"

"아니. 저도 이 주사위가 예뻐서요."

바하는 깨달았다. 태현이 지금 이 아이템의 가격을 올리고 있다는 것을!

'이, 이 쪼잔한…… 방송에서는 엄청 멋지게 나왔는데 전혀 아니잖아!'

방송에서는 쿨하고 거침없는 영웅의 이미지였는데, 실제로는 절대 손해를 보지 않는 상인의 마음도 갖고 있었다.

"그래서 얼마를 원하시는……."

"아. 고민 중이잖습니까. 왜 이렇게 재촉을 하세요?"

출구로 나가기 전, 태현은 플레이어 한 명에게 말을 걸었다. 태현과 마탑 던전에서 사냥하고 있다고 눈치 없게 글을 올린 플레이어였다.

"잠깐. 이리로 와봐."

"네?"

"나가기 전에 오른팔을 이렇게 들고, 좋아. 여기 복면 아이템 줄 테니까 이 복면도 좀 쓰고."

"감사합니다?"

"그래. 잘하네."

마치 인사하는 것처럼 오른팔을 들고, 복면까지 쓴 플레이어!

"이렇게 좀 나가라고."

플레이어는 이해가 가지 않았지만 태현이 하라니까 일단 하라는 대로 따랐다.

파아아아앗!

마탑 던전에서 밖으로 나오자, 앞에 있던 마법사들이 깜짝 놀랐다.

"나왔다!"

"저거 맞지? 김태현이랑 마탑 던전 도전했다던 파티!"

"맞는 거 같아!"

"김태현! 김태현!"

"김태현 님! 팬이에요!"

우르르 몰려드는 플레이어들.

태현은 그 순간 오른팔을 든 파티원의 등을 떠밀었다.

마치 손을 흔들며 인사를 해주는 것 같은 모습!

복면까지 쓰고 있어서 사람들은 다들 그 플레이어가 태현인 줄 알고 외쳤다.

"김태현! 와! 김태현!"

"잠깐, 이게 뭔……."

"죽어라, 김태현!"

파아아앗!

갑자기 마법사 중에서 몇 명이 로브를 벗어 던지고 덤벼들었다. 화려한 암살자 세트를 맞춰 입고 사납게 덤벼드는 플레이어들! 눈빛에 살기가 뿜어져 나오는 게, 아주 작정을 하고 덤벼드는 모습이었다.

-붉은 거미의 포박!
-절대적인 살인 명령!
-영혼의 소각!

복면을 쓰고 오른팔을 들고 앞으로 떠밀렸다는 이유만으로 집중 공격을 받게 된 플레이어! 그 뒤에서 태현은 감탄했다.

'와. 대단한데?'

암살자들의 연계 스킬은 태현이 봐도 섬뜩해질 지경이었다. 태현의 장점인 회피 스킬을 묶고 피하지 못하도록 폭딜을 꽂아 넣는다.

잘만 풀리면 HP가 낮은 태현은 한 방에 갈 수 있었다. 실제로 지금 암살자 한 명은 건드리지도 않았는데 로그아웃 당하고 있었다.

자기 목숨을 희생해서 남에게 대미지를 넣는 비장의 스킬!

태현을 얼마나 잡고 싶어 했는지 알 수 있었다.

"크어어어어억! 어째서!"

"우리가 김태현을 잡았다!"

"길드 동맹 만세! 으하하하! 이제 우리가 왕이다!"

"김태현의 시대는 끝났어!"

삐이이이이익!

"신성한 마탑에서 살인을 저지르다니!"

"놓치지 마라!"

마탑의 마법사들이 분노해서 외치는 소리가 들려왔다.

그걸 들은 암살자 플레이어들은 재빨리 움직였다.

"잘 있어라! 우리는 김태현을 잡았……."

-영혼을 태우는 화염!

"크아아악!"

"튀어! 튀어!"

마탑의 NPC들은 암살자 플레이어들이 생각한 것보다 더 빨랐다. 우르르 몰려와서 마법을 퍼붓자 방어력이 낮은 암살자 플레이어는 그대로 녹아내렸다.

"난 버리고 튀어!"

한 대 맞고 발이 묶인 암살자 플레이어는 그렇게 외쳤다. 그러는 동안 동료들은 뒤도 돌아보지 않고 도망쳤다.

'저 새끼들이…… 고맙다는 말 한마디 하면 어디가 덧나나?'

기껏 폼을 잡고 외쳤는데 받아주지 않는 동료들만큼 얄미운 것도 없었다.

'후. 그래도 김태현을 잡았으니까…… 후회는 없다! 그런데

뭐 아이템이나 경험치 없나? 메시지창을 못 본 거 같은데……'

암살자 플레이어는 반쯤 포기한 마음으로 확인하고 있었다. 이미 빠져나가기는 글렀으니 그냥 편하게 보자!

그런데 아무것도 없었다.

'응? 뭐지?'

암살자 플레이어는 눈을 깜박였다. 저 마법사들 파티 사이에 김태현처럼 생긴 놈이 있었던 것이다.

"뭐, 뭐…… 뭐야?"

[HP가 0으로 내려가 사망합니다.]

-야! 김태현 잡은 거 맞지?!
-뭔 헛소리야. 김태현 잡았잖아.

다들 '김태현! 김태현!'을 외치자 손을 흔들며 나온 복면 쓴 플레이어. 그게 김태현이 아니라면 누구란 말인가.

-그, 그렇지? 내가 착각했나 보다.

파티원들은 태현을 쳐다보았다. 태현은 슬프고 분한 목소리로 말했다.

"저런 나쁜 놈들! 마탑에서 사람을 공격하다니!"

"아니, 태현 님이 위장시켰······."

"뭐라고?"

"아무것도 아닙니다."

"공교롭게도 남이 어디 있는지 게시판에 올린 놈이 당했군요. 이게 꼭 인과응보란 건 아닌데, 원래 사람이 입이 싸면 화를 많이 당하는 법이긴 하죠. 그렇죠?"

파티원들은 등에 서늘한 감각이 느껴졌다. 웃고 있는 태현이 정말 무섭게 느껴졌던 것!

"여러분, 그러면 일단 여기서 해산하고 다음 공략은 다시 고민해 보도록 합시다."

"어, 아이템은······."

태현은 바하의 말을 무시했다. 어차피 아쉬운 사람이 알아서 오게 되어 있으니까!

"그러면 나중에 다시 뵙······."

탁-

마탑의 마법사 NPC들, 그것도 흑마법사들이 태현의 어깨를 붙잡고 있었다.

"뭡니까?"

"김태현 백작님. 체시자 님께서 백작님을 부르십니다."

"······나 뵐 생각 없는데?"

"예?"

"아무것도 아니다. 가자!"

괜히 찔렸던 태현이었지만, 반응을 보고 들킨 게 아닌 걸 깨닫고 안심했다.

"잠, 잠깐! 태현 씨!"

바하가 애절하게 외쳤지만 태현은 흑마법사들과 함께 떠났다.

CHAPTER 6

"아. 왔군. 내가 왜 불렀는지 아나?"

"잘 모르겠습니다?"

"마탑 던전을 공략하고 있다고 들었는데, 앞으로 중요한 행사를 앞두고 있는 사람이 그런 위험한 일을 하면 쓰나!"

"앗. 그러면 흑마법사 NPC들을 좀 빌려주시면……."

태현은 기대하는 목소리로 말했다. 흑마법사들을 빌릴 수 있다면 엄청난 전력이 됐다. 언데드 군대로 마탑 던전을 밀어 버릴 수 있는 것이다.

"아니, 그건 안 되네."

[공적치 포인트가 부족합니다. 설득에 실패했습니다.]

'쯧. 날로 먹을 수는 없나.'

태현은 다시 시도해 보려고 했다.

"그렇지만 제가 안전하기 위해서는 도움이 필요한……."

"더 안전한 방법이 있지. 그때까지 그냥 마탑에 있으면 되는 거야. 그동안 마법 연습이나 하라고."

태현의 표정이 구겨졌다. 점점 일이 꼬이고 있는 것 같은 기분!

"제가 사실 할 일이 많아서……."

"잠시 미루라고."

"아니, 그게 미룰 수가 없는 일이라서……."

"지금 설마 마탑의 신성한 행사보다 더 중요한 일이 있다고 하는 거는 아니겠지?"

물론 더 중요한 일이었다. 도망치는 것!

그렇지만 체시자 앞에서 그렇게 말할 수는 없었다.

'젠장.'

"하하, 아닙니다. 물론 마탑 행사를 먼저 챙겨야죠!"

"그걸 아니 다행이군. 다른 학파 마법사 놈들 코를 납작하게 눌러버리라고! 크하하하핫!"

"크하하하핫……."

태현이 체시자를 따라 힘없이 웃었다.

'내가 너무 만만하게 봤군!'

태현은 체시자를 인정할 수밖에 없었다. 이제까지 속여 온 순진무구한 NPC들과 달리, 체시자는 속이 배배 꼬인 흑마법사였다. 쉽게 속여 넘길 수 있는 상대가 아닌 것!

'이세연처럼 말이지.'

자리에 없는 이세연도 한 번 씹어주고, 태현은 어떻게 해야 할지 생각에 잠겼다.

"태현 씨! 태현 씨!"

저 멀리서 바하의 애절한 목소리가 다시 들려왔다.

"그 주사위는 어떻게 하실 겁니까?!"

흑마법사 구역 밖에서 바하가 애절한 목소리로 태현을 부르고 있었다. 이제는 체면도 벗어던진 바하!

태현은 그걸 보고 흑마법사 NPC들에게 말했다.

"집중해야 하니 외부인은 좀 내보내자."

"예!"

흑마법사들이 우르르 몰려가 바하의 양팔을 붙잡았다.

"여기서 이러시면 안 됩니다."

"아니, 저도 마탑 마법사인데……!"

"화염술사면서 어디 흑마법사 구역에!"

"다 같은 마탑 마법사 아닙니까?!"

"아니니까 조용히 가라. 응?"

성격 더럽고 꼬인 흑마법사들답게 가차 없었다.

"저는 저기 태현 씨랑 아는 사이란 말입니다!"

"어디서 거짓말을! 썩 가라!"

그러는 동안 태현은 어두컴컴한 흑마법사 구역의 의자에 앉아 고민하고 있었다.

'체시자를 죽인다, 죽이지 않는다, 죽인다, 죽이지 않는다…….'

누가 듣는다면 깜짝 놀랄 만한 살벌한 반응!

"길드 동맹에서 태현이를 잡았다고!?"

"예! 형님! 벌써 게시판에 소문이 파다합니다!"

"말이 안 되는데? 아. 그리고 좀 제발 길마님이라고 해라! 다른 사람들이 보면 자꾸 오해하잖아!"

김태산은 짜증을 내며 말했다. 수많은 장점을 가지고도 아저씨들의 괴상한 센스 때문에 신규 길드원들이 거의 없었던 〈최강지존무쌍〉 길드.

그러나 〈최강지존무쌍〉 길드에도 이제 새로운 길드원들이 많이 들어오고 있었다. 사실 곰곰이 따져보면 길드원들이 들어오지 않는 게 이상했다. 오스턴 왕국에서 탄탄히 자리 잡은, 영지를 갖고 있는 길드 중 하나! 게다가 길드원들은 모두 열정적으로 돈과 시간을 팍팍 투자하는 사람들이었다.

강하지 않다면 그게 더 이상한 일이었다.

물론 장점만 있는 건 아니었다.

-형님. 형님. 동생이 형을 매우 잘 따르는 걸 3글자로 줄이면 뭐라고 하는지 아십니까?

-모르겠는데?

-형광팬!

-으하하하하하!

-까르륵 깔깔!

-쟤 유모어 솜씨가 제법이다? 개그맨 해도 되겠는데?

새로 들어온 길드원들을 맞이해 주는 적나라한 길드 채팅!

그들은 순간 처음에 아저씨들이 짜고서 신고식을 하는 줄 알았다. 그렇지 않다면 저런 개그에 웃을 리 없지 않은가!

저런 개그가 일정 시간마다 올라오니 길드원들은 괴로워했다.

'아, 안 돼……! 그만……! 그만하라고!'

'으하하하하! 너무 재밌습니다!'

가장 괴로운 건 저런 개그에 익숙해져서 깔깔 웃어대는 스스로를 보게 되었을 때! 게시판에 보면 [최강지존무쌍 길드에 들어가고 싶은데 거기 어때요? 솔직하게 말해주세요!] 라는 글을 보면 반응을 알 수 있었다.

-넘아산태김: 정말 좋은 길드입니다. 요즘 대형 길드들이 서로 손을 잡고 선량한 플레이어들을 무차별 PK하는 문제가 터지는데, 이런 길드들이 있어서 그나마 판온이 판온답게 유지가 되는 거 아닐까 싶습니다. 특히 길마님이 훌륭하신 분이신데, 인품부터 시작해서…….

-배고픈바지: 거기 길드 괜찮아요. 보니까 길드가 영지에 투자도 엄청 하고, 길드원 전력도 되게 강하더라고요. 이제까지 소문이 안 난 게 이상할 정도?

-고독한암살자: 영지 가보면 알겠지만 진짜 전력 강한 길드더라고요. 건축가 직업이어서 보이는데 요새를 뭐 저렇게 짓나 싶어요. 완전

돈지랄을…….

 -(익명 처리되었습니다): 길드원인데 개그에 자신 있는 분만 들어오세요…….

 -(익명 처리되었습니다): 다 좋음. 다 좋은데…… 후…… 아닙니다. 들어오면 알 테니까요. 솔직히 다른 건 다 엄청 좋아서, 이제 좀 있으면 들어오고 싶어도 못 들어올 거 같아요.

 -님아현태김: 여기 길마 성격 나쁨.

 -님아산태김: 아니, 그런 허위 정보를 퍼뜨리시다니. 그러시면 안 되죠. 책임 있는 판온 플레이어가 됩시다.

 -님아현태김: 사실인데요? 왜 길마를 옹호하시죠? 혹시 길마랑 아는 사이? ㅋㅋㅋㅋ.

 -님아산태김: 너 어디 사냐?

 "아, 죄송합니다. 길마님."

 "그래. 근데 태현이를 잡았다고?"

 "네."

 김태산은 고개를 갸웃거렸다.

 "걔네들이 그렇게 셌나? 이해가 안 가는데."

 "연합이 아니라 아예 동맹 수준으로 뭉쳤잖습니까. 세력만 따지면 길드 동맹은 판온 최대 길드입니다."

 "길드 합친다고 다 뭉쳐지나. 나중에 확인이나 해봐야지."

 옆에 있던 로이가 이해가 안 간다는 듯이 물었다.

 "길드 동맹이 작정하고 사람 보냈고, 확인글까지 올렸는데 왜 못 믿으십니까?"

"확인 글 올리면 무조건 믿어야 하나? 난 인마, 리×지 때 상대방 길드원으로 위장해서 일부러 이간질 글 올린 적도 있었어. 저런 건 다 믿으면 안 돼."

"예??"

"아, 아니. 내가 했다는 게 아니라 그런 일도 있었다는 거지. 리×지에서 말이야."

로이가 의혹에 가득 찬 시선으로 김태산을 쳐다보았다.

김태산은 아차 싶었다. 예전에 '혈맹! 군주님!' 하던 때와 달리, 판온에서는 나름 이미지 관리를 하고 있었던 것이다.

"흠흠. 어쨌든 인터넷에 떠도는 거라고 다 믿으면 안 된다. 이 말이지."

"아무리 그래도 길드 동맹이 저렇게 공식적으로 발표를 했는데 아닐 리가…… 그러면 망신 중의 개망신이잖습니까."

"시끄럽고. 너 내가 시킨 건 다 했냐?"

"예."

로이. 김태산과 예전에 시비가 붙어서 PK로 덤벼들었다가 막강한 장비와 아이템 빨에 밀려 패배한 랭커였다. 그 이후로 완전히 호구를 잡혀 계속 끌려다니던 로이.

그렇지만 어느 순간부터 로이는 아예 길드에 들어가서 활동하고 있었다.

그 이유는 하나였다.

-너 보니까 쓸만하다? 우리 길드 들어와서 같이 하자 그냥.

-후, 차라리 죽으면 죽었지…….

-그래. 그러면 죽어라.

-아니, 말이 그렇다는 거지 죽겠다는 건 아니고요. 그리고 제가 이렇게 열심히 해서 퀘스트도 도와드렸는데 죽이는 건 너무하지 않습니까!

로이의 간절한 항의! 그 항의는 다른 길드원들의 마음을 움직였다.

-맞는 말이긴 해.

-우리가 좀 많이 부려먹긴 했지?

-그래. 그러면 이쯤에서 슬슬 보내주자.

-아쉽네. 들어오면 이것저것 좀 챙겨주려고 했었는데.

-……그 이것저것이 뭡니까?

-알아서 뭐 하게. 나간다는 놈이. 빨리 가라. 휘이휘이.

-그게 뭔지 정도는 알아도 되잖습니까.

-아. 왜 이렇게 귀찮게 굴어. 이놈이. 빨리 가라니까. PK당하고 싶냐? 응? PK해 달라는 거냐?

안 알려주면 더 궁금해지는 게 사람 마음. 로이는 결국 매달리고 매달려서 알아냈다.

-제발! 제발 알려줘요!

-에이. 귀찮게. 알겠어. 뭘 해주려고 했냐면…….

김태산은 귀찮다는 듯이 말을 하기 시작했다. 길드원들에게 챙겨주는 각종 아이템들과 필요하다면 직접 자기 사비로 경매장에서 장비를 사다 주는 것까지!

다 들은 로이는 입을 벌렸다.

-가입하게 해주세요!

-응? 왜 이랬다저랬다 해? 얘 왜 이러냐?

-생각해 보니 여러분과 함께했던 시간이 제게는 즐거움이었고 기쁨이었습니다! 아무한테나 PK를 하자고 시비를 걸던 제가 여러분을 만나 회개하고 반성하게 되었습니다! 여러분과 같이하고 싶습니다!

-오. 그래?

-녀석. 싹수가 있군.

결국 이렇게 로이가 들어오게 된 것이다. 그리고 지금, 로이는 길드 동맹의 요새 하나를 염탐하고 온 중이었다.

길드 연합이 동맹으로 바뀌고 합쳐졌어도 김태산은 달라지지 않았다.

적은 부수고 박살 낸다!

"좋아. 다음으로 가볼까? 크핫핫핫핫핫!"

"길마님은 남 공격하는 걸 되게 좋아하시는 거 같습니다."

"뭐? 아, 아니야. 그냥 내가 하면서 안 웃으면 다들 사기가 안 오르니까 그런 거야."

설득력 없는 변명을 하는 김태산이었다.

-이번에 영광을 차지할 요리사는…… 주현영!

짝짝짝짝짝-

결국 국왕 생신 잔치 이벤트에서 우승한 건 주현영이었다. 결정적인 순간마다 테란드 남작은 존재감을 과시했다.

'이 요리는 정말 대단하군! 이 요리를 높게 평가 안 하는 사람은 혀가 없거나 뇌가 없는 사람이 분명해!'

살아남기 위해 필사적으로 몸부림치는 것이었지만, 다른 플레이어들 눈에는 다르게 보일 수밖에 없었다.

와. 정말 맛있나 보다!

"저번에도 저 주현영이란 요리사가 이기지 않았어?"

"맞아. 파즈를 이겼었지. 이번에도 또 이겼고!"

"소속 길드도 없는데 진짜 혼자서 대단하다."

"실제로 엄청 대단한 요리사래."

"하긴, 그 정도 되니까 저렇게 실력으로 이길 수 있는 거겠지."

광장에 몰린 사람들은 주현영을 보고 수군거렸다. 대부분은 감탄하고 있었지만, 몇몇 플레이어들은 조금 더 나아가서 생각했다.

"저 정도 요리사인데 아직도 솔로라고? 확인해 보고 길드 초대해."

"쓸 만한 요리사면 무조건 OK지. 최대로 지원해 줄 테니까 길드 들어와 달라고 해!"

길드 없고 능력 있는 솔로 플레이어는 언제나 길드의 관심 대상이었다. 그 상대가 제작 직업일 경우에는 더욱!

"후. 내 패배였다. NPC 하나 만족시키지 못하다니……!"

파즈는 무릎을 꿇고 한탄했다. 그걸 본 주현영은 당황해서 손을 흔들었다.

"아니, 그렇다고 무릎을 꿇을 건……."

"아니다! 이건 내 각오다! 이러지 않으면 난 이 패배를 극복하고 갈 수 없을 테니까!"

그걸 본 플레이어들은 수군거렸다.

'파즈가 무릎을 꿇었어!'

'대체 저 주현영이란 요리사는 뭐 하는 플레이어지!?'

사람들이 그렇게 웅성거리는 동안, 광장 구석에서 한 무리의 사람들이 나타났다. 어딘가 초췌하고 우울한 표정!

차오와 그 길드원들이었다. 감옥에 갇혀 있다가 골드를 바치고 공적치 포인트까지 써서 간신히 나온 것이다.

물론 이벤트에 전혀 참가할 수 없었던 건 당연했다.

"김태현…… 김태현……!"

차오를 더 분하게 만드는 건, 단순히 전투력 차이가 아닌 음모 능력에서 밀렸다는 점이었다. 스스로가 갖고 있는 요리를 사용한 음모 능력에 자부심이 있는 차오였다.

그런데 태현 앞에서는 정말 보름달 앞의 반딧불 수준!

뭘 해도 이길 수가 없었다.

"길마님. 그래도 길드 동맹이 가서 잡았다지 않습니까?"

"그래…… 그나마 다행이지. 후. 이번 이벤트에 참가 못 한 덕분에 손해가 막심하다. 비싼 돈 주고 산 재료는 쓰지도 못하고……."

"그중 일부는 김태현이 먹고, 또 일부는 김태현이 가져갔……."

"……죄송합니다."

눈치 없이 진실을 말한 길드원은 고개를 푹 숙였다.

"그보다 주현영은 완전히 떴군."

"저런 이벤트를 두 번이나 우승하면 싫어도 눈에 띌 수밖에 없으니까요. 뛰어난 요리사 플레이어는 구하기 힘들고……."

레스토랑 길드처럼 요리사들만 있는 길드가 고평가받는 이유였다. 친해질 경우 능력치를 올릴 수 있는 요리들을 대량으로 공급받을 수 있는 것이다.

"벌써 섭외하려는 놈들이 있더라고요."

"그래? 음. 차라리 우리가 초대해 볼까?"

"예? 우리가요?"

"왜. 안 될 거 같냐?"

"우리하고는 너무 안 맞지 않습니까? 벌써 몇 번을 부딪쳤는데……."

차오가 주현영과 경쟁하기도 했지만, 그것과 별개로 일반 요리사 플레이어들은 레스토랑 길드를 별로 좋게 보지 않았다. 요리에 독 타기, 요리 재료 먼저 선점하기, 남 요리 못하도록 방해하기……. 워낙 뒤에서 더러운 짓을 많이 하는 것이다.

"그런 건 상관없어. 중요한 건 조건이지."

조건! 아무리 서로 사이가 안 좋고 경쟁을 했다고 하더라도, '달마다 100골드씩 챙겨주고 필요한 재료는 다 가져다준다! 장비도 무조건 네가 먼저 가져가게 해준다!' 이런 제안을 하면 사람은 흔들릴 수밖에 없었다.

"안 그래도 지금 길드 연합이 동맹으로 바뀌어서 요리도 많이 보내야 하는데, 요리사 많이 필요하다고. 네가 요리 다 할래?"

"아, 아니. 저는 좀……."

"농담이다. 그리고 넌 요리 못하잖아."

무시하는 말에 길드원의 얼굴이 굳어졌다. 차오는 같은 말이라도 재수 없게 말하는 재주가 있었던 것이다.

"좋아. 가서 제안해 보고 와라."

"예? 제가요?"

"그럼 내가 가냐? 응?"

"알겠습니다……."

길드원은 어깨를 축 늘어뜨리고 앞으로 걸어갔다.

"저기, 레스토랑 길드에서 나왔습니……."

무릎을 꿇고 엎드려 있던 파즈가 재빨리 일어서더니 소금을 뿌렸다.

"으아악!"

"어디서 수작질이야 이놈들이?"

"뭐, 뭐 하는 짓입니까!"

"뭐 하는 짓이긴! 수상한 놈들 쫓아내는 짓이지! 다른 놈들은 몰라도 너희는 수상하잖아! 접근하지 마라! 요리에 독을 탈지도 몰라!"

파즈가 소리치자 다른 요리사들도 '헉, 저거 레스토랑 길드원이야?' 하는 눈빛으로 거리를 벌렸다. 한 짓이 있기에 나오는 반응!

"당신 보려고 온 거 아니거든! 비켜!"

"거짓말하지 마라! 내 요리에 독을 뿌릴 셈이지! 내 요리 재료에 수작질을 부릴 속셈일지도 몰라!"

"아니, 주현……."

"뭐? 주현영의 요리에도 독을 탈 생각이었다고?!"

웅성웅성-

주변에 몰린 요리사들이 수군거리기 시작했다.

"뭐? 레스토랑 길드가 또 수작을 부리려고 했어?"

"그렇대. 아까 안 보인 것도 이번 이벤트에서 더러운 짓 하려다가 잡혀서라며?"

"어쩜어쩜! 어떻게 그럴 수가!"

슬슬슬-

그런 소란이 일어서자 주현영도 슬슬 뒷걸음질 치며 거리를 벌렸다. 레스토랑 길드원은 팔을 뻗으며 애처롭게 말했다.

"아니, 그런 게 아닌데……!"

사실 그런 짓들을 하긴 했지만 이번에는 정말 하지 않았다. 아니, 못 했던 것이다! 그러나 변명은 아무도 들어주지 않았다.

캡슐에서 나온 태현은 김태산이 힐끗힐끗 쳐다보는 걸 깨달았다.

"험험. 험험험."

"……?"

"아들아, 잠깐 이리 와보럼."

점점 불안해지는 걸 느끼며 태현은 김태산 앞으로 왔다.

"요즘 힘든 일 있니?"

"……예?"

"학교에서 누가 괴롭힌다거나……."

"학교 안 나가는데요?"

"아니면 판온에서 누가 괴롭힌다거나……."

태현은 고개를 갸웃거렸다. 대체 왜 이러는 거지?

"너 길드 동맹한테 PK 당하지 않았냐?"

"그런 적 없는데요?"

김태산과 태현은 서로 마주 보았다. 그리고 김태산은 바로 알아차렸다. 정말 태현이 안 당했다는 것을!

태현은 이런 걸로 거짓말하는 사람이 아니었다.

'정말 안 죽었구나! 아니, 길드 동맹 놈들 일 처리 왜 이런 식으로 하는 거야?'

사람 마음이라는 게 참 복잡했다. 길드 동맹한테 당했다는 말을 처음 들었을 때에는 '그럴 리가 없는데?', '아니, 그 자식들이 감히!'라는 기분이 들었었다. 그런데 그게 거짓말이라는 소식을 들으니 '에이 그래도 한 번 정도는 성공해도 되지 않나 무능한 놈들' 같은 생각이 드는 것이다.

"지금 설마 실망하시는 거 아니죠?"

"아, 아니거든? 실망 안 했거든?"

김태산의 목소리에는 설득력이 부족했다.

"어쨌든 네가 PK 당하지 않았다니 정말 다행이구나!"

"와. 정말 감정 안 담겨 있네요."

"시꺼. 맞다. 그리고 음⋯⋯."

김태산은 말을 하려다 말고 머뭇거렸다. 이걸 말해? 말아?

"네 영지에서 농사 잘된다던데, 맞나?"

"뭐 잘 된다는 거 같은데⋯⋯."

"거기서 재료도 판다던데?"

"그렇죠?"

"⋯⋯경매장에 올릴 거지? 더?"

이제까지 올라온, 아키서스 교단 영지에서 나온 요리 재료들. 대부분 고급 이상의 요리 재료들인 데다가 나온 지 얼마 되지 않은 재료들이었다. 물론 나오자마자 눈이 벌게진 요리사들이 웃돈을 주고 사 갔다.

그러나 눈치 빠른 사람들은 이미 짐작을 하고 있었다.

[지금 이 정도 재료는 아키서스 교단의 영지에서 나온 게 분명하다. 농부 플레이어들의 증언을 보면 확실하다. 그렇다면 앞으로도 더 나올 게 분명해. 농부들 작업 끝나고 추수할 때 시간 맞춰서 물량 풀린다! 지금 여기서 못 구하면 또 한동안 구하기 힘들다! 잡아야 해!]

추위에 토끼들의 난리까지. 다른 곳에서 농부 플레이어들이 짓는 농사는 그 주변 요리사 플레이어들이 쓰기에도 모자랐다. 그런 상황에서 이렇게 대량의 밀, 쌀, 보리 등의 작물을 파는 아키서스 교단 영지는 기대를 받을 수밖에 없었다.

"나오는 대로 올리겠죠. 그거 이제 더 쌓아봤자 별 의미 없으니까요."

"나오기 전에 팔 생각 없나?"

김태산은 은근하게 물었다. 경매장에서 붙으면 가격이 몇 배로 뛰었다. 이럴 바에는 차라리 미리 교섭을 해서 따로 뒷거래를 하는 게 좋았다.

물론 다른 사람들이야 누가 올리는지 알 수 없으니 경매장 사이트만 보고 있겠지만, 김태산은 달랐다. 아들이 하고 있는 것 아닌가!

태현은 손가락을 쫙 폈다.

"5?"

"지금 경매가의 5배 정도면 팝니다."

"와, 이런 도둑놈의 새……."

말하려다가 김태산은 멈칫했다. 생각해 보니 자기 자신을 욕하는 일이 되는 것이다.

"너무한 거 아니냐?!"

"지금 어르신이 사재기 시도 중이라 경매장에 올리면 5배는 기본으로 나올 텐데요?"

"기본까지는 아니다! 좀 싸우다가 붙겠지! 아무리 그래도…… 잠깐만, 누가 사재기 중이라고?"

김태산은 귀를 의심했다. 태현이 어르신이라고 부를 만한 사람은 한 명밖에 없었던 것이다. 그렇지만 유 회장은 그런 짓을 할 사람이 아니었다.

"그건 알 바 아니고요, 어쨌든 5배 미만으로는 안 받습니다."

김태산은 빠르게 고민했다. 받느냐, 안 받느냐.

"에이! 받는다!"

그리고 내린 결정! 김태산은 이런 부분에서 과감하고 정확했다. 경매장에 올라와서 온갖 요리사 놈들하고 경쟁을 하느니, 차라리 여기서 먼저 사는 게 더 낫다고 본 것이다.

'태현이놈 영지에 간 농부들이 작물 올린다고 해도 다른 놈들이 우르르 사갈 테니, 이 정도 물량 확보하는 것도 감지덕지지.'

"하하. 감사합니다. 그리고 한 가지 더 해주시죠."

"뭘?!"

"길드 동맹 놈들 쳐들어오면 같이 좀 싸우죠. 아버지."

"흥. 내가 왜? 원한을 산 건 너지 내가 아닌데?"

"에이, 저만큼은 아니더라도 아버지도 원한 사셨을 텐데요. 양심에 손을 얹고 말해보시죠. 오스턴 왕국에서 영지 유지하면서 남들 공격했어요, 안 했어요?"

"……."

"작물 싸게 드렸으면 그 정도는 해주셔야죠."

"싸, 싸게? 그게 싼 거냐?!"

"그 정도면 싼 거죠."

"끄응……."

길드 동맹을 견제해야 한다는 건 김태산도 동의했다.

내버려 두면 점점 더 커져서 김태산의 길드만으로는 상대하기 힘들 테니까. 게임 한두 번 해본 것도 아니고, 그 정도는 당연히 알고 있었다. 문제는…….

'저놈이 너무 얄미워!'

"그건 생각해 보겠다. 흥."

"하하. 그러시죠."

'이미 끝난 거나 다름없군.'

태현은 김태산의 얼굴을 보고 확신했다. 무슨 일이 생기면 같이 싸우게 될 것이라고.

[우리 보물. 지금 시간 되나?]

문자를 받은 태현은 질겁했다. 어떤 미친놈이 이런 문자를 보내는 거야?

'이동팔 대표군……'

태현이 들어간 SI 엔터 대표였다.

짝짝짝짝짝-

"……."

태현은 황당한 얼굴로 이동팔을 쳐다보았다.

태현이 들어오자마자 요란하게 박수를 치는 이동팔!

"우리 보물 왔나!"

"그냥 이름 불러주시죠."

"그렇게 말하기에는 이번에 너무 잘 해줬어! 내 조카는 욕을 엄청 했지만!"

"괜찮습니다. 저도 이세연 욕 많이 했으니까요."

멈칫. 천하의 이동팔도 당황하게 만드는 태현이었다.

"그건 좀…… 어쨌든 앉게. 오늘 부른 이유가 뭘 거 같나?"

"어, 방송이요?"

"아. 물론 그것도 있지. 지금 제안이 몇 개 쌓여 있으니 언제든지 나갈 수 있어."

"조금만 나중에 나가죠? 지금 바쁜데."

"언제까지 미룰 생각인가! 쇠는 뜨거울 때 쳐야 한다고, 인기가 있을 때 나가야 확 기억에 남는 법이야!"

"뭐 인기 사라지면 안 하면 되는…… 읍읍!"

이동팔은 손을 뻗어서 태현의 입을 막았다.

"안 들은 걸로 하겠네. 어쨌든 대회 끝난 지 얼마 안 되고,

아직은 괜찮으니 좀 더 있어도 되긴 하지만 언젠가는 나가야 한다는 걸 알아두라고. 보니까 나가서 잘하던데 왜 그래? 응? 〈혼자 사는 인간들〉 PD가 칭찬을 엄청 하던데."

프로 선수들을 두들겨 패는 건 편집이 되었지만, 그걸 빼더라도 태현의 모습은 충분히 좋게 나왔다. 태현이 안 봐서 그렇지 봤으면 감탄했을 것이다.

김춘식 배우와 신나게 판온 이야기를 하며 떠들다가, 바로 양성규의 인터뷰로 넘어가는 기술!

-하하하 태현이는 어렸을 때부터 체육관을 다녀서 운동도 잘하고~

태현이 두들겨 패는 건 교묘하게 편집하고, 운동을 잘하는 사람의 이미지는 살린다! 체육관의 선수들도 만족하고 태현도 만족하는 완벽한 편집이었다.

"그랬습니까?"

"그거 나가고 나서 몸 쓰는 프로에서도 연락이 많이 왔지. 보통 사람은 나가는 종류가 정해져 있는데 이렇게 다양하게 오는 건 진짜 대단한 거라니까. 감사한 마음을 가져야 해."

실제로 프로게이머 선수들이 방송으로 나왔을 때는 주로 게임 관련 방송에 나왔다. 태현처럼 이렇게 다양한 곳에서 연락이 오는 건 드문 경우였던 것이다.

"다양하게? 다른 것도 있습니까?"

"아, 저번에 퀴즈 때문에 퀴즈쇼 1 대 99에도 나와 달라고 말이 한 번 나왔었지. 자신 있으면 나가봐도 괜찮은데?"

"그건 좀……."

태현은 떨떠름한 표정으로 넘겼다. 상식이나 시사에 자신이 없는 건 아니었지만 퀴즈쇼에 나가서 우승할 자신은 없었던 것이다.

"그래그래. 지금 중요한 건 그게 아니니까. 아, 맞다. PD가 번호 잘못 적어줬냐고 하던데. 연락을 안 받는다고."

"그래요? 뭔가 착각이 있었나 보네요."

태현은 시치미를 뚝 뗐다. 저번에 만난 PD나 김춘식이 같이 하자고 연락하는 걸 막기 위해 수작을 부렸던 것!

"그래서 내가 번호를 줬네."

"$!*&#&……."

"응? 방금 뭐라고 했나?"

"아무것도 아닙니다."

"아, 어쨌든 본론으로 들어가서…… 실은 한 가지가 아니라 두 가지야. 해외 팀에서 연락이 왔어. 김태현 선수하고 접촉하고 싶다고. 사실 놀라운 건 아니지."

해외의 게임 팀들은 우선적으로 자국 선수들을 먼저 접촉했다. 일단 쉽게 접촉할 수 있으니 당연했다. 그리고 슬슬 눈치를 보던 도중, 첫 타자가 나온 것이다.

"뉴욕 라이온즈. 역사 있고 전통 있는 게임단이지. 자금력도 세고…… 사실 내가 알 정도면 말 다 한 거 아닌가 싶은데.

어때, 언제 만날 생각이지?"

"안 만나면 안 되죠?"

"······진심으로 하는 소리는 아니겠지?"

"귀찮은데······."

"좀 이야기는 들어보고 거절해야지!"

이동팔은 기가 막힌다는 듯이 말했다. 남들은 얻지 못해서 허덕이는 기회를 태현은 길가의 돌멩이 보듯이 하고 있었다.

"해외 게임단은 들어가면 해외로 가야 하잖습니까."

"그렇겠지? 아무리 캡슐 안에 들어가는 게임이라지만 보통 게임단은 합숙으로 진행되니까."

"해외는 좀······."

"······단지 그거 때문에?"

"아, 거주지 문제는 중요한 문제라고요."

이동팔은 고개를 저었다. 지금 진지하게 '김태현 정도의 선수에게는 어떤 제안을 해야 하는가?'를 고민하고 있을 뉴욕 라이온즈 교섭인들을 생각하니 미안해질 지경이었다.

'지금 자기가 어떤 위치인지 알고 있으려나······ 아니다, 됐다.'

이동팔은 말하려다가 말았다. 괜한 소리를 하는 것처럼 보일 것 같았으니까.

현재 판온에서 태현의 위치는 기묘한 위치였다. 첫 번째 대회에서 압도적인 능력을 보여줌으로써, 앞으로 이어질 판온 프로 리그에서 보증 수표 그 자체로 취급받고 있는 상황.

그러나 일반인들과 달리, 게임단을 운영하는 사람들은 조금 더 냉정하고 정확하게 판단해야 했다.

-과연 김태현이 이후 대회에서도 첫 번째 대회 같은 성적을 낼 수 있을까?

-대단하긴 하지만 역시 확실하게 보증된 건 아니지 않은가? 적어도 리그 대회 몇 번은 더 거쳐야…….

물론 게임단으로 데리고 올 수 있다면 양손을 들고 환영할 것이다. 그러나 문제는 조건!

얼마 정도의 조건을 제시해야 할지가 문제였다. 평범한 판온 선수 정도의 조건은 의미가 없었다. 다른 팀한테 무조건 뺏길 테니까. 그렇지만 엄청나게 고액의 조건을 투자하는 것도 좀 조심스러웠다.

만약 그랬다가 제대로 된 결과가 나오지 않는다면……. 게임단 입장에서는 걱정할 수밖에 없는 상황.

'김태현은 데리고 오고 싶다. 그렇지만 데리고 오려면 엄청나게 파격적인 제안을 해야 할 거 같은데, 위험을 감안하고서 해야 할까? 말아야 할까?'가 태현을 고민하는 게임단들의 생각이었다.

이동팔도 모르는 일이었지만, 몇몇 게임단에서는 '아예 대회를 좀 더 기다렸다가 확실해지면 그때 선수를 돈으로 사자'라고 말하고 있을 정도였다. 충분한 자금력이 있기에 가능한 생각!

'지금 다들 제안을 하면서도 내심 걱정을 하고 있을 텐데, 이럴 때 본인이 나서서 확신을 줘야 하지 않나?'

내심 걱정하는 게임단 팀의 사람들에게 '내가 김태현이다!'
란 걸 보여줘야 하지 않겠는가. 그게 당연한 일!

방송이나 영화 제작에서도 확신을 주는 건 그 사람이 직접
어떤 사람인지 보여주는 게 제일이었다.

"뭐, 알겠습니다. 연락 잡고 만나죠."

그렇게 말하면 어쩔 수 없이 만나준다는 듯한 태도!

이동팔은 갑자기 불안해지기 시작했다.

'설마 사고 치는 건 아니겠지?'

순간 눈앞을 스쳐 지나가는, 미래의 미국 기사!

**[김태현 선수, 거만한 태도로 〈뉴욕 라이온즈〉를 푸대접…… 오만함
의 극치.]**

**[미국 팬은 선수들 대분노. 명예와 전통을 무시한 김태현을 가만두
지 않겠다고 밝혀……]**

"가서 이상한 소리는 하지 않을 거지? 그렇지?"

갑자기 불안해진 이동팔은 다짐을 들으려고 했다. 그러자
오히려 태현이 정색했다.

"사람을 뭐로 보시고. 제가 뭘 할 거 같은데요?"

"아니…… 그런 게 아니라…… 하하. 그냥 해본 소리였지."

이동팔은 말끝을 흐렸다. 태현이 불안하기는 해도 지금 상
황에서 최고의 유망주라는 건 달라지지 않았다. 이제 곧 본격
적으로 방송을 시작하면 더욱더 크게 될 것이 분명!

이동팔은 그렇게 확신하고 있었다.

"화난 건 아니지? 그렇지?"

"화 안 났습니다. 계속 물으시면 화가 날지도 모르겠네요. 그런데 두 가지라고 하셨는데, 다른 한 가지는 뭡니까?"

"아. 이거지."

이동팔은 책상을 뒤적거리더니 서류를 꺼냈다. 순간 태현은 '생존의 법칙, 김태현-무인도 조합은 어떨까?'라고 쓰여 있는 다른 서류를 본 것 같았지만, 착각이라고 생각했다.

'잘못 본 거겠지?'

"찾았군. 유성기획…… 그러니까 유성그룹에서 판온 프로게이머들을 모아서 자선대회를 한다더라고."

이동팔은 서류철을 탁탁 치며 고개를 갸웃거렸다.

"좀 신기한 게, 유성그룹이 다른 스포츠 자선대회는 열었어도 이런 E스포츠 관련 자선대회는 연 적이 없단 말이지? 그룹 회장이 직접 E스포츠 관련으로는 손도 대지 말라고 말했다는 소문이 있던데. 갑자기 왜 이렇게 대회를 여는지 모르겠어."

"……요즘 유행이잖습니까?"

"아니, 판온이 대세긴 하지만 원래 이런 기획은 젊은 친구가 아이디어를 내서 되는 게 아니라 윗선에서 통과를 해줘야 되는 거지. 왜 자선 골프 대회 같은 게 자주 열리겠어. 정말 이상하지만…… 뭐 어쨌든 우리 김태현 선수한테는 좋은 기회지!"

이동팔은 다시 밝은 목소리로 말하며 태현의 등을 두드렸다.

"그래 봤자 자선대회인데 뭘……."

"······이라고 하려고 할 줄 알았지. 그렇지만 같은 자선대회 여도 유성그룹이 주최해서 그런지 확실히 다르더라고. 방송국 도 다 잡고 벌써부터 홍보를 하는데······ 참. 이거 이렇게 요란 하게 한다는 게 신기하네. 자선대회여도 그렇지 이 정도까지 하나?"

말하다 보니 이동팔은 다시 신기해져서 혼자 고민에 잠겼 다. 유성그룹에 뭔 일이 있길래?

태현은 속으로 웃음을 참으며 말했다.

"그래서 제가 나가면 되는 겁니까?"

"그렇지. 설마 안 나가려는 건 아니지? 다른 선수들은 다들 나가고 싶어 한다고."

"저야 뭐······."

"설마?"

"나가고 싶죠."

"역시. 그럴 줄 알았어."

태현은 미리 유 회장과 선약을 해서 그런 것이었지만, 이동 팔은 오해했다.

'다른 건 귀찮아해도 자선대회는 이렇게 나가고 싶어 하다 니. 역시 겉은 저래도 속이 깊어.'

완전히 헛다리를 짚는 오해!

"상금도 좋고, 관심도 많이 받고. 프로 리그 열리기 전 선수 들에게는 황금 같은 기회지. 가서 관심 좀 많이 받고 와!"

"어, 그런데 대회 종목이 뭡니까?"

"정말 고민이었지."

유 회장은 근엄한 표정으로 고개를 끄덕이며 말했다. 최근 여러 문제를 처리하느라 판온에 접속도 못 하고 있었다.

판온 자선대회와 관련해서 직접 나서서 일을 진행하고, 거기에다가 뒤에서는 몰래 유성그룹 게임단의 물밑 작업까지 진행하고 있었던 것이다. 바쁠 수밖에 없는 일정들!

약간 불안했지만 유 회장은 확신했다.

'저주도 그렇고, 그렇게 빨리 해결될 문제들이 아니야. 다른 곳에서 사재기를 방해할 물량이 나오지 않을 거다!'

수십 년의 경험이 말해주는 감! 물론 그사이 태현이 아키서스의 영지에서 농작물들을 착착 뽑아내고 있었지만, 유 회장은 상상치 못하고 있었다.

"회장님의 의견에 감탄했습니다."

"금칠하지 말게. 물론 나도 감탄하긴 했지."

유 회장은 매우 만족스러웠다. 고민한 건 하나였다.

판온 선수들을 모아놓고 어떤 대회를 열어야 할 것인가?

판온 내에서 하는 종목은 일단 제외했다. 뭐든 간에 태현한테 너무 유리할 것 같았던 것이다.

'투기장? 김태현 그놈이 이길 거 같아. 판온 내 경주? 그것도 김태현이 이길 거 같다. 아니, 그놈은 진짜 뭘 해도 다 이길 거

같아!'

이번 대회에서 유 회장의 목적은 간단했다.

최근 유행인 판온의 힘을 빌려 자선대회를 성공적으로 진행, 그룹의 이미지 홍보를 매우 효과적으로 한다. 김태현 놈이 만들어서 내놓을 기계공학 탈것을 손에 넣는다!

대부분의 선수들은 자선대회라고는 믿겨지지 않는 어마어마한 상금에 눈이 멀었지만, 유 회장은 탈것에 눈이 먼 상태였다. 태현이 1:100에서 플레이어들의 공격을 뚫고 탈출하는 장면을 보니 욕망이 더 타올랐다.

반드시 손에 넣고야 말겠다!

문제는 이게 대회는 대회다 보니, 종목을 잘못 정하면 태현이 만들어서 내놓은 탈것을 태현 본인이 가져갈 수 있다는 것이었다. 그것만큼은 피하고 싶은 유 회장이었다.

"판온 내에서 안 될 거 같다면 판온 밖은 어떨까요? 현실에서 선수들이 직접 대회에 참가하는 겁니다."

시청자들은 판온 내 컨텐츠들도 좋아하지만, 유명 플레이어들의 현실 모습에도 많은 관심을 가졌다.

좋은 아이디어였다.

"그것도 좋은 방법이지만…… 어떤 종목으로 하려고?"

"음, 무난하게 체육 쪽이라면…… 달리기나…… 양궁, 아니면 구기 쪽은 어떻습니까? 저희 쪽 직원 중에 이런 쪽으로 경력 있는 젊은 친구들이 있습니다. 판온이야 젊은 친구들은 다 하고 있을 테니, 슬쩍 대회에 끼워 넣으면 우승은 분명……."

정지용 비서실장의 계획은 사악하지만 강력했다. 천하의 유성그룹이다 보니, 사원들 스펙도 만만치 않았던 것이다.

각종 구기 종목이나 달리기 대회에서 메달을 딴 사원들이 은근히 있었다. 그러나 유 회장은 단호하게 거절했다.

"절대 안 돼!"

"역시 회장님께서는 고작 이런 대회 때문에 이런 짓까지 하고 싶어 하지는 않으시는군요. 죄송합니다. 제가 잘못 생각했습니다."

유 회장은 당황한 표정으로 정지용을 쳐다보았다. 지금 이놈이 뭔 소리를 하는 거야?

"아니, 의도 자체는 좋네."

"네?"

"자네가 그놈을 몰라서 하는 소리야. 몸 쓰는 종목이면 그놈은 분명히 우승해!"

유 회장 생각에, 아무리 생각해도 사원들이 태현을 당해낼 것 같지 않았다.

"당해내려면 적어도 올림픽 메달리스트는 데리고 와야지. 그렇지만 아무리 일반인 참가로 속인다고 해도 메달리스트는 들킬 수밖에 없지 않나?"

정지용은 얼떨떨한 표정을 지었다. 순간 유 회장이 농담하는 줄 알았던 것이다.

"농담이…… 아니시군요?"

"내가 농담하는 걸로 보이나?"

"회장님. 지금 판온 선수 이야기하시는 거 맞습니까……?"

"그래. 김태현 그놈."

정지용은 도저히 납득이 되지 않았지만, 유 회장이 그렇다니 바로 받아들였다. 이런 충성심이 그가 신뢰를 받는 이유였다.

"회장님. 그렇다면 이건 어떻습니까? 예전에 유행했던 게임을 고르는 겁니다. 김태현 선수는 젊으니 예전에 유행했던 게임까지 잘하지는 못할 겁니다. 게다가 예전에 유행했던 게임은 프로게이머들을 모아놓고 진행하는 자선대회라는 컨셉에도 잘 맞습니다. 또, 재미있지 않습니까?"

"으음……."

유 회장은 고개를 끄덕였다. 확실히 정지용의 말에는 설득력이 있었다. 컨셉에도 잘 맞았고, 주제도 재미가 있었다.

최근에는 과거에 인기 있었던 것들을 다시 다루는 방송들이 인기가 있지 않은가!

"다 좋은데 말이야. 그런데 한 가지 문제가 있어. 거기서도 김태현 그놈이 우승하면 어떡하지?"

유 회장의 걱정은 할 만한 걱정이었다. 정지용은 고개를 끄덕였다. 태현이 몸 쓰는 대회에서 쟁쟁한 사원들을 이길 거란 생각은 하지 않았지만, 이건 게임이었다. 프로게이머들은 천부적인 게임 센스를 타고난 이들! 빠르게 적응하고 믿지 못할 실력을 보여줄지도 몰랐다.

"그래서 생각해 놓은 게 있습니다. 그때 뛰던 프로게이머를 초대하는 겁니다. 저는 배중환-배중열 해설가를 생각하고 있습니다."

정지용의 계획은 실로 악마적이었다.

배중환, 배중열 형제. 지금은 판온 해설가로 방송에서 활약하고 있는 둘! 그들은 해설가가 되기 전에는 프로게이머로 현역에서 뛰고 있었다.

판온과 관련이 있었으니 이벤트성으로 부를 수 있는 명분이 있었고, 판온 선수들 중 유일하게 예전 게임의 프로 리그를 경험해 본 선수들이었다. 경험치가 차이 날 수밖에 없는 것!

"그건 정말…… 좋은 생각이군!"

유 회장은 무릎을 쳤다. 태현이 본다면 '이 사람들은 대체 뭔 헛짓거리를 저렇게 열심히 하냐'라고 말했겠지만, 유 회장은 진지했다.

"그 계획, 진행하도록 하게!"

"판타지 크래프트? 그거 대체 몇 년 전 게임……."

"요즘 복고가 유행이잖아. 재미있지 않냐?"

"뭐 엄청 히트 친 게임이니까…… 확실히 사람들은 좋아하겠네요."

태현은 김태산을 떠올렸다. 생각해 보니 아버지는 판타지 크래프트의 전성기를 직접 본 사람이었다. 자선대회 종목이 〈판타지 크래프트〉라는 걸 알면 좋아서 펄쩍 뛸 게 분명했다.

'이거나 말씀드려야겠군.'

"연습은 어떻게 하려고?"

"네? 자선 대회인데 연습까지 해야 해요?"

태현은 이해가 안 간다는 듯이 물었다. 만약 판온 대회였다면 태현도 이기기 위해서 최선을 다했을 것이다.

그러나 이건 자선대회. 종목도 달랐고, 진지하게 최선을 다할 필요가 없었다. ……물론 태현에게만!

이동팔은 어이가 없다는 듯이 말했다.

"우승은 안 탐나나?"

"자선 대회에서 우승해서 뭐 해요? 명예?"

"상금이지! 상금이 세다니까? 지금 초대받은 다른 선수들 SNS 안 봤지?"

"……?"

"벌써부터 판타지 크래프트 연습하고 있다니까. 그게 왜겠어."

"하라는 판온은 안 하고 왜 그런대요?"

"방금 상금이라고 말했잖아. 옛날 게임 연습 좀 해서 몇억이 굴러들어오는 건데. 탐이 날 법하지."

상금! 명예와 사람들의 관심도 관심이지만, 유 회장이 통 크게 건 상금이 선수들의 눈을 돌아가게 만들었다.

예전 판타지 크래프트 팬들이 '아 나도 참가하면 잘 할 수 있는데!' 이러면서 아쉬워할 정도!

태현은 그걸 듣고 혀를 찼다.

"쯧쯧. 대회 우승도 못 한 놈들이 그러다니. 그러니까 우승을 못 하죠."

맞는 말이긴 한데 뭔가 많이 얄미운 태현의 말!

"그 시간에 판온이나 좀 더 해야지, 다른 거 해놓고 판온에서 지면…… 응?"

태현은 말을 멈췄다. 핸드폰이 울리고 있었던 것이다.

케인이 건 전화였다.

"잠시 전화 좀 받겠습니다. 어. 무슨 일이야?"

-야! 야! 소식 들었냐?!

케인의 목소리는 기쁜 듯 올라가 있었다.

"뭔 소식? 그보다 좋은 일이라도 있나?"

-좋은 일? 당연히 좋은 일이지. 이번에 유성그룹에서 하는 자선 대회 상금 봤지?! 같이 판타지 크래프트 연습하자!

'하여간 이놈의 자식은……'

태현은 고개를 절레절레 저으며 캡슐에 들어갔다.

-이 자식이 지금 따로 다니라고 했더니 잿밥에만 관심이 있네. 그 시간에 스킬 레벨이나 올리고 경험치나 쌓을 것이지. 네가 그러니까 맨날 어디 가서 맞고 다니는 거야!

-아니, 그게 아니라…….

-아니긴 뭐가 아니야! 이다비는 지금 길드원들 데리고 열심히 골드 벌고 있는데!

대회 정보가 공개되었다는 말에 신나서 연락을 걸었다가 괜히 구박만 들은 케인이었다.

파아앗-

접속한 태현의 눈에 부산스럽게 움직이는 흑마법사들이 눈에 들어왔다.

"아, 오셨군요. 김태현 백작님. 준비는 잘되어 가고 있습니까?"

"열심히 하고 있긴 하지."

'도망칠' 준비였지만!

"체시자 님께서 은둔하고 있는 다른 대마법사들도 모두 다 호출하고 있습니다. 그때문에 좀 시끄러울 겁니다."

"어…… 그냥 마탑에서 활동하고 있는 대마법사들만 데리고 소소하게 해도 되지 않나?"

"무슨 소리! 천 년에 한 번 나올 것 같은 흑마법 학파의 인재가 나왔는데 그냥 할 수 있나! 참고로 마탑에 들어온 모험가들도 전부 부를 생각이지."

슬슬 태현도 진지하게 걱정이 되기 시작했다. 이거 수틀리면 체시자가 언데드 부대를 이끌고 영지로 쳐들어오는 게 아닐까? 다른 학파의 마법사들과 달리, 흑마법사는 시간만 주면 군대 하나를 이끌 수 있었다.

체시자 정도 되는 흑마법사라면 데리고 올 언데드도 어마어마할 것이 분명!

'안 되겠다. 되든 안 되든 한번 해보고 가야지.'

태현은 도망칠 생각을 버리고 머리를 굴리기 시작했다.

어떻게 하면 이 위기를 넘길 수 있을까?

'지금 생각나는 건 역시 〈행운 전환〉 스킬인데……'

행운 전환이 만약 지혜로 된다면? 자리에 모인 마법사들을 상대로 무언가를 보여줄 수 있을지도 몰랐다.

문제는 행운 전환을 잘못 쓰면, 한동안 행운 스탯이 0이 된다는 점이었다. 기껏 행운 전환을 했는데 지혜가 아니라 힘이 될 경우, 도망칠 때 매우 불리해졌다.

안 그래도 HP가 낮은 편인 태현인데 행운이 0으로 된다면……

'흑마법사들이라 저주도 잘 쓸 텐데.'

피하지도 못하게 저주가 작렬하는 모습이 머릿속에 그려졌다.

고민하던 태현은 결론을 내렸다. 어떻게 될지는 모르겠지만 일단 해보자! 솔직히 지금 그냥 도망치는 건 힘들뿐만 아니라 너무 위험성이 높았다. 마탑을 적으로 돌릴 뿐만 아니라 그 뒤에 영지까지 위험해질 수 있는 상황!

'행운 전환이 실패하면 그때 가서 생각해야겠군.'

-소문 들었어? 마탑에 이벤트 떴다던데. 어떻게 된 거지?

-학파의 계승자 칭호 이벤트는 보통 방법으로는 얻는 게 불가능할 텐데……

-말이 불가능이지 불가능한 건 아니잖아? 판온에서 그런 일이 한두 번이었어?

-그렇긴 해. 그런데 지금 이거 진행한다고 나온 랭커 있나?

-내가 알기로는 없는데.

-뭐야, 그러면 또 새로 나오는 거야? 경쟁자는 한 명이면 족하다고. 게다가 흑마법사는 이미 이세연도 있는데…….

불가능해 보이는 조건의 퀘스트나 직업들. 그렇지만 판온에서는 그런 퀘스트들을 깨거나 직업을 얻는 사람들이 계속해서 나왔다. 아무리 게임의 조건이 어렵고 복잡해도, 클리어가 가능한 이상 사람들이 깨게 마련!

-한번 보고 싶긴 하네. 일단 완전히 클리어한 건 아니지?

-대마법사들 모아서 한다니까 아직 깬 건 아니지. 거기서 통과해야 깨질걸.

-그래도 거기까지 간 거 자체가 대단하네.

이번에 에랑스 왕국 마탑에서 흑마법사 학과의 대마법사, 체시자가 '계승자를 찾았다!' 하면서 이벤트를 벌이고 있다는 소식은 마법사 플레이어들의 주목을 샀다. 다른 사람들과 달리, 마탑에서 퀘스트를 많이 깬 고렙 마법사 플레이어들은 바로 눈치를 챘다. 지금 어떤 이벤트 퀘스트가 진행되고 있는지!

'마탑에 들어가서 짧은 시간 내에 엄청난 업적을 보여주면 그 학과 대마법사의 총애를 받을 수 있지. 거기서 또 대마법사가 내는 시험을 통과하면 학과의 계승자 칭호를 얻을 수 있고.'

'학파의 계승자 칭호는 마탑의 지원을 받아낼 수 있는 엄청나게 좋은 칭호긴 하지만…… 현실적으로 저 이벤트 퀘스트를 깨는 건 불가능하다고 봤는데.'

이 퀘스트가 어려운 점은 시간제한이 있다는 점이었다. 마탑에 가입하고 나서, 일정 시간 안에 대마법사가 인정할 만한 엄청난 업적을 세워야 하는 것!

보통 대부분의 플레이어들이 초보자 때 마탑에 들어간다는 걸 생각해 봤을 때 거의 불가능에 가까웠다. 나중에 고렙이 되고 나서 이런 퀘스트가 있다는 걸 찾아낸 마법사 플레이어들은 분통을 터뜨렸다.

'이걸 어떻게 깨?'

'아예 마탑에 들어가지 않고 밖에서 레벨 업 한 다음, 고렙되고 나서 가입하고 업적을 보여주고, 그다음에 다시 시험을 또 통과해야…….'

'그 짓을 누가 하냐?!'

결국 〈학파의 계승자〉 칭호 퀘스트는 다들 포기할 수밖에 없었다. 탐이 나기는 했지만 알아냈을 때는 이미 늦은 것이다. 그런데 갑자기 이렇게 나타나니 관심이 갈 수밖에 없었다.

-네가 보기에는 깰 수 있을 것 같냐?

-솔직히 이건 시험을 본 적이 없어서 장담을 못 하겠다.

-그러게. 대마법사들이 뭔 시험을 낼지 모르겠어. 게다가 체시자면 흑마법 쪽 대마법사잖아. 시험장에서 언데드라도 소환

하나?

　-아. 실패했으면 좋겠다. 안 그래도 경쟁자 많은데…… 왜 자꾸 새 랭커들이 튀어나오는 거야?

To Be Continued

만 년 만에
귀환한
플레이어

나비계곡 퓨전 판타지 장편소설
WISHBOOKS FUSION FANTASY STORY

어느 날, 갑작스럽게 떨어진 지옥.
가진 것은 살고 싶다는 갈망과 포식의 권능뿐.

일천의 지옥부터 구천의 지옥까지.
수십만의 악마를 잡아먹고 일곱 대공마저 무릎 꿇렸다.

"어째서 돌아가려 하십니까?"
"김치찌개가… 김치찌개가 먹고 싶다고."

먹을 것도, 즐길 것도 없다.
있는 거라고는 황량한 대지와 끔찍한 악마뿐!

"난 돌아갈 거야."

「만 년 만에 귀환한 플레이어」